KB123893

여자의 성적 환상

그 은밀함에 대하여

In The Garden Of Desire

여자의 성적 환상
그 은밀함에 대하여

웬디 말츠 · 수지 보스 지음 | 편집부 옮김

도서
출판 사람과사람

차 례

제10장 나도 멋진 판타지를 창조할 수 있다

프롤로그

즐거움의 원천인가
고통의 원인인가

"당신의 성적 환상은 지극히 정상입니다. 절대 해롭지 않습니다. 긴장을 풀고 즐기세요."

이 말은 20년 전, 그러니까 대학원 졸업 직후 있었던 성심리치료 실습과정에서 교수님으로부터 배운 정답이다. 성적 환상에 대해 불안해하는 여성이 찾아오면 성심리치료사는 이런 말로써 환자들을 안심시켜야 한다고 했다. 말하자면 성적 환상에 대해 의문을 품고 있었던 수많은 여성들에게 성심리치료사가 해줄 수 있는 최고의 처방전이었다.

성심리치료가 일반화되지 않았던 당시, 성적 환상은 일반적으로 장려되는 경향이었다. 성생활에서 성적 즐거움을 누리지 못하는 여성들을 위해 '그것이 오르가슴을 유도한다면 좋은 것'이라는 견해가 보다 일반적이었다.

그러나 이러한 시각은 성에 대해 비판적인 태도와 입장을 밝힌 프로이트에 의해 크게 뒤바뀌었다. 그는 '행복한 사람은 판타지를 갖지 않는다. 불행한 사람만이 판타지를 가질 뿐이다' 라고 주장하여 판타지를

| 10 |

수치스럽게 여기며 두려워하도록 만들었다. 그에 따라 정신의학 분야에 종사하는 일부 사람들은 성적 환상을 매우 심각한 것으로 받아들이면서 '범죄적 행동에 대한 예고편' 또는 병리학적 증상으로 여기고 치료해야 한다고 주장하기도 했다. 심지어 성적 환상을 갖고 있는 사람들에게 '성도착증'이란 병명까지 붙이기도 했다.

하지만 1970~80년대에 걸친 수많은 자료조사에 따르면 거의 모든 여성이 성적 환상을 갖고 있었다. 어느 쪽의 주장이 옳은 것인가. 정말 성적 환상은 이야깃거리도 못되는 시시한 일인가, 아니면 정말 위험할 수도 있는 것일까.

이처럼 전혀 상반되는 시각은 오히려 많은 사람들에게 성적 환상이란 문제에 대해 흥미를 갖게 만들었다. 그러다가 1973년 낸시 프라이데이가 『비밀의 정원』이란 책을 출판하면서 여성들의 흥미진진하고 대담한 성적 환상이 눈길을 끌었다. 당시 대단한 인기를 끌었던 이 책은 여성들도 자극적이고 온갖 흥미로운 방법으로 성에 대해 생각하고 있음을 증명해 주었다.

나는 이 책을 성애물을 정리한 서가에 올려놓고 성적 환상에 활력소를 얻고 싶어 하는 고객들에게 빌려주곤 했었다. 그러나 나의 인생 경험과 고객들의 이야기를 종합해 보면, 성적 환상은 프로이트나 초기의 성심리치료사들이 상상했던 것보다 훨씬 복잡하다. 한마디로 말해서 즐거움의 원천이 될 수도 있지만 끔찍한 고통의 원인이 될 수도 있는 것이다.

그 무렵 나는 성적 학대를 받았거나 성과 관련된 심리적 상처와 충격에서 벗어나지 못해 힘들어하는 여성들을 상담하고 있었다. 이 일을 하면서 내가 놀란 것은 성적 학대나 억압을 당한 여성들의 성적 환상이 의외로 실생활에 좋지 않은 영향을 미친다는 점이었다.

1992년 그간의 상담 경험을 토대로 하여 성적 학대를 당한 여성들이 겪고 있는 성문제를 치료하는 데 도움을 줄 요량으로 『성치료의 여정』이란 책을 펴냈다. 이 책에서 나는 원치 않는 내용의 성적 환상을 꿈꾸는 여성들이 실생활에서 성적 학대를 받은 적이 있다는 사례를 간단하게 제시했다.

반응은 의외로 놀라웠다. 성적 학대를 경험한 여성들이나 성심리치료사들이 나를 찾았다. 워크숍이나 강연회 같은 곳에서는 이제껏 한 번도 만난 적이 없는 여성들이 자신의 성적 환상을 솔직하게 털어놓으면서 상담받기를 청했다. 물론 모든 사람들이 나의 견해에 동의하는 것은 아니었다. 때때로 나를 당혹하게 만드는 경우도 없지 않았다. 하지만 성적 환상과 개인적인 삶 사이에 중요한 상관관계가 있는 것만은 분명했다.

이 때부터 나는 여성의 성적 환상에 대해 쓴 책이나 연구서들을 다시 한 번 꼼꼼히 살펴보기 시작했다. 결론부터 말하면 그것들은 나를 무척 실망시켰다. 그 어떤 조사연구도 여성들의 구체적인 고민에 대해 제대로 답을 주지 못하고 있었다. 그저 성적 환상이 어디서 기인하는지, 남자와 여자의 것이 왜 어떻게 다른지 등에 관해 피상적으로만 언급하는 수준이었다.

참으로 의아스러웠다. 성적 환상의 내용이 그것을 갖는 본인의 인생 경험과 어떤 연관성을 갖는지, 왜 그토록 선정적이거나 놀라운 상상을 하게 되는지 등에 대해 관심을 두지 않은 것일까.

병을 고치려면 그 병의 원인을 제대로 찾아 내야 한다. 성적 환상으로 인해 고민하는 여성들의 심리치료도 예외는 아니다. 성적 환상의 뿌리를 밝혀내야만 그것 때문에 고민하는 여성들의 문제를 해결할 수 있다. 여성의 선정적인 사고라는 복잡하고도 완전한 영역은 사회과학과 대중문화, 심지어는 포르노에서조차 간과되거나 지나치게 단순화되고 있다. 여성의 성적 환상은 어느 누가 상상했던 것보다 훨씬 다차원적이고 흥미진진하다.

그 후 5년여에 걸쳐, 나는 다양한 분야의 전문가들을 만났다. 꿈 해몽 전문가도 만났고 종교 교육자, 인간의 성욕 분야를 다루는 치료사도 만나 토론했다. 때로는 의학적 조사도 병행했다. 물론 상담을 받고자 찾아오는 사람들의 성적 환상에 대해서도 주의를 기울였다.

다양한 사람들이 나를 찾아왔다. 어떤 여성은 원치 않는 성적 환상을 갖지 않게 할 방법을 구했고 어떤 여성은 성적 환상을 실생활에 제대로 잘 활용할 방법을 배우고자 했다.

성적 환상은 마음과 몸, 감정이 함께 어우러지는 친근한 세계이다. 꿈과 마찬가지로 무의식세계에 닻을 내리고 깊숙이 자리 잡고 있던 열망이나 감정적 대립을 표현해 준다.

성적 환상은 환상이니만큼 그 내용에 일정한 틀이 있는 것은 아니다. 따라야 할 물리적인 법칙이 있는 것도 아니고 보편성이 있는 것도 아니다. 꿈과 똑같다. 길몽이 있는가 하면 악몽이 있는 것처럼, 그 주제와 배경, 스토리가 무척 다양하다. 때로는 상상조차 힘들었던 선정적인 장면이 전개되기도 한다.

하지만 성적 환상에 대한 올바른 이해는 여러 면에서 유익하다. 신선하고 짜릿한 성생활과 원활한 애정관계를 유지하는 데 도움이 될 뿐더러 성적 환상이 어떻게 작용하는지를 알고 나면 상상의 세계 속에서 자유로운 느낌을 갖게 된다. 다양한 성적 환상을 창조해 낼 힘도 갖고 있지만 그 환상에 의해 큰 힘을 얻을 수도 있다.

이 책을 펴내기까지 많은 사람들의 도움을 받았다. 1백 명이 넘는 여성들이 자신의 성적 환상을 솔직하게 말해 주었는데, 어떤 여성들은 장문의 답안지를 제출하는 등 열성을 보여주었다. 개인적인 인터뷰 형식으로 오랫동안 이야기를 나눈 사람들도 적지 않았다.

물론 그 어떤 경우에도 강요하지 않았다. 부담을 느끼지 않는 환경, 다시 말해서 선택이 자유로운 개방적인 분위기야말로 솔직한 정보를 제공받을 수 있기 때문이다.

우리는 여성들의 성적 환상이 개개인의 다양한 인생 경험을 반영할 수 있다는 점을 고려하여 다양한 연령층과 여러 인종, 직업과 문화적 배경이 다른 사람들, 종교적 배경과 성적 취향이 다른 여성들, 그리고 애정 관계와 성경험이 완전히 다른 여성들을 만나려고 노력했다.

평생 동안 한 배우자에게만 정절을 지켜 온 여성이 있는가 하면, 셀 수 없을 만큼 많은 애인들과 가벼운 성관계를 즐겨 온 여성도 있다. 그 중에는 폰섹스 교환수, 나이트클럽 무용수, 그리고 직업 윤락여성 등 생계를 위해 성적 환상의 세계에서 일하는 여성들도 있다. 유방암으로 가슴을 절개한 사람도 있었고 외국에서 성장한 사람, 신체장애자, 성학대 경험을 가진 사람들도 있다.

그들에게는 하나의 공통점이 있다. 지극히 개인적인 주제인데도 전혀 망설임없이 자발적으로 유머러스하게 마음을 열어 준다는 점이다.

많은 여성들이 그들의 특이하고 관습에 얽매이지 않는 열망의 대상물, 즉 곱슬머리의 코미디언 진 와일더, 디즈니 마우스 키티어를 연기했던 애넷 푸니첼로, 동굴에서 사는 이무기, 그리고 초콜릿으로 뒤덮힌 크림과자 같은 놀라운 것을 말해 주면서 무척이나 재미있어 했다.

몇몇 여성들은 성적 환상이 의미하는 중요성을 인식하고 인터뷰 중에 상당히 격앙되기도 했다. 많은 여성들은 의식적으로 살펴보지 않았더라면 밝혀지지 않았을 통찰력을 얻기도 했다.

이 책은 주로 수지와 내가 수집한 경험담에 근거하고 있지만, 내가 했던 초기의 조사연구, 의학적 작업, 그리고 판타지 워크숍에서 수집한 정보들도 함께 담고 있다. 물론 여성들을 위해 이 책을 썼지만 남자들에게도 자신을 돌아보고, 그리고 파트너들에 대한 귀한 정보를 얻을 수 있는 좋은 기회가 되리라고 믿는다.

우리는 이 책을 재미도 있고 귀중한 정보도 얻을 수 있는 방향으로 편집했다. 사람들은 다양한 이유로 이 책을 읽게 될 것이다. 너무나 오랫동안 어둠 속에 감춰 왔던 호기심으로 또는 다른 여성들의 성에 대한 비밀을 듣고서 색다른 감정을 느끼고 싶어서 이 책을 접하게 될지도 모른다. 그러나 우리의 목적은 여성들의 성적 환상에 대한 풍부하고도 기능적인 이해를 발달시키기 위한 기회를 마련해 주는 것이다.

앞으로 다루게 될 내용에서 독자들은 여성의 개인적인 경험을 강조하는 판타지 탐험의 새로운 방법을 배우게 될 것이다. 성적 환상을 묘사하기 위한 새롭고 흥미로운 언어를 사용해 봄으로써 성적인 사고의 초기 근원들과 자신만의 독특한 스타일을 인식하고 인생에 어떤 혜택이 있는지 가려낼 수 있을 것이다. 또한 다른 여성들의 성적 환상의 내용과 진화 과정을 추적해 보고 그 속에 숨겨져 있는 의미를 분석하면서 성에 대한 새로운 발견을 하게 될 것이다.

이 책의 뒷부분에서는 많은 여성들이 털어놓은 성적 환상의 문제에 대한 설명과 처방, 그리고 좀더 심층적인 사연들을 듣게 될 것이다. 또 여성들의 마음을 괴롭히는 성적 환상을 어떻게 변형시키거나 없애 버렸는지에 대한 성공사례를 접할 수 있다. 그리하여 성적 환상이 애정 관계에 어떤 영향을 미치는지, 사랑하는 사람에게 성적 환상에 대해 어떻게 말하는 것이 현명한 것인지에 대해서도 배울 수 있다.

여러분들은 이 책을 읽고 나면 자신이 가장 아끼고 사랑할 수 있는 새로운 판타지를 창조해 낼 수 있다. 다른 여성들의 이야기를 읽어 가면서 이 책에 나오는 질문과 리스트를 살피다 보면 여러분 자신의 반응이 어떤지 자세히 주의를 기울여 보고 싶어질 것이다. 만약 그러한 반응을 알아차릴 수 있는 여성이라면 성욕과 환상의 세계에 대한 중요한 실마리와 정보를 함께 얻을 수 있을 것이다.

다시 한 번 인터뷰에 응해준 사람들에게 감사의 뜻을 전하고 싶다. 무엇보다도 그들은 성적 환상에 대해 수치스러워하거나 두려워하지 말 것을 당부했는데, 우리는 그들의 경험담을 들으면서 우리 자신의 의문에 대한 해답을 발견하기도 했었다.

이 경험담들은 판타지가 어디에서 기인되는지, 그것이 무엇을 의미하는지, 그리고 어떻게 성생활을 향상시켜 나갈 것인지에 대한 이해의 폭을 넓혀 주었다. 더불어 성적 환상의 영역은 안전하고 개방되어 있으며, 우리 모두가 탐험해 볼 만한 귀중한 정신세계라는 사실을 다시 한 번 확인시켜 주었다.

제 1 장

누구를 위한

은밀함인가

"우연히 기타 공연 선전 포스터를 본 남편과 나는 공연장을 찾았다. 우리는 무대에서 가장 가까운 자리에 앉았다. 기타리스트의 손가락이 기타줄 위에서 미끄러지는 소리까지 들을 수 있을 만큼 가까운 거리였다. 그는 무대 중앙에서 강한 조명을 받으며 독주를 하고 있다. 눈을 감고 고개를 약간 숙인 채 연주하고 있는 그의 옆모습이 뚜렷하게 보였다. 한 소절을 격렬하게 연주할 때면, 그의 입술도 미세하게 떨렸다. 윤기나는 검은 생머리가 앞이마 쪽으로 흘러내려 리듬에 따라 움직였다. 연주는 완벽했고 선율은 너무나 깨끗했다.

남편이 팔을 내 어깨 위에 올려 놓자 어깨에서 팔목까지 소름이 돋아날 정도였다. 아름다운 연주가와 음률에 취해, 나는 그 연주가의 품에 안겨 악기처럼 조심스럽게 다루어지고 있다는 상상 속으로 빠져들기 시작했다.

기타의 가는 목 부분을 쥐고 있는 그의 손길은 내 목을 부드럽게 감싸고 있는 것 같았다. 허벅지 위에 있는 기타의 둥근 몸통은 내 엉덩이 부분이었다. 그가 손가락으로 단단한 기타 줄을 잡아 당겼다가 튕기며 내는 울림이 마치 두 다리 사이에서 울리는 메아리 같았다.

느린 악장에서 여운을 던지던 그의 손가락이 갑자기 빨라지며 다음 악장을 찾아간다. 그는 내 영혼을 사로잡을 듯 아름답고 경쾌한 음률을 물방울처럼 쏟아내며 눈을 감는다. 곡조가 절정으로 치닫자 밀려오는 흥분 때문에 나는 도저히 앉아 있을 수 없었다."

이 성적 환상의 주인공은 컴퓨터 프로그래머이자 아이를 둔 30대 주부이다. 그녀는 섹시한 기분을 느끼고 싶을 때, 기타 공연장을 우연히 찾게 된 것처럼 이 환상을 떠올린다. 이 환상은 여러분에게 대단하다거나 흥미롭게 느껴지지 않을 수도 있다. 하지만 그녀로서는 소중하고 자신만을 위한 은밀함이다.

겉으로 봐서는 어느 누구도 어떤 이미지, 어떤 느낌이 여성의 감각을 짜릿하게 자극하고 열정의 시간으로 이끌어 주는지 알지 못한다. 사실 30대의 수수한 외모를 갖춘 그녀가 성에 대해 이토록 음률적인 접근을 하고 있다거나 감각적인 성적 환상의 즐거움을 갖고 있으리라고는 짐작하기 힘들다.

여성의 관능적 상상의 세계에서 어떤 일이 왜 일어나고 있는지를 알려면 상당한 탐구가 필요하다. 실제로 은밀하게 숨겨두는 성적 환상은 성생활뿐만 아니라 생활 전체를 이해하는 데 암시를 주기도 한다. 따라서 당황하거나 불필요한 것으로만 치부해 버릴 일이 아니다. 오히려 자신의 성적 취향을 새로 발견하는 데 필요한 도구로 쓸 수 있음을 알아 둘 필요가 있다.

다섯 가지 궁금증에 대하여

"당신은 섹스를 할 때, 성에 대한 환상을 즐길 때, 자위를 할 때, 어떤 장면을 떠올립니까?"

이 질문에 선뜻 답할 수 있는 여성은 극히 드물 것이다. 자신만의 비밀로 숨겨두었던 성적 환상을 드러내고, 더구나 그 느낌과 이미지를 그대로 나타내기란 쉽지 않다.

그러나 자신의 환상을 생각해 보라. 그런 이미지들이 어디서 비롯된 것인지, 그리고 자신이 그런 환상을 꿈꿀 때마다 왜 감각적으로 흥분되는지 궁금하지 않은가.

섹스를 하거나 자위를 할 때 떠올리는 성적 환상은 참으로 다양하다. 어떤 여성은 남편과 섹스를 할 때마다 몇 명의 여자가 바닷가에서 가슴을 드러낸 채 수영하는 이미지를 떠올린다. 마치 햇살에 자신의 몸이 따뜻해지고 자외선 차단 크림 냄새가 코끝을 자극하는 느낌이 들 정도로 생생하고 강하다. 부드러운 몸의 곡선, 윤곽, 젖꼭지를 떠올리면 틀림없이 짜릿한 자극을 받으면서 절정에 도달한다고 했다.

어떤 여성은 성적으로 학대받는 자기 모습을 상상하면서 자극을 받기도 한다. 43세의 한 여성은 애인이 부드럽고 낭만적인 분위기의 남자이다. 그런데도 그와 섹스할 때마다 오르가슴에 도달하려면 그가 자신의 엉덩이를 때리거나 젖가슴을 손으로 난폭하게 쥐어짜는 모습을 상상해야만 한다. 그녀는 가끔 포르노 잡지를 뒤적여 선정적인 이미지들을 포착해 두었다가 필요할 때마다 자신을 흥분시키는 이미지로 떠올리기도 한다. 주로 온몸을 발가벗긴 채 엉덩이를 맞는다든가 침대에 손발이 묶여 있는 이미지들이다. 하지만 그녀는 왜 자학적인 이미지에 성적으로 흥분되는지를 알지 못한다.

성행위를 할 때마다 옛 애인을 떠올리며 지금의 애인에게 죄책감을 갖는 여성도 있다. 20대 후반의 한 여성은 자기도 모르게 옛 애인과 나누던 섹스 이미지가 떠오른다. 옛날 애인이 부드러운 손길로 몸을 더듬고 열정적인 키스를 하면서 옷을 하나씩 벗기는 상상을 해야만 비로소 흥분이 시작된다고 한다.

일반적으로 여성들이 성적 환상에 대해 갖고 있는 궁금증은 크게 보

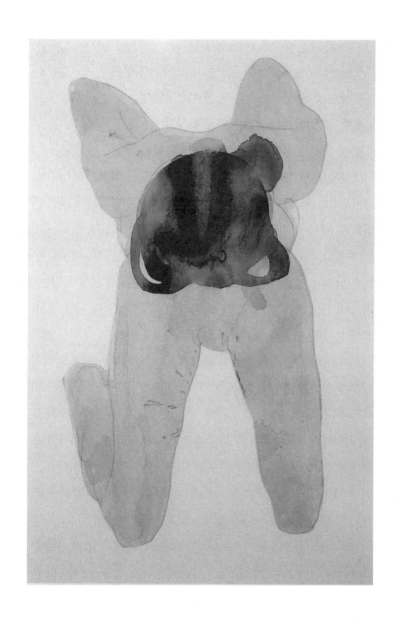

로댕의 〈무릎꿇고 있는 여인〉 1840~1917

아 다음의 다섯 가지로 묶을 수 있다.

첫째, 이런 성적 환상을 꿈꾸는 나는 과연 정상인가.

둘째, 그러한 환상은 어디서 생겨난 것일까.

셋째, 그 이미지가 갖는 의미는 무엇일까.

넷째, 만일 원치 않는 환상이라면 어떻게 해야 할까.

다섯째, 정말 환상 때문에 자극과 흥분을 받는 것일까.

이제부터 여러분은 이 책을 읽으면서 다섯 가지 질문에 대한 해답을 얻게 될 것이다. 한 가지 짚고 넘어가야 할 전제가 있다. 성적 이미지에는 좋은 것과 나쁜 것이 따로 있는 게 아니라는 점이다. 대부분의 사람들은 남자든 여자든 일생 중 어느 때인가 성에 대한 환상을 갖는데, 어떤 특정한 관능적 이미지가 이상적인 성생활에 부합된다는 공식이 따로 있는 것이 아니라는 점이다.

흔히 여성들은 자신의 성적 환상에 나타난 이미지를 놓고 걱정하는 경우가 많다. 더군다나 다른 여성들의 환상을 듣게 되면 '나와 너무나 다른데…' 하며 고민할지 모른다. 특히 현실에서는 감히 꿈꾸지도 못하는 이미지일 경우, 너무 추잡한 것은 아닌지, 지나치게 야하거나 선정적인 것은 아닐지를 걱정한다. 그런 환상을 꿈꾸면서 현실에서는 전혀 아닌 척, 요조숙녀인 체하는 자신을 어떻게 받아들여야 할지 두렵고 너무나 자주 선정적인 환상에 빠지는 것도 걱정된다.

물론 성적 환상을 바라보는 시각은 다양하다. 자신의 성생활에 기쁨을 더해주는 것으로 받아들이는 사람이 있는가 하면, 반대로 섹스 중에 난데없이 자신의 생각을 침범하는 것으로 여기는 사람도 있다. 또 성감대를 극도로 자극하는 이미지가 필요할 때면 언제나 그 효과를 발휘한다는 사실을 잘 알고 있지만 그것에 얽매인다는 느낌과 싫증난다는 감정을 갖는 사람도 있다. 그러나 필자가 만난 대부분의 여성들은 자신들을 뇌쇄적인 성적 관능의 세계로 이끌어주는 장면을 묘사할 때에는 유쾌함을 숨기지 않았다.

물론 이들의 성적 환상을 들여다 보면 성적 환상이 항상 긍정적인 역할을 하는 것만도 아니다. 어떤 것은 흥분 상태로 몰아넣는가 하면 어떤 것들은 오히려 흥분을 식혀버린다. 따라서 어떤 이미지가 내게 도움을 주는지를 파악하면 나만의 관능세계를 인식하는 데 도움이 된다.

위험한 감각적 전율

성적 환상 속에는 성욕을 자극하는 효과를 갖거나 성과 직접 연관시킬 수 있는 어떤 이미지들이 들어 있다. 때문에 마치 화면 속을 들여다 보듯이 생생한 환상은 몸 구석구석의 성감대까지 놓치지 않고 짜릿하게 자극시켜 준다.

"나와 남자 친구는, 다른 한 쌍의 남녀와 허름한 술집에 앉아 술을 마시고 있었다. 내가 화장실에 들어가자 여자 친구가 안에까지 쫓아 들어 왔다. 화장실 문을 잠그는 순간, 그녀는 내 스커트를 올리고 팬티를 내리더니 자신의 혀로 부드럽게 그곳을 핥기 시작했다.

너무나 순간적으로 일어난 일이라 어찌할 줄 몰랐다. 그러나 그런 놀란 마음도 잠시, 나는 천천히 세면대 쪽으로 몸을 기대면서 그녀의 얼굴을 더 깊숙이 허벅지 사이로 밀어 넣어 그곳을 마음대로 할 수 있게 해

쉴레의 〈정열의 호스트〉 1911

주었다. 남자 친구들의 아우성이 화장실 외벽을 타고 울리기 시작하자 그녀는 더욱 강렬하게 혀를 굴리며 내 몸 가장 깊은 곳을 건드렸다. 바로 그 때, 화장실 한쪽 벽면의 거울 속에서 흥분으로 떨고 있는 내 모습이 보였다. 수많은 조각으로 부서져 절정의 탄성을 흘리며 몸을 비틀고 있었다. 마치 예술영화의 한 장면을 보고 있는 것만 같았다."

이 성적 환상을 간단히 표현한다면 '오럴섹스'라는 한 단어에 지나지 않는다. 그러나 여기에는 분명히 예술영화의 한 장면과도 같은 이미지가 있고 남의 눈에 띄게 될지도 모른다는 위험한 감각적 전율이 흐른다. 바로 이런 점 때문에 그녀는 성적 환상을 통해 남자 친구와는 도저히 경험할 수 없는 열망에 흠뻑 취할 수 있었던 것이다.

환상의 세계는 참으로 다양하고 복잡하다. 자신들이 갖게 되는 성관계가 중요한 구성요소이긴 하지만 환상 속에는 관능적으로 얽히는 여러 장면들이 있기 때문이다. 남자와의 실제 섹스 장면은 한순간에 불과하다. 오히려 섹스가 끝난 후 오랫동안 안아 주고 속삭여주는 달콤함이 있다. 서두르지 않고 여성의 성적 관능을 깊이 받아주는 부드러움이 숨어 있다.

또 환상에 대한 여성들의 기대심리는 보통 남성이 생각할 수 있는 그 이상의 것인지도 모른다. 예컨대, 여성들은 여러 가지 흥미로운 방법으로 성에 대해 상상한다. 어떤 여성은 정교한 대본과 한 편의 공포영화 같은 치밀한 구성까지 설정한다. 또 어떤 여성은 흥분으로 단단해진 젖꼭지, 발기해서 딱딱해진 성기, 부드러운 젖가슴과 터질 듯이 탄탄한 엉덩이에 대한 묘사를 성인용 포르노 영화만큼이나 노골적이고도 뇌쇄적인 장면으로 연출한다. 또 향수 선전에 나오는 듯한 부드럽고 분위기 있는 조명도 마음껏 사용한다.

때와 장소를 가리는 법도 없다. 보통은 섹스를 하거나 자위를 하거나 성적 자극을 받을 때 성적 환상에 빠져든다. 하지만 수영하거나 요리하다가, 교통 체증이 심한 시간에 운전하면서, 대중 앞에서 연설하는 중에도 성적 환상을 떠올리는 경우도 있다.

어떤 여성들은 더 이상의 육체적 자극과 행동으로 옮겨가지 않고 잠시 꿈을 꾸듯이 긴장을 푸는 것으로 애용하기도 하고 또는 그대로 흥분의 절정 상태에 도달하기도 한다.

이러한 다양성 때문에 여성들이 여러 형태로 폭넓게 경험하는 성적 요인들이 성적 환상의 새로운 정의가 될 수 있다는 결론을 얻게 됐다. 성적 환상이라는 개념은 결국 우리의 감정적, 감각적, 혹은 생리적 상태를 변화시켜 주는 모든 형태의 '성적'인 생각과 이미지를 포함하는 포괄적인 것이다.

그렇다고 해서 모든 여성들이 성적 환상을 꿈꾸는 것은 아니다. 극소수의 여성들은 어떤 형태로든 성에 대한 환상을 전혀 가져본 적이 없다고 했다. 왜 그럴까. 그들은 과거의 잘못된 경험, 억압 위주의 신앙심, 또는 성적 환상에 대한 오해 등을 갖고 있었다. 따라서 의식적으로 성적 환상을 엄격히 억제해 온 것이다.

어느 여성은 성적 환상에 잠시라도 몰입한다는 것은 자신을 플레이보이 바니걸이나 마릴린 먼로 또는 보편적으로 섹시하다고 여기는 여자로 만드는 것으로 오해하고 있었다. 그녀는 '관능적으로 되기 위해 멍청한 여성이나 난잡한 여성으로 나 자신을 상상하고 싶지 않다'고 말한다. 그러나 성적 환상은 자신이 원하는 대로 상상할 수 있는 세계임을 깨달은 다음에는 성적 욕구를 자극하는 이미지에 대해 좀더 자유롭고 유쾌해질 수 있었음을 고백했다.

성적 환상을 기피하는 여성들은 대개 성적 충격을 받았던 경험을 갖고 있다. 또 어린 시절 '성적 충동은 억제해야만 한다'는 교육을 받았고 종교적 이유 등으로 성적 환상을 죄악시한다.

예를 들어 보자. 한 여성은 어린 시절 가깝게 지내던 옆집 아저씨가 강요하여 어쩔 수 없이 어린이 춘화의 모델을 한 적이 있었다. 그런 다음부터는 성적 환상에 대해 엄청난 두려움을 갖게 되었다. 성인이 된 뒤

로트랙의 〈여자〉 1864~1901

에도 마음속으로는 도저히 갈 수 없는 어떤 어둠의 장소로 받아들이고 있다. 수녀로서 성욕 자체를 금기시하여 성에 대한 생각 자체를 억제해 온 여성의 경우도 마찬가지이다. 그러나 50세에 수녀복을 벗고 남자들과 데이트를 하기 시작한 그녀는 남자 친구가 키스를 해주거나 손가락을 빠는 단순한 환상에도 짜릿함을 느낀다고 말한다.

여성들의 성적 환상도 인생의 변화에 따라 달라지거나 발전한다. 사랑하는 남자와 장래를 약속하고 정서적으로 안정된 관계를 갖게 되면 환상에 대해 덜 생각하는 경향이 있다. 반대로 보다 더 몰입하기도 한다. 그리고 성적 환상을 즐기는 능력도 노화 현상, 스트레스, 호르몬 분비 상태 등과 같은 생리적인 요인들에 의해 영향을 받는다.

혼자 누리는 즐거움

여성의 관능적 세계만큼 오묘하고 다양한 것이 또 있을까. 하지만 스스로 자신의 관능적 세계를 묘사한다는 것은 결코 쉬운 일이 아니다. 만약 자신의 언어로 관능적 세계를 묘사할 수 있다면 어떤 효과가 있을까. 그렇지 않은 경우와의 차이는 무엇일까.

이제 막 젖망울이 커가는 앳된 소녀를 주인공으로 삼은 어느 여성의 판타지를 예로 들어 보자. 한적한 시골 농장에서 살아온 소녀는 사춘기에 접어든 탓인지 혼자서 외로움을 감당해 내기 어려웠다. 어느 날, 이곳 저곳을 돌아다니는 방문판매원이 소녀의 집을 방문했다. 날은 저물고 밤은 깊어 그 남자가 농장 창고에서 하룻밤 머물게 되면서 이야기는 시작된다.

"아직 이성에 눈뜨지 못한 소녀는 농장을 찾아온 낯선 사람이 궁금해서 견딜 수가 없었다. 소녀는 창고에 누워 있는 그를 찾아가 친구가 될 수 없겠느냐고 물었다. 남자는 피곤했지만 소녀의 상냥한 호의를 무시할 수가 없었다.

새벽 안개가 농장 주위를 뒤덮을 즈음, 두 사람은 은밀한 얘기까지 나누게 되었다. 소녀는 자기 젖가슴이 커지지 않을까봐 걱정하면서 남자들은 젖가슴이 큰 여자를 좋아하는 것 같다고 말했다. 그러자 그 남자는 자신이 사귄 여자 중에 한 사람이 젖가슴을 크게 만드는 비결을 말해 준 적이 있는데, 그 비결을 가르쳐 주겠다고 약속했다.

며칠 뒤, 다시 만난 두 사람은 친구 이상으로 가까운 사이가 되었다. 남자는 젖가슴을 크게 할 수 있는 비결을 가르쳐 주겠다며 소녀의 가슴에 손을 얹었다. 그리고 누군가가 젖꼭지를 빨아 주면 커진다고 했다. 그는 소녀의 젖꼭지를 부드럽게 빨아 주면서 아기에게 젖 먹이는 엄마들의 젖가슴을 본 적이 있느냐고 물어보았다.

젖가슴이 그다지 커진 것 같지는 않았지만, 소녀는 이렇게 개인교사를 곁에 두게 된 건 행운이라고 생각했다. 그는 또 남자의 성기를 크게 만드는 방법을 가르쳐 주었다. 남자는 소녀에게 자신의 성기를 마사지해 보라고 했다. 그러자 커지기 시작하는 남자의 성기를 처음 본 소녀는 놀라움을 금할 수가 없었다.

남자는 소녀의 옷을 벗긴 후에 자신의 딱딱해진 성기가 소녀의 몸속으로 들어가는 것을 보여 주었다. 아픔과 환희의 시간이 밤을 스쳐 지나갈 즈음, 남자는 소녀의 귀에다 뜨거운 입김을 불어넣으면서 살며시 속삭였다. 이제 성숙한 여인이 된 것이라고."

만약 어리고 성적 경험도 많지 않은 어느 여성이 자위행위를 하면서 이러한 관능적 상상을 떠올린다면 어떤 느낌이 들까. 또는 좀더 성숙하고 경험이 많은 여성이 관능의 또 다른 전율을 새롭게 느껴보고자 이런 환상에 빠져 본다면 어떤 느낌일까.

이 '한적한 농장의 소녀'에 대한 환상의 주인공은 46세의 기혼녀이다. 그녀는 이 환상에 대해 사랑과 미움의 감정을 동시에 갖고 있었다. 방문판매원과 소녀 사이의 다정함과 성적 유희, 특히 젖가슴을 만지고 젖꼭지를 빨아 주는 장면은 성욕을 자극하기 때문에 좋아했다. 문제는 이 환상이 성을 즐길 수 있도록 하는 데 도움을 주긴 하지만 매번 싫다는 느낌을 뿌리칠 수 없다는 점이다.

성적 환상은 표면적인 것만으로 평가되거나 다른 사람에 의해 '좋다' '나쁘다'로 판단될 수 있는 성질의 문제가 아니다. 환상을 그리는 개개인만이 자신의 느낌에 따라 가장 잘 해석할 수 있는 자격을 갖추고 있다. 일단 자신의 성적 환상을 좀더 제대로 이해한다면 성생활에 자극과 즐거움을 더해 주는 것은 물론, 보다 열정적인 관능을 표현하는 방법으로 새로운 환상을 만들어 볼 수도 있을 것이다.

성적 환상에 대해 마음의 문을 열어 두라.

제 2 장

여자라는 사실에 축배를

아내와 남편이 동시에 포르노 잡지를 봤다고 해도 두 사람의 흥분 속도는 다르다. 남편에게는 그 사진들이 성적 환상의 초점이자 확실한 자극제로 작용한다. 반면에 아내가 관능적으로 성을 즐기기 위해서는 좀더 구체적이고도 은근한 진전이 필요하다. 잡지에 실린 이야기를 읽으면서 감정적으로 자신을 흥분시켜 주는 어떤 인물을 상상함으로써 환상에 몰입하고 그런 후에야 비로소 흥분하기 시작한다.

느낌과 이미지를 찾아서

이런 차이점은 성적 환상에서도 동일하게 나타난다. 남자들의 성적 환상은 여자들에 비해 시각적으로 좀더 생생한 그림에 의해 자극을 받고 서둘러서 성행위에 돌입하려는 경향이 있다. 그 내용 역시 매혹적이고 성에 대한 열망이 강한 여자와 관계를 하는 것이 일반적이다. 통계에 따르면, 남성들이 가장 흥분하는 성적 환상은 다양한 체위를 구사하는 것, 여자가 공격적으로 리드하는 것, 오럴섹스, 새로운 여자와의 섹스, 바닷가 모래사장에서 하는 것 등이다. 말하자면 남성들의 성적 환상은 고정적이고 상투적이다.

전화방에 근무하는 한 여성은 통화가 시작되면 1분 내에 곧바로 상대 남자가 어떤 성적 환상에 반응할 것인지를 알아챈다고 했다. 상대방의 취향을 파악하고 나면 그녀는 곧바로 일정한 대사를 읊어 그 남자를 절정 상태로 몰아간다는 것이다. 그러나 여성들의 성적 환상을 파악하는 데는 다소 시간이 필요하다. 상투적이거나 직선적으로 절정을 향해 돌진하는 경우는 드물다. 오히려 환상 속에서 자신은 어떤 모습인지,

어떤 역할인지, 어떤 성적 에너지가 표출되고 있는지를 설명하는 데 집중되어 있다. 실제로 여성들에게 환상이 관능적이고 성욕을 자극하게 되는 이유는 감정적 만족, 애정관계에서의 역학, 각각 다른 성감대를 자극해 주는 다양한 감각적 유희 등이 존재하기 때문이다.

여성들은 성적 환상에 대해 느낌을 중시한다. 느낌을 결정짓는 데는 그 내용이 큰 부분을 차지한다. 그룹섹스 환상을 즐기는 두 여성의 경우를 보자.

한 여성은 오토바이 족이 자신을 강제로 납치해서 잔인하게 강간하는 것을 상상했다. 다른 여성은 자신이 호화 유람선을 타고 여행하는 동안, 그곳에서 유람선 승무원 한 사람 한 사람으로부터 즐겁고도 호사스러운 성적 즐거움을 서비스 받는다고 상상했다. 이렇듯 전혀 상반된 상황에서 이루어지는 섹스를 떠올림으로써 두 사람은 그룹섹스에 대해 완전히 다른 느낌을 갖게 될 것이다.

환상은 이미지 중심으로 이루어진다. 조사에 따르면, 여성들에게 인기 있는 성적 환상은 현재의 애인(또는 남편)과 나누는 여러 형태의 섹스, 과거의 성경험에서 해방되는 것, 다양한 체위를 구사하는 것, 새로운 장소를 물색하는 것, 침대가 아닌 카펫이나 쇼파 위에서 하는 것 등이라고 한다. 하지만 정작 성적 환상을 묘사할 때는 그런 유형별 결과와는 전혀 맞지 않는 여러 가지 이미지에 치중하는 게 대부분이다. 오히려 환상이 갖는 관능적인 가치와 얽히고설키는 정교한 이야기에 더 많은 비중을 둔다.

실제로 여자의 감각적이고 관능적인 면을 상상하는 한 여성을 만난 적이 있다. 그녀는 환상 속에서 은밀하게 여자의 몸에서 이루어지는 부드러운 곡선, 묘한 그늘, 매끄러운 피부를 즐기고 있었다. 하지만 결코 레즈비언 환상은 아니다. 그녀는 현실에서는 남자와의 섹스를 즐긴다. 따라서 그녀의 환상은 여자라는 사실을 축하하는 축배 같은 것이라고 할 수 있다. 이와 비슷하게 어떤 레즈비언들은 남자 성기, 남자 성기 모양의 기구, 그리고 상당히 남성적인 에너지에 대해 흥분하는 성적 환상에 빠지기도 한다.

여성들의 성적 환상에 대한 묘사는 포르노 영화세계의 관능과는 전혀 다르다. 대부분의 여성들은 즉각적인 성적 쾌락, 영상적인 표출 등의 포르노 공식에 따라 감각적으로 흥분되지 않는다. 포르노적인 요소보다 친밀한 관계 형성과 나름대로 스토리 전개 속에서 더 감각적이고 성적으로 자극을 받는다. 육체적 접촉이나 시각적인 면은 여성이 좋아하고 원하는 성적 환상의 일부분일 뿐이다.

대본을 갖춘 판타지라면

일반적으로 여성들이 갖는 성적 환상은 두 가지 유형으로 구분된다. 대본이 있는 것과 없는 것이 그것이다. 대본이 구성되어 있는 성적 환상은 적절한 구성과 역할을 수행하는 인물, 그리고 때로는 대사가 포함된 이야기체의 형식을 갖추고 있다.

반면에 대본이 구성되지 않은 성적 환상은 여성이 성적으로 경험하고 있는 어떤 것이라도 반영하고 보강해 주는 감각적 이미지에 집중하는 형태이다. 여성이 섹스와 연관짓게 되는 육체적 자극이나 배경, 소리 등을 상세히 설명하는 경우라고 할 수 있다.

보이스의 〈여자〉 1957

그렇다고 해서 대본이 있는 성적 환상을 창조하는 여성과 그렇지 않은 여성이 따로 있다는 말은 아니다. 소설을 쓰는 한 여성은 하루 종일 소설 속의 인물과 구성, 대사에 골몰하기 때문에 대본을 갖춘 성적 환상은 상상하지 않게 된다고 했다. 중요한 것은 대본이 있는가 없는가 하는 점이 아니다. 성적 기쁨을 높여 주고 감각을 자극하는 역할을 어디에 둘 것인지가 중요하다.

먼저 대본에 따라 등장 인물이 설정되는 성적 환상을 보자. 이 환상은 여성들이 가장 보편적으로 묘사하는 방법이다. 이 방법이야말로 성적 환상의 정의에 가장 알맞은 것이며 각각 다른 문화적 배경을 가진 사람들이 공통적으로 수용하는 것이기도 하다.

성적 환상 속에서 자신이 어떤 인물인지를 결정하기 위해 아래의 간단한 질문에 답해 보자.

첫째, 환상 속의 섹스에서 능동적인가 수동적인가.

둘째, 섹스를 제안하는 쪽인가 받는 쪽인가.

셋째, 성적 접촉에서 즐거움을 나누려 애쓰는가 일방적인가.

넷째, 섹스를 진심으로 원하는가, 아니면 어쩔 수 없이 받아들이는가

다섯째, 상대와 나누는 성 에너지가 따뜻한 애정과 관심의 표현인가, 아니면 뒤틀린 감정의 표출인가.

여섯째, 섹스를 할 때 주체자인가 관음자인가.

이상의 여섯 가지 질문을 따라가다 보면 당신은 자신의 성적 취향이 어떠한지를 가늠할 수 있을 것이다. 대본 구성을 갖춘 성적 환상은 대체로 이러한 여섯 가지 질문의 답에서 그 유형을 찾을 수 있다.

그럼 당신은 어느 유형의 여자인가. 야성적인 여자인가, 늘 불쌍한

피해자인가, 아니면 관음증이 있는 여자가 되어 환상 여행을 즐기는가. 어떤 상황이든 대본이 있는 환상에는 자신만의 독특한 유형이 있게 마련이다. 성적 환상에서는 옳고 그름이 없다. 모든 것이 자신의 몫일 뿐이다. 가장 중요한 것은 어떤 상황에서 가장 빨리, 가장 아름답고 오랫동안 오르가슴을 느낄 수 있느냐 하는 점이다.

여러분은 이제부터 다양한 주제와 취향의 성적 환상을 경험하게 될 것이다. 아직 환상의 세계에 들어서지 못한 사람이라면 이 경험을 통해 대본 구성을 갖춘 성적 환상의 오묘한 맛을 체험하게 될 것이다.

사랑스런 아가씨

"나는 짙은 초록색의 가느다란 끈이 달린 네글리제를 입고 작은 조명이 별처럼 박혀 있는 호텔 방안에 혼자 있다. 얼마나 오랫동안 이렇게 있었던 것일까. 창밖의 밤바다를 바라보는 순간, 누군가 살며시 문을 밀고 들어온다. 정오에 호텔 로비에서 만났던 하와이 남자다. 시계를 보니 약속시간이 정확하다.

적당히 그을린 피부에 검은 눈동자, 손등에 돋아난 시퍼런 힘줄이 힐끔 내 눈에 와 박힌다. 숨이 멎을 것만 같다. 바다에서 불어오는 미풍에 커튼이 파도처럼 흔들린다. 순간, 그는 자신의 청바지를 벗어 내던진다. 나는 그의 부드러운 살결을 느껴보고 싶었지만 접근하지 못한 채 망설이고 있었다. 고개를 숙인 채 그가 다가오기를 기다렸다.

내 뒤로 가만히 다가오는 뱀가죽 부츠를 신은 그의 발이 보였다. 이어 그는 내 목과 등을 쓰다듬고 키스를 하면서 몸을 가볍게 눌렀다. 순간

로댕의 〈바다에 있는 여자〉 1840~1917

짜릿한 전율이 목 아래로 미끄러지듯 내려왔다. 그는 내 귀에 촉촉한 입김을 불어넣으며 속삭여 주었다. 그리고는 실크 스카프로 내 눈을 가린 다음 침대로 이끌었다. 아무것도 보이지 않았다. 이제부터 어떤 일이 벌어지는 것일까. 뭔가에 대한 기대감이 나를 더욱 자극시켰다. 그는 내 몸을 천천히 더듬어 내려갔다. 허벅지 사이를 조금 깨물어 주다가 혀로 핥기 시작했다. 침대 난간을 붙잡은 나는 탄성을 쏟아낼 수밖에 없었다. 아, 이 밤이 영원했으면."

대단히 낭만적인 성적 환상이다. 남자로부터 사랑을 듬뿍 받으면서 최고의 성적 쾌감을 얻게 된다는 설정이기에 그녀의 성적 욕망은 철저하게 수동적으로 표출된다. 성적으로 강력하게 공격해 오는 상대 남성에게 압도된다. 그렇다고 해서 강요된 강간은 결코 아니다. 성적 희롱과 유희라는 조종키를 모두 상대에게 맡겨버리면, 쾌락의 극치로 몰아가는 방법을 잘 아는 상대가 완벽하게 절정으로 이끌어준다는 설정이기 때문이다.

이러한 대본 설정은 여성들이 즐겨 떠올리는 성적 환상의 하나이다. 그것은 성장과정에서 받은 교육내용, 즉 '성적으로 복종하는 것이 여성스러운 것이며 상대방도 즐겁게 해준다'는 메시지를 관능화시킨 것이다. 그러나 아이러니컬하게도 이 환상의 주인공은 자기 주장이 강한 여권주의자이다. 그런데도 그녀는 성생활이나 환상 속에서는 성적으로 리드 당하는 수동적인 역할을 더 좋아한다.

이 '사랑스런 아가씨'의 이미지는 요즘에도 문학, 영화, 그리고 동화에서도 즐겨 애용되고 있다. 연애소설의 주제로 지속적인 인기를 끌고 있다. 왜 그럴까. 아마도 이 환상이 자아내는 교묘한 질감 속에서 많은 여성들이 상당한 성적 즐거움을 찾고 있음이 분명하다. 실제로 연애소설을 자주 읽는 여성들이 그렇지 않은 여성들보다 섹스를 더 자주 하고 더 큰 성적 만족을 느낀다는 조사통계가 있다.

여성들의 성적 환상은 현실이라는 시간과 공간으로부터 벗어나 자유롭게 날아가 잠시 쉬었다 돌아오는, 상상의 비옥한 땅 위에 우뚝 서있는 아름다운 궁전인 만큼 무한대로 상상의 나래를 펼쳐 볼 수 있다.

불쌍한 피해자

"두꺼운 커튼이 가느다란 햇살마저 가려 버려 마치 중세시대의 고성과도 같다. 나는 거품이 온몸을 감싼 욕조 안에서 나만의 한가한 시간을 보내고 있었다. 언제 발라도 향긋한 오일은 오늘도 어김없이 나를 자극했다. 가운을 걸치는데 전화벨이 울렸다. 수화기를 들자 남자 친구의 거친 목소리가 다급하게 들려왔다. 지금 이곳으로 오는 중인데, 친구 한 명과 동행하고 있다고 했다.

그 말을 듣자 기분이 묘했다. 어떤 옷으로 두 남자를 맞이해야 할까. 막막하기만 했다. 하지만 아직 채 마르지 않은 오일이 허벅지를 타고 내리는 순간, 무늬 없는 검은 슬립 한 장으로 결정했다.

남자 친구의 친구는 입구에서부터 내 발끝을 살피더니 하얗게 드러난 허벅지에서 가파른 경사를 타기 시작했다. 그의 시선을 따라 내 몸도 함께 꿈틀거리고 있음을 느꼈다. 잠시 후, 남자 친구는 아무렇지도 않은 듯 자기 무릎 위로 나를 잡아당겨 앉히고는 젖가슴을 어루만지고 꼬집는다. 다른 한 손은 슬립 아래에 들어가 있다. 그의 성기가 단단해지는 것이 느껴졌다. 남자 친구가 말했다.

'화끈하지, 안 그래? 이 여자는 내 몸종 같아. 내가 원하면 발가락까지 핥아 준다니까.'

그 말을 듣자, 나는 두 남자를 제대로 자극시키고 있다는 것을 알았다. 이제 두 남자는 한 명씩 번갈아가며 나를 숨가쁘게 몰아갈 것이고, 모욕과 쾌락의 시간을 오가며 절정의 언덕으로 넘어가게 해줄 것이다."

이 환상 역시 앞의 '사랑스런 아가씨'와 똑같이 여자가 수동적인 입장이다. 하지만 절정에 이르는 과정은 전혀 다르다. 여기서는 자신의 의지와 무관하게 성유희의 현장으로 끌려들어 간다. 성적으로 통제받고 지배당하며 모욕을 받아야만 오르가슴에 이른다.

이런 식의 성적 환상을 갖는 여성들은 대개 섹스를 지배와 고통, 공포, 부끄러움 등과 연관시킨다. 성심리치료사들도 과거의 폭력적인 성경험이 피해자 역할의 환상을 유발하는 경우가 많다고 말한다.

소녀 시절, 강간으로 심하게 다쳤고 어른이 된 후에도 데이트하는 남자에게 강간 당한 어느 여성의 경우를 보자. 그녀가 지금 사귀는 애인은 무척 부드럽고 다정한 남자이다. 여자가 싫다고 하면 그 어떤 행동도 삼가는 남자다. 하지만 그녀는 그와 섹스하는 게 즐겁지 않다. 오히려 그 시간이 견디기 힘들다. 알 수 없는 남자가 자신의 발목을 누르며 폭력을 행사하고, 다른 사내가 자신의 입이나 항문에 성기를 마구 집어넣으면서 욕을 퍼붓고 때리는 환상에 빠져든 후에야 비로소 절정에 오르게 된다는 것이다.

이러한 환상은 사라지고 나면 자신과 상대방 사이에 생긴 거리감 때문에 몹시 언짢아질 수 있다. 그래서 피해자 역할의 환상은 현실에서조차 자신을 피해자로 느끼게 만들 가능성이 높다. 만일 이러한 피해자 환상에 계속 몰입하게 되면, 성적 즐거움과 고통, 위험 사이에 어떤 연관성이 있는 것으로 착각할 우려가 있다.

현실적으로 피해가 없다는 이유로 이런 류의 환상에 빠져드는 여성들에게 『치유할 수 있는 용기』의 저자 엘렌 배스는 이렇게 충고한다.

"피해자 역할이 여성의 진정한 모습이거나 본질은 아니다. 성적 환상은 운명적으로 결정지어지는 것이 아니라 우리가 배우거나 만들어 내는 어떤 역할일 뿐이다."

야성적인 여자

"나는 젊고 아름다운 여자들과 한적한 오두막에 있다. 여자들은 내게 화장을 해주고 붉은 하이힐을 신겨 주며 작은 비키니 팬티를 입혀 주면서 자신들과 어울릴 것을 요구한다. 약간의 긴장감마저 느끼면서 어떤 일들이 벌어질까 떠올리니 숨이 가빠온다.

그 순간, 여자들은 모두 어디론가 사라지고 손바닥만한 팬티 한 장을 달랑 걸친 남자 열 명이 몰려왔다. 하나같이 매력적이고 정열적으로 생긴 남자들이었다. 갑자기 음악 소리가 커지면서 나도 모르게 춤추기 시작했다. 그들은 내 춤솜씨에 놀란 듯 멍하니 쳐다보기만 한다. 무척 오랫동안 춤을 춘 것 같았다. 머리가 어지러워 쓰러질 정도였으니까.

눈을 떴을 때, 나는 일곱 난쟁이에 둘러싸인 백설공주처럼 가만히 누워 있었다. 열 명의 남자들이 나를 둘러싸고 있었다. 어떤 남자들은 나를 부드럽게 쓰다듬었고, 어떤 남자들은 무척 안타까운 눈초리로 나를 응시하고 있었다. 나는 한 사람 한 사람에게 각기 다른 체위로 나를 즐겁게 하라고 명령했다. 그들은 번갈아가며 밤새도록 나를 애무했다. 어떤 남자는 목덜미를, 어떤 남자는 젖꼭지를, 어떤 남자는 엉덩이를 쓰다듬으며 나를 절정의 언덕에서 헤어나지 못하게 했다."

이 환상에서 주인공은 야성적인 여자이다. 야성적인 여자의 역할은 전형적으로 자기 욕망을 적극적으로 만족시키지만 환상 속의 상대방을 모욕하거나 해치지 않는다. 이러한 구성은 모험, 자발성, 긴장감, 그리고 유희와 같은 요소들을 정교하게 엮어 자신의 성적 희열을 최고조로 높여 준다. 또 자신의 성적 능력을 자랑하기도 한다. 때로는 성적 관습을 무시한 채 한꺼번에 여러 명과, 그것도 공공장소에서 성행위를 벌인다. 그 예를 들어 보자.

"나는 로큰롤 음악이 크게 울려 퍼지는 시끄러운 술집의 당구대에 몸을 기대고 있다. 당구를 같이 친 적이 있는 한 남자가 테이블 위에서 춤춰 보라고 한다. 나는 기꺼이 테이블 위로 올라가 춤췄다. 남자들이 노골적이고 정욕이 끓는 눈으로 쳐다보는 것이 좋았다.
그들 중 가장 잘생기고 근육질의 한 남자를 탁자 위로 불러올렸다. 탁자 위에 올라온 그는 이미 흥분된 상태여서 마냥 춤만 출 수가 없었다. 우리는 얽혀서 키스를 퍼붓다가 탁자 위로 쓰러졌다. 둘러선 남자들이 환호소리를 질러댄다. 나는 남자에게 내 성감대를 집중적으로 자극하도록 했다. 절정에 먼저 도달한 것은 내가 아닌 그 남자였다. 나는 남자들을 한 명씩 탁자 위로 불러올렸다."

많은 여성들이 야성적인 여자 역할이 주는 극도의 성적 즐거움과 자유를 만끽하는 반면, 일부는 현실과 너무 다른 점 때문에 불편함을 느끼기도 한다. 환상 속의 상대는 자신들의 성적 요구에 따라 완벽하게 반응하지만 현실에서의 상대는 자신들의 노골적인 성적 요구에 어떻게 반응할 것인가를 생각해야 하기 때문에 괴리감이 생기는 것이다.

야성적인 여자는 적극적으로 때로는 거의 이기적으로 육체적 쾌감을 추구하는 인물의 전형이다. 그러므로 환상이나 현실에서 자신의 상대와 느껴야 할 깊은 친밀감이나 동등성을 놓칠 수 있다.

이처럼 자신을 야성적인 여자로 상상하는 것은 호기심 있고 관심 있는 성관계이긴 하지만 현실적으로는 경험해 보기 힘든 상황이라 더 많이 끌리게 된다. 가령 레즈비언과 관계를 가져 본 적이 없는데도 레즈비언처럼 여자와의 성적 유희를 상상하는 경우가 그러하다.

남자를 지배하는 여자

"나는 남자를 좋아한다. 남자를 지배하는 것은 그 어떤 일보다도 쉽다. 적어도 나는 그 방면에 전문적인 기술을 갖고 있다. 요령은 간단하다. 처음에는 남자에게 나를 지배할 수 있는 힘을 조금 허락해 준다. 그러다가 남자가 내게 완전히 빠져들면 그 지배력을 빼앗는다. 그러면 상황은 완전히 바뀐다. 지배자는 남자가 아니라 바로 내가 된다. 남자는

작가 미상의 〈남자와 여자들〉 19세기

무엇이든 내가 하자는 대로 할 수밖에 없다. 그는 나를 즐겁게 해주기 위해 존재할 뿐이다. 완벽한 즐거움을 얻어낸 다음에는 헤어진다."

이 환상은 상대를 제압하고 관능적으로 통제하는 힘에서 자극을 받는, 지배적인 여자 타입의 전형적인 심리구조이다. 자신이 원하는 것을 상대에게서 얻어내는 데 초점이 맞춰져 있다. 실제로 어떤 여성은 섹스를 할 때 지배한다는 상황에서 오는 미묘함과 카타르시스를 느끼기 위해 상대와 번갈아가며 지배와 복종의 역할을 나누기도 한다. 때로는 수갑이나 스카프 같은 소품을 사용하여 재미를 보태기도 한다. 물론 상대에게 고통을 주려는 의도는 아니다. 너무 기계적인 섹스에 식상했을 때 새로운 변화를 주기 위한 의도일 뿐이다.

사랑받는 여자

"나는 그의 태양이고 하늘이다. 그는 식사 중에도 내 말에 귀를 기울여주고, 복잡한 시내에서 손잡고 걸을 때도 내 기분을 끊임없이 살핀다. 아파트에 단둘이 있을 때는 나를 꼭 껴안고 달콤한 목소리로 속삭여준다. 내가 이 세상 무엇과도 바꿀 수 없는 사랑스런 존재라는 것이다. 이런 말들은 나를 극도로 흥분시켜 날이 갈수록 그를 하루라도 빨리 받아들이고 싶었다.
우리의 첫 키스는 부드럽고 달콤했다. 몸이 하나로 합쳐졌을 때는 단순히 남자와 여자가 즐기는 섹스가 아니었다. 심장과 영혼이 함께하는 전율을 느낄 수 있었다."

이 환상은 '사랑받는 여자'의 전형적인 성적 환상이다. 육체뿐만 아니라 정신적으로도 사랑하는 연인들이 느끼는 성적 욕망을, 밀착된 감정의 영역 안에서 조심스럽게 펼쳐 보이는 타입이다. 마치 로미오와 줄리엣과 같다. '사랑받는 여자'로 상상하면 동등한 인격체로서의 사랑과 강한 매력에 빠져든다. 한 여성은 자신의 환상을 이렇게 묘사했다.

"사랑하는 사람과 떨어져 지내는 것은 참으로 슬픈 일이다. 나는 타임지의 아시아 통신원으로, 그는 오스트레일리아에서 성공한 텔레비전 프로듀서로 일하고 있다. 우리는 빈 스케줄에 맞춰 한 달에 한 번 정도 로스엔젤레스에서 만나고 있다.

우리가 처음 그렇게 만났을 때의 일이다. 내가 비행기에서 내리자, 그는 방송국의 리무진을 이미 대기시켜 놓았다. 호텔 방에 들어서자 그는 내가 좋아하는 중국 요리를 미리 준비해 두었다. 나는 젓가락을 집어 들고 중국 요리를 한 입 먹을 때마다 앙증맞은 눈빛과 다소 요염한 분위기를 흘려보냈다. 탁자 아래에서 우리의 발은 서로에게 기대어진 채 얽히길 원했다. 그러나 탁자 위에서는 여전히 인생과 직업, 최근의 시사 문제를 놓고 대화를 나누었다.

우리는 서로를 존중하고 아끼는 탓에 섹스 이야기를 쉽게 내뱉지 못했다. 얼마 후 침대에 누워 있는 내게 그는 이 세상 무엇과도 바꿀 수 없는 따뜻한 말과 포옹을 하며 나를 원했다. 때마침 호텔 창밖으로 비가 내렸다. 가물거리는 도시의 야경이 내 몸 구석구석을 휘감아 돌고 지나간다. 내리는 빗소리에 맞춰 엷은 신음소리가 흘러나왔다. 그와의 첫 날밤은 너무도 깊었으며 짧고도 긴 시간이었다."

대부분의 여자들이 사랑받는 여자 역할을 좋아하는 이유는 정신적 유대감과 서로에 대한 관심 속에 성행위가 이루어지기 때문이다. 어떤 여성들은 파트너와의 첫 섹스를 기억해 내면서 사랑을 확인해보려고 애쓴다. 두 사람의 사랑에 새로운 활기를 불어넣으려는 바램으로 자신만의 성적 환상을 엮어 나가는 것이다. 한 여성은 남편에 대한 사랑의 감정으로 야외에서 벌어지는 성적 환상을 다음과 같이 그리고 있다.

"우리는 깨끗한 호수가 있는 산으로 캠핑을 갔다. 한여름에 피어난 들꽃들은 우리가 걷는 길을 수놓으며 마음껏 재잘거리고 있다. 우리는 아주 한적한 숲으로 깊이 들어가 있었기 때문에 계곡에서 옷을 벗고 몸을 담그기로 했다. 물속에 들어가자, 우리는 본능적으로 서로에게 밀착되었다. 처음에는 몸을 따뜻하게 하기 위해 껴안았지만 점차 타오르는 성욕을 감당하기 힘들어졌다. 키스를 나누자 우리의 목과 가슴으로 출렁이는 물살이 체온을 전했다. 조금씩 숨이 가빠지기 시작했을 때 텐트로 돌아왔다.

그의 율동적인 손가락은 나를 알맞게 마사지해 주었다. 흥분이 높아지자 나는 그의 무릎 위에 앉은 채 삽입을 하고는 앞뒤로 조금씩 돌려 가면서 몸을 흔들어 주었다. 극치의 순간에 서로의 진액을 깊이 받아들이자 맥박이 터질 것만 같은 기분을 감출 수가 없다. 그가 내 가슴에 얼굴을 파묻었다. 그리고는 긴 잠에 빠져들었다. 간간이 산새가 날아와 지저귀는 것 말고는 너무도 고요한 숲이었다."

그러나 이 사랑받는 여자의 환상에서 깨어나면 현실과는 너무 차이가 많아 슬픔을 느낀다는 여성들도 적지 않았다. 환상을 채워 줄 파트너를 현실에서는 만날 수 없다는 점에 불만을 갖는 것이다. 환상과 현실은 엄연히 다른 법이다. 때문에 상상의 세계 속에만 '사랑받는 여자' 이미지를 심어 두는 경우가 많다.

훔쳐보는 여자

"비디오를 켜는 순간, 나는 그 짧은 단편영화의 주인공이 되었다. 영화 속 주인공은 나와 너무나 흡사했다. 영화 속에서 나는 대학생이 되어 학교 기숙사에서 다른 여학생과 방을 같이 쓰고 있다.
어느 때인가, 우리는 음악을 듣고 춤추며 숄과 모자, 그리고 야한 옷을 몸에 걸쳐 보기도 했다. 그러다가 갑자기 그녀가 침대에서 자위를 시작했다. 나는 전혀 눈치채지 못한 것처럼 행동했다. 잠시 후 그녀는 내 몸을 만지고 싶다고 했다. 내 몸을 격렬히 만지던 그녀가 절정에 오를 때까지 나는 석고처럼 앉아 있었다. 나를 애타게 원하는 눈초리를 바라만 볼 뿐이었다."

이 여성의 관음증적인 역할은 상당히 성욕을 자극하는 판타지 경험이다. 자신의 성적 환상에서 한 발짝 물러나서 일종의 감정적 거리감을 유지하도록 해준다. 판타지의 이야기 전개에 직접 참가하고 있다는 느낌 없이 환상의 장면을 바라보면서 그것을 즐기는 것이다.
이 관음증적인 환상은 액자소설처럼 환상 속에 또 하나의 환상을 만들어 놓고 있다. 성행위를 하지 않고서도 즐길 수 있는 관능의 완충지대 역할을 충실하게 수행하는 것이다. 관음증적인 역할은 성행위를 한다는 조건에서 보면 수동적이지만 실제 행위를 하지 않고도 자신을 자극할 수 있다. 만약 누군가 쳐다보고 있다는 사실을 설정하게 되면 관능적인 흥분은 더 높아진다.

관음증적인 역할이 항상 구경꾼으로 남는 것만은 아니다. 어디서 어떻게 엿보는가, 아니면 자신을 환상 속에 얼마나 개입시키는가에 따라 상황은 전혀 다르게 나타날 수 있다.

그룹섹스가 벌어지는 어느 한적한 별장을 떠올려 보자. 한 여성은 그룹섹스가 벌어지고 있는 소파 한가운데에서 그들을 바라보고 있다. 두 번째 여성은 그룹섹스가 벌어지고 있는 방을 창문으로 들여다본다. 세 번째 여성은 자기 마음속에서 그 여성들과 그룹섹스를 벌이는 모든 사람들을 함께 그려본다. 네 번째 여성은 자신도 직접 그룹섹스를 즐기면서 마치 멀리서 바라보는 것처럼 환상 속으로 모든 것을 그려 넣는다.

관음증적인 역할에 끌리는 또 하나의 이유는 포르노를 일찍 접했다는 데에서 그 뿌리를 찾을 수 있다. 다른 사람들의 성행위 장면을 보면서 흥분하던 패턴이 그들의 환상 속에 지속되는 것이다. 드물긴 하지만, 이러한 패턴에 너무나 익숙해져서 남편과의 섹스 중에 남편이 다른 여자와 섹스하는 장면을 훔쳐보고 있다는 이미지를 상상하지 않고는 자극이 되지 않는다는 여성도 있다.

대본 없이 감각적 판타지라면

성적 환상을 즐기는 대부분의 여성들은 대본 구성을 갖춘 판타지를 갖고 있지만 아무런 구성없이 감각 하나에만 의존하는 대본 없는 성적 환상을 즐기기도 한다. 그 소재나 소품은 다양하고 아주 구체적이다. 독특한 향의 향수, 혓바닥에서 녹아내리는 초콜릿의 달콤함, 귓가를 맴돌며 흐느끼듯 울려 퍼지는 색소폰 소리, 혹은 살갗에 닿는 실크의 부드러운 질감, 겨울바닷가의 쓸쓸한 파도소리나 쨍쨍 내리쬐는 한여름의 햇살 등 한두 가지가 아니다. 예를 들어 보자.

"나는 발을 바닥에 댄 채 무릎을 세우고 드러누웠다. 땅에서부터 솟아나는 에너지는 나의 발을 지나 다리로, 그리고 가랑이 사이로 스물스물 기어들어오고 있다. 나는 재빨리 몸을 흔들면서 에너지가 새어 나가지 않도록 몸속에 가득 채웠다. 에너지는 몸 주변을 돌고 돌아 둥근 고리를 만들어 저수지가 된다.

에너지의 한 부분이 나의 클리토리스 부근에 갇혔다고 느꼈을 때 손으로 그곳을 만진다. 에너지는 다시 몸 전체로 회전하면서 소용돌이를 친다. 오르가슴에 이를 때쯤이면 목소리도 변해 간다. 몸이 활처럼 휘면서 마침내 에너지는 내게서 빠져나간다. 내 몸이 느끼는 대로 마음대로 만들 수 있는 에너지에 나는 갇혀버리고 만다."

절정의 순간을 이렇게 묘사하는 것은 자신의 육체적 감각을 강조하기 때문이다. 그녀가 호흡, 육체적 에너지가 모이는 느낌, 신음소리 등을 강렬하게 엮어내는 데 생각을 집중한 결과이다.

대본이 없는 환상이 갖는 또하나의 이점은 통상적인 성적 역할이나 성관계의 역학 같은 것을 포함하지 않는다는 사실이다. 따라서 자신들이 갖는 환상 속에서의 이미지와 힘의 역학관계 때문에 불편해지거나 기분이 나빠지거나 하는 일은 거의 없다. 감각적인 환상이 성생활에 방해가 된다거나 원치 않는 환상이 되는 경우가 드물다는 이야기다.

특별한 대본 없이 감각적으로 묘사되는 환상들은 특이하고도 독창적이다. 한 여성은 빨간색을 자신의 열정과 흥분지수로 생각하고 방 전체를 붉은 빛깔의 그림이나 가구로 장식했다. 후각에 민감한 여성은 자신의 살결에서 피어나는 꽃향기를 맡기 위해 목욕물에 장미 꽃잎을 뿌리기도 한다. 음식도 환상속에서는 인기 있는 요소이다. 음식물은 종종 성의 즐거움에 미각과 관능적 즐거움을 더해 주는 작용을 한다.

『숙녀들의 성애』라는 작품을 보면 여성들이 굴, 아스파라거스, 복숭아 등 음식물을 소재로 성적 특성을 강조하는 이야기들이 실려 있다. 이러한 성적 환상을 접하면서 자신이 어떤 감각에 더 잘 흥분하는지를 살펴보면 나름대로의 감각적 기호와 성적 스타일에 대한 새로운 정보를 찾아낼 수 있다.

시각적인 여성들은 이미지나 장면들을 상상함으로써 성적 자극을 받을 것이고, 청각에 민감한 여성들은 감각적인 말이나 대화, 신음소리 혹은 분위기 있는 음악만으로도 흥분이 될 것이다. 유명한 성심리치료사인 로니 바바쉬 박사는 여성이 각각 다른 감각 형태를 가지고 반응하는 이유를 하나하나 설명할 수는 없지만 모든 여성들은 자신만의 고유한 감각적 틀에 의해서 자극 받고 흥분한다는 사실은 분명하며, 또한 대단히 중요한 부분이라고 밝혔다.

제 3 장

성적 환상에
영향을 끼치는 것

여러분들은 맨 처음 성적 환상을 그려 보았던 때와 그 내용을 기억하는가. 초기의 성적 환상은 생활의 여러 가지 요인 속에서 다양한 변화를 갖는다. 새롭고 유쾌한 육체적 감각을 처음 발견하는 사춘기의 강한 인상과 영향은 평생을 따라다닌다. 일반적으로 초기의 환상은 어린 시절 가졌던 낭만과 감각적인 생각들로 시작된다. 그리고 성장 속도에 맞춰 조금씩 성적인 변화의 물결을 타게 된다.

성적 환상은 아무 것도 없는 진공상태에서 저절로 생기는 것이 아니다. 대개는 소녀시절부터 부모나 친구, 형제자매, 선생님, 주위 사람들로부터 성과 섹시한 여성이 되는 것에 관해 여러 가지 영향을 받는다. 더구나 잡지, 책, 영화, 텔레비전 등은 엄청난 양의 정보를 제공하여 여성의 성장에 커다란 영향을 미친다. 성적 환상이 형성될 때 가장 기본적으로 작용하고 영향을 주는 것은 다섯 가지로 요약할 수 있다.

첫째, 여자로서의 성숙이 기대에 넘치는 것이었나.

둘째, 최초로 가졌던 성에 관련된 생각들은 무엇인가.

셋째, 어릴 적의 성에 대한 희망, 혼란, 두려움은 무엇인가.

넷째, 성적 관심은 편안하고 자연스럽게 커져갔는가.

다섯째, 서둘러 성경험을 했거나 강요당하지 않았는가.

당신에게 홀딱 반했어요

아마도 여러분은 어린 시절 어머니의 하이힐을 몰래 신고는 뒤뚱거리며 걸어 본 경험이 있을 것이다. 언니의 브래지어 속에 뭔가를 집어넣어 착용하기도 하고, 어머니가 쓰는 화장품을 몰래 발라 본 기억이 있을 것이다. 성숙한 여인의 기분을 느껴 보고 싶었던 것이리라. 물론 성숙한 여인이 된 것 같은 성적 환상을 시도해 봤을 것이다.

많은 여성들이 좋아했던 소꿉놀이도 사실은 '여성적'이라는 성적인 규범 안에서 존재하는 놀이이다. 세월이 흘러도 여전히 수많은 소녀들은 어머니나 언니의 옷과 보석을 몸에 걸쳐 보며 무대 위의 모델들처럼 거울 앞에서 여성적 감각을 나름대로 키워간다.

무엇보다도 사춘기 시절에는 어떤 연민의 대상을 설정해 놓는다. 연예인이나 스포츠맨, 소설가나 시인에게 편지 쓰기를 주저하지 않는다. 용돈을 다 털어서라도 그와 관련된 기념품들을 사거나 팬클럽에 가입한다. 만약 그런 경험을 하지 못했다면 최소한 비밀스럽게 오빠 친구나 학교 친구, 아니면 선생님을 짝사랑했던 경험을 가지고 있을 것이다. 최초의 판타지는 이처럼 홀딱 반했다는 데서 시작하는 경우가 많다. 사춘기 소녀들은 대부분 자신의 존재를 전혀 알아주지 않는, 일방적으로 홀딱 반한 상대에게 낭만적인 희망과 꿈을 모두 퍼붓는다.

몸이 변화하기 시작하고 성적인 느낌이 싹트기 시작하는 시기에 특정한 사람에게 반하는 것은 비교적 안전하고 보편적인 감정의 배출이라고 할 수 있다. 이렇듯 누군가에게 홀딱 반한다는 것은 어른이 되어 파트너를 구할 때 어떤 점이 매력적인지 파악할 수 있는 기회를 제공해 준다. 게다가 성에 대해 긍정적인 시각을 발달시키고 유지할 수 있는 방법을 가르쳐 주기도 한다.

이처럼 열정적 시기의 성적 환상은 여성들의 성적 발달을 일정한 방식으로 이끌어 준다. 현실에서 직접 경험하기에는 불안한 성적 느낌 같은 것을 가려내는 연습과정으로 봐도 좋다.

갈라니스의 〈여자〉 연도 미상

예컨대, 남자의 성기를 그려 본다거나 상대의 옷을 벗겨 본다. 흠모하기 때문에 그의 몸, 움직임, 입술의 곡선까지도 상상할 수 있다. 짝사랑이라는 일종의 안전지대를 두고 자신의 열정을 막힘없이 펼쳐 보는 상상을 하는 것이다. 문화적으로 본다면 성역화된 성적 환상의 초기 과정인 셈이다. 결국 누군가에게 '홀딱 반해버리는' 열정은 현실에서의 남녀관계를 연습할 수 있는 시간과 자신의 몸속에서 발견한 새로운 성 에너지를 겨냥한 상상이 가능한 공간을 마련해 주는 것이다.

오, 이 느낌

성적인 느낌이나 기분은 어느 날 갑자기 예고 없이 찾아오는 경우가 대부분이다. 이러한 최초의 자극은 매우 다양하고 구체적이다. 분수대의 물줄기가 가랑이 사이로 쳐들어오는 기분이나 말 잔등 위에서 느끼는 리드미컬한 진동을 그대로 받아들인다. 난간을 타고 내려올 때나 시소를 탈 때, 또는 젖꼭지에 바디로션을 바르다가 어떤 달콤한 전율 같은 것을 느끼기도 한다.

이 느낌들은 너무나 짜릿하게 기분을 고조시켰기에 판타지 속에서도 그 느낌을 얼마든지 찾아 낼 수 있다. 어떤 여성은 롤러코스터를 타거나 엘리베이터를 탈 때 속이 진동하는 느낌과 함께 허벅지 부근이 움찔거리는 전율을 기억한다. 또 꿈속에서 대담한 성적 느낌과 생각들을 경험하기도 한다. 성적인 자극과 즐거움을 주는 다른 것들과 마찬가지로 성에 대한 꿈도 적지 않은 흥분을 동반하기 때문에 그때 받았던 기분을 다시 재현해 보고 싶어 하는 경우도 많다. 꿈은 성에 대한 여러 느낌들이 스스로 부풀어오르도록 내버려둘 수 있는 안전한 수단이기도 하다. 깨어 있는 시간에 억제해 왔던 성적 욕구와 본능이 꿈속에서는 자유롭게 활동하는 것이다.

"나는 애인과 밀밭에 있다. 하늘, 오후의 햇살, 그리고 밀밭이 모두 노랗게 물들어 있다. 온 세상이 그저 우리 두 사람만을 위해 존재하는 느낌이 든다. 애인은 담요를 밀밭에 펼치고 피크닉 바구니를 열어 준비해 온 사과를 꺼내들었다. 그리고는 갑자기 내 입술로 다가와 키스를 퍼부었다. 이 세상이 이대로 없어져도 좋을 듯한 기분에 사로잡혔다. 꿈속에서도 나는 그때의 상황과 그 후에 벌어진 일들을 그대로 생각하고 있다. 꿈에서 깨어나면 두 다리 사이가 늘 축축하게 젖어 있지만 나는 하나의 습관처럼 그 꿈을 찾아 오늘밤도 헤맨다. 차라리 깨어나지 않는 아득한 시간들이었으면 더욱 좋겠다."

이것은 열아홉 살 소녀의 꿈과 같은 환상이다. 그녀의 부모는 매우 보수적인 사람인지라 딸의 교육에 엄격했다. 소녀에게 금기시되었던 성에 대한 환상이 지극히 관능적이고도 감각적인 꿈으로 살아 꿈틀거리고 있는 것이다.

야수와 미녀

거대한 고릴라가 털로 뒤덮인 자신의 큰 손을 뻗어 두려움에 떨고 있는 아름다운 여자를 잡아챈다. 영화 '킹콩'의 이 한 장면을 보고 있는

모딜리아니의 〈흰 슈미즈 입은 여자〉 1918

소녀는 설명할 수 없는 야릇한 관능적 흥분과 두려움에 몸을 떨었다. 그리고 세월이 지나 결혼한 후에도 남편에게 지배 당하며 겁먹는 자신의 모습에서 성적 흥분을 느낀다는 사실을 깨달았다.

이렇듯 어렸을 때 겪은 강렬한 경험으로 인해 성적 자각은 여성스러운 꿈이나 열망과 무관하게 근심과 두려움의 느낌으로 다가올 수 있다. 소녀들에게는 '여성은 성적으로 공격받기 쉽다'는 메시지가 다양한 방법으로 받아들여진다. 운동장에서 남학생이 쫓아오는 것을 보면서, 여자가 강간을 당했다는 뉴스를 들으면서, 어두운 밤길을 걷는 여자를 몰래 뒤쫓는 무서운 남자가 나오는 영화를 보면서 이러한 메시지는 무의식적으로 받아들여진다.

킹콩 영화를 보고 공포와 흥분에 몸을 떨었다고 고백한 여성도 마찬가지였다. 실제로 그녀는 영화를 본 후 몇 달 동안 자신의 방 안에 번쩍거리는 옷감으로 인조폭포를 만들어 상상의 정글을 만들었다. 그리고 제일 예쁜 인형을 골라 정글소녀 역할을 맡겼다. 그녀는 선정적 환상과 꾸며낸 연극에서 '아름다운 여자와 힘 있는 남성'이라는 전통적인 고정관념의 대본을 들추어내고 있다. '소녀가 아름다우면 아름다울수록 킹콩은 그녀를 사랑해 주고 해치지는 않을 것'이라고 단정해 버리는 것이다. 이렇듯 '미녀와 야수'에 관한 성적 환상에서는 두려움과 성적 흥분을 혼동하기 쉽다. 하지만 남성의 힘에 의해 유혹되고 압도당하는 이 주제로 여성들은 엄청난 종류의 이야기들을 만들어 내고 있다.

"나는 속옷 대신 얇은 나이트가운 한 장만 걸친 채 깊은 잠에 빠져들었다. 밤이 깊어갈 무렵 복면을 한 강도가 거실 문을 열고 들어섰다. 잠이

깼지만 두려움 때문에 아무런 소리도 지를 수 없었다. 남자는 잠이 든 척 뒤척이는 내 몸 구석구석을 촬영하듯 손전등을 들이대고 살펴본다. 공포와 함께 어떤 성적 쾌감이 교차한다. 속옷을 입지 않았기에 한번만 몸을 움직이면 나의 깊은 속살이 그대로 드러날 것만 같았다. 순간 나도 모르게 그의 손전등을 향해서 한쪽 다리를 살며시 세워 올렸다. 그는 도둑질할 생각을 잊어버린 채 나의 발끝과 무릎 사이만을 탐닉한다. 손전등만이 집요하게 나이트가운을 헤집고 있었다."

위험한 상상과 관능적 흥분의 복합된 감정으로 굉장히 자극받았다는 이 판타지의 주인공은 이 환상이야말로 끊임없는 성적 흥분을 일으켜 준다고 했다.

어느 여성은 아주 어린 나이에 이미 자신이 필요로 하는 것을 관능화하는 방법을 터득했다고 했다. 그녀가 필요로 했던 것은 아버지의 사랑이었지만 아버지는 어린 딸을 버리고 집을 나가버렸다. 결국 그녀는 두 명의 남자에게 사랑받는 환상을 만들어냈다. 두려움이라는 감정에서 시작하여 성적 흥분과 만족감으로 옮겨가는 상상으로 자신의 두려움을 안정감으로 바꾼 것이다.

일반적으로 유아기의 두려움에 근거한 성적 환상을 살펴보면, 어렸을 때 무엇을 걱정했고 두려워했는지, 그리고 그런 공포를 어떻게 성에너지로 안정시켰는지를 알 수 있다. 이러한 환상은 성학대를 당한 경험에서 유래되는 경우가 많다. 두려움과 섹스가 한데 뒤섞이는 것이다.

이러한 판타지는 두려움을 즐거움으로 변형시킨다는 일반적인 주제를 따르고 있다. 현실에서 부족하다고 느끼는 통제력, 힘, 안정감을 판타지가 마련해 주고 있기 때문이다. 자신을 위협하는 어떤 것으로부터 살아남을 뿐만 아니라 그 위험을 마음대로 다루기까지 한다.

두려움의 대상을 사랑의 대상으로 만들어 버릴 줄 알면 야수를 길들이는 미녀가 될 수 있다. 성적 환상의 세계는 이렇게 무한대로의 공간을 자유롭게 넘나든다.

성에 대한 호기심

포르노 영상은 성에 대한 갖가지 질문에 답을 주기도 하지만 여자를 남자에게 성적 즐거움을 주는 대상으로 표현하기 때문에 성에 대한 사람들의 행동을 제한적이고 좁은 시야로 보게 만드는 경향이 있다. 뿐만 아니라 포르노에 등장하는 배우들의 비현실적인 행동은 일반 여성들에게 섹스를 터부시하도록 만들기도 한다. 특히 포르노에서는 '섹스만을 위한 성'을 가르쳐 주고 감정적 친밀감이나 애정 어린 관심, 성적 자극을 동일시하는 점은 외면한다.

정도는 다르겠지만, 어렸을 때 포르노를 봤다면 성인이 되어 갖는 성적 환상은 그렇지 않은 사람과 크게 다르다. 대체로 여성들의 피해자 판타지는 성적으로 학대당하고 비하되는 포르노 이미지를 모방한 것이라 할 수 있다.

사춘기는 성에 대한 호기심이 많은 때이다. 그 시절에는 궁금한 점에 대해 만족할 만한 답을 얻지 못할 경우, 직접 성에 관한 '진실'을 밝혀 보겠다고 다짐하기도 한다. 오빠의 침대 밑에 숨겨져 있던 플레이보이 잡지를 보게 된 어느 여성을 보자.

쉴레의 〈두 여인〉 1911

그 날 이후 그녀는 거울 앞에서 알몸을 드러내고 잡지 모델들처럼 고혹적인 자세를 취하곤 했다. 그녀는 남자에게 "나 여기 있어요. 당신이 하고 싶은 대로 절 가지세요" 라고 말하면서 자신을 광고하는 것을 상상했다. 특히 그녀는 알몸의 여자가 머리 위로 두 손목이 묶여 있는 사진을 보고 굉장히 흥분했는데, 성에 대해 눈 뜨기 시작하면서 '나를 가지세요' 라는 형태로 시작한 성 에너지가 성인이 된 후에는 '귀여운 처녀' 라는 판타지로 옮겨갔다.

어느 여성은 어머니의 옷장서랍에서 빅토리아 시대를 배경으로 한 성애소설을 훔쳐 읽고는 성의 유혹에 관한 줄거리에 온통 마음을 빼앗겼다고 한다. 그 후 그녀는 영국의 대저택에 고용된 가정부로서 남자 주인의 유혹을 받는 장면을 자신의 고유한 판타지로 만들었다.

아홉 살에 아버지가 숨겨둔 펜트하우스 픽토리얼이라는 잡지를 본 어느 여성은 그 잡지에 실린 여자들의 누드와 당시 좋아했던 공상과학 텔레비전 프로그램을 한데 묶은 이미지를 만들었다.

"나는 젖가슴이 유별나게 큰 편이다. 어느 날 남자에게 납치당해 성전문 실험실로 끌려간 나는 얌전하게 복종하도록 만드는 주사를 맞는다. 그곳에는 이미 수백 명의 여자들이 나처럼 주사를 맞고 있었다. 벌집같이 생긴 조그만 방에 갇힌 우리들은 하나같이 가는 끈으로 된 비키니 차림이었다."

어릴 때의 성 호기심을 충족시키지 못한 상태에서 자극적인 정보에 자신을 노출시켰고, 바로 이것이 자신의 성적 환상에 강력하고도 지속적으로 영향을 준다고 밝힌 여성도 있었다. 그런가 하면 자신의 성적 발달이 호기심에 의해 정형화된 것이 아니라 스스로 선택할 수 없는 강요된 상태에서 다른 사람들의 환상 속으로 끌려들어가게 됐다고 털어놓는 여성도 있었다.

당신의 로리타

"지금도 열두 살 때의 경험을 잊을 수가 없어요. 아버지는 내게 매끄러운 감촉의 검정색 실크 속옷을 입히고 사진을 찍었습니다. 그 옷은 제게 너무 컸어요. 하지만 나는 아버지가 시키는 대로 한쪽 어깨 끈을 흘러내린 채 석고처럼 꼼짝 않고 앉아 있어야만 했습니다.

내게는 유년 시절이라는 게 없어요. 남자애들을 좋아하거나 영화배우에 홀딱 반한 적도 없거든요. 데이트를 해본 경험은 한번도 없었답니다. 사춘기를 몽땅 잃어버린 느낌이에요.

사진 촬영을 빨리 끝내 버리고 싶어서 아버지가 원하는 자세를 취했지만 그게 무엇인지 도대체 이해할 수가 없었습니다. 엄마가 섹시한 것도 아니어서 흉내를 낼 수도 없었어요. 아버지는 여자들의 알몸 사진이 가득한 잡지를 보여 주면서 흉내를 내라고 했지만, 잡지를 본다고 해서 그런 자세와 표정을 지을 수는 없었습니다. 아버지는 내가 고집이 세다고 나무랐지만, 지금 이 순간까지도 섹시하게 보인다거나 고혹적으로 보인다는 것이 어떤 것인지를 이해하지 못하고 있어요."

그녀는 어른이 된 지금에 와서야 성의 즐거움과 로맨스에 대해 이것

저것 생각할 수 있는 기회를 박탈당했다는 사실을 깨닫게 되었다고 말한다. 의붓아버지의 성적 환상이었던 아동 포르노가 그녀의 현실이 되어 버린 것이다.

어렸을 때 성적 학대를 받은 여성들은 너무 일찍, 그리고 충격적인 방법으로 성에 노출된 셈이다. 안전한 성경험의 실험무대가 아니라 교묘한 속임수와 강요에 의한 성학대를 받은 것이다. 극단적인 경우, 이러한 성학대는 어른이 된 뒤에도 성적 환상을 주도한다. 때문에 진정한 자기 모습을 찾아가는 여정에서 가야할 길을 잃는 경우가 많다.

그들은 다른 사람의 환상 속에서 자신이 처음 맡은 역할을 가지고 자신을 정의한다. 성인이 된 후에야 강요된 성경험이 자신만의 판타지를 발달시키는 능력을 방해했음을 알아차리게 되는 경우가 많다. 말하자면 성학대로부터 받은 상처를 치유할 때까지 그들의 판타지 세계는 완전히 닫혀 있게 되는 것이다.

20대 후반의 어느 여성이 들려준 10대 초반의 경험을 보자. 사춘기가 되어 그녀의 몸이 변화하기 시작하자 의붓아버지가 자신을 '로리타'로 부르기 시작했다. 그녀는 나중에 책을 읽고 난 후에 '로리타'가 아동 성도착자들이 연인을 부를 때 사용하는 이름이라는 것을 알았다. 몇 년 동안이나 의붓아버지의 성적 노리개였던 그녀는 점점 더 로리타와 자신을 동일시하게 되었고 다음과 같은 판타지를 받아들이게 됐다고 털어놓았다.

"그 책은 내가 누구이고 나에게 무슨 일이 생길지를 이해하기 위한 바탕이 되어 주었습니다. 로리타는 섹시했고 호기심이 많았는데, 나도 점점 로리타를 닮아갔어요. 로리타는 자신의 힘을 키웠고, 나도 같은 것을 원했습니다.

그 판타지는 열네 살의 내가 드레스를 차려입고 의붓아버지와 이 술집 저 술집을 돌아다니는 것이었습니다. 나는 공주였습니다. 섹시한 기분도 들었고 어른이 된 것만 같았습니다. 그리고 나는 그런 관심을 받고 싶었습니다. 의붓아버지로부터 내가 원하는 것들을 받기 위해서 그가 원했던 것을 주었던 것입니다.

의붓아버지의 성적 요구가 점점 강해지자 저는 제 몸이 더 이상 성숙해지지 않기를 바랐습니다. 여자로서 성숙해지는 것 때문에 이런 일이 생기는 것 같았어요. 젖가슴이 점점 부풀어 가고 엉덩이가 커지는 것을 막고 싶었습니다. 그러면 내가 로리타가 되지 않아도 괜찮을 테니까요."

그녀는 의붓아버지의 판타지가 얼마나 깊이 자신에 대한 이미지에 영향을 주었는지를 깨닫는데 10년이 걸렸다. 결국 상처에서 벗어나 자신의 정체성을 되찾은 다음, 그녀는 그 책을 꺼내 페이지마다 '노(NO)'라고 써넣었다고 고백했다.

정도는 달랐지만, 우리가 인터뷰 했던 모든 여성들은 좋건 나쁘건 섹스가 어떤 것인가에 대한 어린 시절의 경험이 그들에게 강하게 각인되어 있다는 사실을 인식하고 있었다. 성인 여성들이 경험하는 성적 환상은 과거에 대한 진실을 어느 정도 담고 있는 것이다.

사춘기 소녀들이 성숙해져서 성적으로 활동적인 성인 시절을 맞이한 후에도 그들의 판타지는 계속 진화한다. 사춘기가 끝나갈 때쯤이면 대부분은 성적 즐거움이라는 주제를 성인용 감각으로 정의하는 데 뒷받

침이 되어 줄 나름대로의 독특한 성욕에 대한 인상을 갖게 된다.

이제 여러분은 성적 환상이 어디에서 기인되는지를 알았을 것이다. 다음에는 성숙한 여성으로서 성적 환상을 어떤 식으로 인생에 유용하게 쓸 수 있을지를 살펴보자.

제 4 장

판타지가 주는 효과

판타지의 힘

27세의 한 여성은 자신의 성생활에 성적 환상을 잘 접목시켜 활용하는 편이다. 그녀는 자신을 귀여운 처녀로 설정하고 잘생긴 카우보이와 함께 말을 타고 석양 속으로 달려가는 탈출구를 마련했다. 환상 속에서 그녀는 자신의 인생을 확실하게 통제하는 역할을 맡고 있다. 그녀가 적어 놓은 판타지 일기를 보자.

"그의 구불구불한 가슴털과 어울리는 턱수염을 그려보자 절로 웃음이 나왔다. 직장이 전혀 반대 방향으로 옮겨지는 바람에 넉 달간이나 만나지 못했지만 섹스를 할 때마다 서두르던 그의 야성적인 몸을 감상하던 기쁨이 떠올랐다. 그는 나의 영원한 파트너이다. 나는 그렇게 믿고 있다. 그와의 즐거웠던 시간들을 떠올리면 일상생활에서 활력이 솟아나는 것을 느낀다.

나는 먼저 옷 벗는 것을 좋아한다. 그리고는 침대에 앉아 포장지를 벗기면 나오는 선물처럼 불쑥 튀어나온 그의 근육과 단단한 몸을 바라본다. 나는 두 손으로 그의 성기를 감싸 안고 몸 깊숙이 집어넣는 것을 상상해 본다. 조금 아쉽긴 하지만 이런 방법으로 그와의 만남을 기다리는 것이 습관처럼 돼버렸다.

오래간만에 그를 만났을 때 그의 집에는 부모님이 계셨다. 느닷없는 방문으로 당황했지만 그는 아랑곳없는 눈치다. 밤이 깊어 그가 키스를 시작하고 몸을 부드럽게 만져주자 다른 생각은 모두 사라져 버렸다. 이곳으로 달려오면서 상상했던 넓고도 깊은 관능세계로 되돌아가 단둘이 들꽃이 흐드러지게 피어 있는 목장에 누워 있다고 상상했다.

그는 쉬지 않고 나를 자극한다. 나는 그의 무성한 가슴털에 손가락을 묻으며 두 다리로 그를 끌어안았다. 마사지하듯 내 가슴을 쓰다듬는 그의 손끝이 뜨거워져 온다. 숨이 가쁘다. 부모님 때문에 아무런 소리도 낼 수 없는 상황이지만 오히려 긴장감이 분위기를 더욱 스릴 있게 만든다."

그녀는 자신만의 성적 요구에 맞춰 나갈 만한 환상을 스스로 개발할 수 있을 만큼 성숙한 여성이다. 상대와의 만족도를 높이기 위해 다양한 화젯거리를 스스로 개발해낼 줄 아는 지혜도 가졌다.

성적 환상은 여러 가지 방법으로 우리를 도울 수 있다. 때로는 그 결과가 즉각적이고 확연하게 눈에 보일 때도 있다. 자신의 관능적 감각을 자극하여 극도의 절정감을 맛보게 해준다. 정신과 의사인 에텔 퍼슨은 『판타지의 힘』이란 책에서 '판타지는 상상을 하는 사람이 어떻게 한다는 의식 없이 행하게 해주는 마술과 같은 것'이라고 했다.

환상을 갖는 능력은 인간의 특징 중 하나이다. 우리는 여러 가지 방법으로 상황에 적응하기 위해 환상을 활용한다. 환상 속에서 미래를 준비하는 연습을 할 수 있고 과거를 재현할 수도 있으며 현재의 한계를 극복할 수도 있다.

성적 환상은 일상생활의 권태로움을 이겨내고 신경을 안정시키며 상처를 완화시켜 파트너와의 만남을 준비하도록 만들어준다. 그리고 첫 데이트에서 어색함을 깰 방법을 미리 연습하게 해준다. 성심리치료사들도 여성들의 성기능을 보완해 주는 효과적인 도구가 될 수 있음을 강조하고 있다. 성반응을 강화하기 위해 적절하게 활용할 것을 권장한다. 실제로 많은 여성들이 오르가슴에 도달하기 위해 성적 환상을 이용한다고 털어놓았다. 학자들의 연구 결과도 이런 식의 접근을 현명한 태도라고 지지하고 있다. 조사통계 역시 활발하고 만족스런 성생활을 해나가는 여성들이 활동적인 성적 환상을 갖고 있다고 한다.

성적 환상의 가장 큰 장점은 언제 어디서, 그리고 어느 누구라도 은밀한 시간에 무한한 창조의 샘을 퍼올릴 수 있다는 데 있다. 로니 바바쉬 박사는 1976년 펴낸 책 『당신을 위하여』에서 '물리적인 성적 자극에 도움이 되는 성적 환상의 장점은 바로 어떤 도구나 장치도 필요 없고 어느 때건 사용이 가능하다는 점'이라고 설명하고 있다. 확실히 성적 환상은 짧은 상상을 통해 현실이라는 한계를 넘어선 세계에 존재하지만 고도의 기능을 갖추고 성욕을 자극하는 시나리오를 우리에게 제공한다. 여성들이 성적 욕구를 증가시키고 오르가슴을 느끼기 위해 환상을 이용하는 것은 오히려 당연한 일이다.

환상은 성에 관한 감정적 스트레스를 극복하는 점에도 놀라운 능력을 발휘한다. 성적 기쁨을 방해하는 요소를 감소시켜 준다. 그래서 섹스에 대해 좀더 능동적인 자세를 갖게 하고 성은 아름다운 것이라는 인식에 힘을 실어준다. 바로 그런 점 때문에 우리는 성적 환상을 자주 재현하기도 한다. 반복하여 꿈꾸는 성적 환상은 성욕을 자극하여 정신적, 육체적 바이오리듬을 배가시켜 준다. 이제 성적 환상이 주는 효과를 다시 한 번 정리해 보자.

첫째, 자부심과 매력을 증가시킨다.

둘째, 성적 흥미와 욕구를 강화시킨다.

셋째, 오르가슴에 도달하도록 자극을 준다.

넷째, 현재의 상황을 기쁘게 해준다.

다섯째, 호기심을 만족시킨다.

여섯째, 앞으로 있게 될 상황을 미리 연습하게 해준다.

일곱째, 스트레스와 긴장을 풀어준다.

여덟째, 즐거웠던 기억을 지속하게 해준다.

아홉째, 과거의 상처를 극복하도록 도와준다.

이제부터 이 아홉 가지의 기능에 대해 하나하나 살펴보도록 하자.

자부심과 매력

"나는 아주 세련되고 멋진 백화점 탈의실에서 가슴 부분이 많이 드러나는 실크 드레스를 입어 보는 순간을 상상한다. 실제로는 몸의 윤곽이 드러나는 복장을 좋아하지 않지만 섹시한 검정 드레스를 입은 모습은 내가 보기에도 환상적이다. 몸을 이리저리 돌려보다가 복도로 고개를 내밀어 따라온 남자 친구를 살며시 부른다. 내 모습을 자세히 보여 주고 싶었다.

그가 탈의실로 들어오자, 문을 잠그고 마주섰다. 밖에서는 사람들이 웅성거렸지만 이 좁은 공간에서 그와 나는 하나가 되길 원했다. 탈의실로 들어서는 순간부터 그의 눈길이 예사롭지 않더니 이내 아랫 부분이 부풀어오른 것을 알 수 있었다.

그는 거울을 바라보는 나를 의자 위로 번쩍 들어올리더니 드레스에 감춰진 속살을 더듬기 시작했다. 마침내 그의 손이 얇은 레이스 팬티로

스초프의 〈두 남녀〉 연도 미상

다가오자 신경이 곤두서고 흥분을 가라앉힐 수가 없었다. 그의 손놀림
이 빨라지는가 싶더니 거친 숨소리가 탈의실을 가득 메웠다. 그는 드레
스 아래로 내려가 무릎에서부터 혀를 놀렸다. 따뜻하고 촉촉한 감촉이
온몸을 휘감는다. 조금 더 위로, 조금 더 깊이, 얼마만큼의 흥분지수가
새어나오고 있는지 알 수 없을 정도로 그의 손과 혀는 멈추지 않는다.
절정의 언덕으로 떨어지는 내 모습을 거울을 통해 보면서 이 드레스를
사기로 마음먹었다."

요술쟁이 할멈이 요술 지팡이를 흔들어 신데렐라를 꾸며주듯이, 여
성들은 자신이 성적 대상으로서 매력적이고 자신감 있는 모습으로 남
기 위해 이러한 환상을 이용한다. 판타지는 자신이 섹시하다고 정의하
는 특징에 초점을 맞추도록 해준다. 환상 속에서는 누구나 빼어난 미모
의 모델이 될 수 있다.

어떤 여성은 환상 속에서 자신을 한없이 젊고 풍만한 가슴을 지닌 사
람으로 상상한다. 긴 머리와 부드러운 살결, 탄탄한 근육을 가진 사람
으로 만들어 놓기도 한다. 스스로를 한없이 아름다운 매력의 소유자로
단정지으며 성 에너지를 강화시키는 것이다. 그래서 결점이라고 생각
하고 움츠렸던 부분에 대한 해방구를 찾는다. 한마디로 자신의 단점에
서 탈출할 수 있는 가장 쉽고도 재미있는 방법인 것이다.

40대의 한 여성은 남편이 자신과 섹스하는데 불만이 없다고 말하지
만 스스로 볼 때 자기 몸매에서는 섹시함을 느낄 수 없다고 한다. 그녀
가 택한 방법은 간단했다. 스스로를 젊고 탄력있는 몸매의 젊은 여성으
로 상상하는 것이다. 환상의 세계에서는 누구나 자신의 결점으로부터

눈을 돌려 내면의 아름다움, 강함, 섹시함에 무한정 접촉할 수 있게 만들 수 있다.

성적 흥미와 성적 욕망

아름다운 처녀 역할의 성적 환상을 즐기는 어느 여성은 환상 속에서 낯선 남자와 도피행각을 벌인다. 그들은 몇 날 며칠 침대에 누워 서로에게 음식을 먹여주고 실크 침대 위에서 사랑의 불꽃을 태운다. 모르는 남자와 낯선 공간, 그리고 먹어본 적 없는 음식은 새로운 전희를 불러일으키기에 충분한 요소이다. 실제로 그녀의 남자 친구는 야성적이지도 못하고 새로운 모험도 좋아하지 않는다. 그녀 스스로 성에 대한 흥미를 찾아내면서 숨겨져 있던 감각적인 열망을 끄집어내야 했다. 만약여성이 성에 대해 흥미를 갖고자 격렬한 로맨스, 긴장, 또는 이 두 가지의 극명한 대조 같은 것을 필요로 한다면 현실에서 제공해 줄 수 있는 것은 성적 환상뿐이다.

어떤 여성은 성적 환상을 공포로 묘사하기도 했다. 그녀는 위험한 요소가 미묘하게 얽히는 성을 통해 아드레날린이 솟구치고 오르가슴이극도로 올라가는 환상을 즐긴다. 위험과 모험이라는 요소 속에 관능적긴장을 보탠 것을 좋아하는 것이다. 하지만 피곤에 지쳐 섹시한 분위기에 젖기 힘들 때 환상에 의존하는 여성들도 있다. 스스로 섹시한 분위기에 젖기 위해 환상에 빠져들면 어느 새 섹스라는 존재가 새롭게 느껴진다는 것이다.

남편과 성욕구의 정도가 다를 때, 이를 맞추기 위해 환상을 이용하는

로댕의 〈사파이어 커플〉 1840∼1917

여성들도 있다. 남자들은 필요 이상으로 요구할 때가 많기 때문에 스스로 얼마나 성행위를 즐기는지 잊어버리는 경우가 많다. 그럴 때마다 환상에 빠져들면 남편의 요구에 잘 응할 수 있고 마음도 한결 가벼워지고 편안해진다고 한다.

섹스가 따분하고 식상해지는 경우에도 마찬가지이다. 이 때 환상에 젖으면 한결 신선한 감각을 불어넣을 수 있다. 마치 섹스를 처음 하는 사람처럼, 또는 전혀 새로운 장소에서 하는 것처럼, 아니 전에 해보지 않았던 방법으로 하는 것처럼 상상함으로써 신선한 흥분과 자극을 불러올 수 있다.

일상적인 장소가 아니라 낭만적인 장소에서 섹스한다고 상상해 보라. 성적 열망이 무척 높아진다는 것을 느낄 수 있을 것이다. 아무도 살지 않는 무인도의 한적한 바닷가, 깊은 산속의 오두막집, 아무도 들여다 볼 수 없는 호화스런 호텔 방 등 성적 욕구를 방해하는 일상의 혼란이 없는 곳을 상상하라. 환상은 두려움, 죄책감, 심리적인 압박감 때문에 섹스를 제대로 즐기지 못하고 있는 여성들에게 좀더 편안하게 느낄수 있는 상황을 마련해 준다.

성적으로 억압 받는 생활을 하는 여성이라면 열정이 솟아 날 수 있는 다양한 환상을 끌어들일 필요가 있다. 환상 속에서는 사회적인 압박감이나 관습에 얽매일 필요가 없다. 착한 여자일 필요도 없다. 환상은 어떤 제약이나 통제가 없는 무한한 자유지대이기 때문이다. 때때로 성적 열망을 높이기 위해 환상 속에서 자신의 이미지를 빼버리는 경우도 있다. 자신을 전혀 다른 사람으로 상상하거나 옆에서 바라보는 관음자로 설정하는 것이다.

성생활이 만족스럽지 못하거나 성욕이 생겨나지 않을 때도 마찬가지이다. 한 여성은 자신이 다른 남자와 섹스하는 환상에 몰입하지 않으면 남편과의 잠자리가 무미건조하고 권태로울 것이라고 말한다. 이때 유명한 연예인이나 낯선 사람과의 섹스를 상상하는 여성도 많다.

자극과 절정

"키스가 점점 더 격렬해지자, 그의 입술은 내 입에서 목으로 서서히 옮겨가며 내 몸을 떨게 만들었다. 젖가슴을 부드럽게 쓰다듬으며 봉긋해진 젖꼭지를 가볍게 흔들어 주던 그가 이젠 등과 허리, 엉덩이까지 애무한다. 땀과 침전물로 뒤섞인 내 몸은 완전히 그의 소유물이 되고 말았다. 축축하게 젖은 아랫부분에서 그의 뜨거운 입김을 느끼는 순간, 환희의 벼랑 끝에 이르고 말았다. 그런데도 그는 쉬지 않고 길고 단단한 손가락으로 젖어 있는 그곳을 끊임없이 건드렸다.

알 수 없는 신음소리가 새어 나올 즈음, 그는 얼굴을 나의 음부에 묻었다. 코에 닿은 클리토리스는 가늠하기 힘들 정도로 떨었다. 경련을 일으킬 때마다 그의 억센 두 손이 내 젖가슴을 쥐고 흔들었다. 그는 결코 서두르지 않았다. 안쓰러운 내 표정을 읽은 다음에 천천히 몸속으로 들어왔다. 다시 한 번 절정의 끝에 섰다. 순간, 그의 입에서도 가느다란 신음소리가 쏟아져 나왔다. 동시에 오르가슴을 맛본 것이다."

이 환상은 오르가슴에 도달하기 위해 필요한 구체적인 자극과 강렬한 감각을 강조하고 있다. 일반적으로 여성들은 세밀하고 세부적인 느낌의 환상을 원한다. 감각을 높이기 위해 자연스럽게 자신만의 관능적 기호에 맞는 요소들을 보강한다. 후각적으로 자극받고 싶다면 자신의 그곳에서 '신선한 꽃향기'가 나는 것으로 상상해도 좋다.

자위행위를 할 때만 시각적인 판타지를 상상하는 여성도 있다. 상대방과 섹스를 하면 쳐다볼 누군가가 있지만 혼자일 때는 클라이맥스에 이르기 위해서 필요한 이미지를 만들어야 하기 때문이라는 것이다. 어느 여성은 절정에 오를 때 신부님에게 자신이 성적으로 지은 죄를 소리 내어 고해성사하는 환상을 좋아한다고 했다. 그녀는 청각적 환상을 더욱 자극하기 위해 성스러운 주문과 신음소리, 락 그룹 에니그마의 음악을 마음속으로 합성한다고 했다.

자극적인 환상은 호르몬 분비를 촉진시켜 줄 뿐만 아니라 풍족한 쾌락을 동시에 가져다 준다. 침대에 손발이 묶여 있는 자신을 상상해 보

퓨지타의 〈누드〉 연도 미상

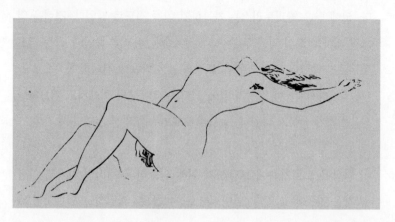

라. 두 명의 아름다운 여자가 전신을 마사지해 주며 갖가지 기묘한 형태의 성기구로 자극한다. 눈에는 안대를 하고 있어서 볼 수가 없다. 묶여 있기 때문에 움직일 수도 없다. 그저 몸이 느껴지는 대로 흥분지수를 끌어올릴 뿐이다. 여기에는 남자가 등장하지 않는다. 남자 없이 얼마든지 오르가슴을 맛볼 수 있는 방법인 것이다.

좀더 특별한 자극을 원하면 여러 명과 함께 하는 그룹섹스를 상상해 보라. 남자만 등장하는 것보다는 남녀가 함께 등장하는 장면이 훨씬 선정적이다. 자신이 남자에게 오럴섹스를 해주는 동안 다른 여자가 자신의 클리토리스를 핥아 오르가슴에 이른다는 상상은 정상적인 성생활과는 거리감이 있지만 자극을 높이기에는 더할 나위없이 좋다. 다양한 섹스를 꿈꾸는 여성이라면 이런 환상도 한번쯤 해볼 만하다.

사랑의 감정에는 만족하지만 성적으로 무기력하고 나약한 남편과의 성생활에 불만을 갖는 여성도 적지 않을 것이다. 어느 여성은 아직 테크닉이 부족한 젊은이와 노련한 중년의 남자를 등장시켜 잇달아 섹스하는 상상을 즐긴다. 남자들은 그녀가 시키는 대로 한다. 젖꼭지를 빨라고 하면 그대로 빨았고 오럴섹스를 하라고 하면 그대로 따랐다. 체위역시 그녀가 원하는 방식으로 했다. 결국 그녀는 성적으로 나약한 남편에게서 찾을 수 없는 훌륭한 처방제를 성적 환상에서 구한 셈이다.

풍요로운 성생활을 위하여

섹스를 할 때, 디즈니랜드의 롤러코스터를 타고 있다고 상상하는 여성이 있다. 그녀는 우선 천천히 일정하게 긴장감을 고조시켜 나가는데,

그러다 보면 환희의 순간이 갑자기 닥쳐와 심장이 멎을 것 같은 전율이 온몸을 휘감아 돈다고 한다. 통나무를 타고 작은 수로를 따라 언덕을 오르내리는 순간에도 마음은 오르가슴의 깊은 골짜기를 떠다니고 있다는 것이다. 너무나 입체적인 환상인지라 현실과 상상의 세계를 혼동할 때도 더러 있다고 했다.

가족과 함께 그곳에 다녀온 이후로 그녀는 자신의 성생활에 스릴을 더해준 새 판타지를 만들어 내고 자신도 놀랐다고 했다. 대부분의 사람들은 성적 환상을 현실로부터의 임시 탈출구로 생각하지만, 실제로 그것은 성적 쾌감을 극도로 높여 주는 섹스의 소중한 매개체이다.

한 여성은 남편을 감싸 안을 때마다 두 사람이 로켓이 되어서 우주를 여행하는 것처럼 상상한다고 말한다. 그녀는 자신과 남편이 지금보다 훨씬 젊고 정력적이며 더욱 사랑하고 있다고 상상한다. 현재의 성생활에 활기와 긴장감을 더하고 싶다면 이러한 환상을 권하고 싶다.

성이라는 것 자체는 대단히 자연스런 행동이다. 따라서 섹스를 보다 아름답게 꾸미고 강조하고 싶다면 자연으로부터 어떤 이미지를 갖는 것도 바람직할 것이다. 그런 점에서, 성생활에서 느끼는 온갖 미세한 것들, 예컨대 질감, 냄새, 소리 등을 더욱 예민하게 느낄 수 있도록 이용하는 것도 좋다. 시인 로첼 린 홀트는 성을 통해서 사랑하는 사람과 합일되는 극치감을 이렇게 묘사하고 있다.

"당신의 물결이 치솟았다 내리친다.
바다의 용틀임
한 마리 새처럼
해안 위로 후두둑 날아간다.
은은하게 흐르는 달빛은
평화와 고요의 상징."

위험하지 않은 호기심 만족

환상을 실생활에 접목시키면서 살아가는 여성들은 현실에서 동떨어졌거나 터부시하는 행위들, 예를 들면 새디즘, 애널섹스, 레즈비언, 수간 등에 관심을 갖기도 한다. 보편적인 섹스를 즐기는 여성들도 다른 여자와 섹스를 하는 것이 어떤 느낌인지를 상상할 수 있고, 레즈비언들도 남자와의 섹스가 어떤 것인지 궁금해 한다.

성적 환상은 어떤 도덕적, 법적 또는 육체적 부작용 없이 다양한 행위에 관심을 갖게 해주고 전혀 위험이 따르지 않는 무대를 마련해 준다. 일부는 성에 대한 흥미를 더하고 권태로움을 막기 위한 방법으로 성적 호기심에 열중하기도 한다. 한 사람과 장래를 약속한 사이일지라도 파트너를 바꾸는 상상은 얼마든지 할 수 있다.

어느 여성은 자신이 상류사회 콜걸이 되어서 부유한 사업가와 비행기를 타고 여행하는 성적 환상을 꿈꾼다. 환상 속에서 그녀는 평범한 주부로서는 도저히 꿈꿀 수 없는 세상을 만난다. 물론 가족을 버리고 창녀가 될 마음이란 눈꼽 만큼도 없다. 그저 짜릿한 흥분과 모험, 그리고 여행에 대한 상상이 좋을 뿐이다.

"비행기 안은 안락하고 편안한 침대와 사치스러운 소품들로 장식되어 있고, 내가 좋아하는 은쟁반에 담겨진 음식들은 손만 뻗으면 얼마든지 즐길 수 있다. 그 속에서 파트너는 거의 광적으로 다양한 체위를 요구한다. 그는 음식을 내 가랑이 사이에 쏟아 붓고 그것을 핥아 먹으면서 나를 끊임없이 자극한다.

차창으로 보이는 하늘의 구름들, 그 구름 위에서 나는 일찍이 느껴보지 못한 오르가슴에 허덕이고 있다. 비행기가 공항에 도착할 때쯤 부유한 사업가는 엄청난 돈을 내게 던져 주었지만 결코 불쾌하지 않았다. 구름 위에서 느끼는 오르가슴이 상류사회의 콜걸이 된 신분을 환상적으로 치유했던 것이다."

그런가 하면, 현실에서 파트너와의 만남을 연습하기 위해 환상을 이용하는 여성들이 있고 현실에서 전혀 실현하고 싶지 않은 성행위에 대한 호기심에 탐닉하는 여성들도 있다. 오직 남편과의 섹스 외에는 그 어떤 경험도 할 수 없는 여성들은 성적 다양성을 경험하고 그에 대한 호기심을 만족하고자 다른 남자와 정사를 즐기는 판타지를 만들어보기도 한다. 그러나 환상 속에서 구경할 수 있는, 엄청나게 큰 남성 성기나 특이한 모양의 성기구 등은 현실에서 궁금하지 않다고 한다.

환상의 세계는 바닷가 모래성처럼 스스로 만들었다가 자연스럽게 없어진다는 점에서 현실적인 위험성은 거의 없다. 따라서 강간이나 몸이 묶인 채 강요 당하는 섹스, 자학, 가학성 도착 같은 것도 얼마든지 실험이 가능하다. 아무리 난잡한 그룹섹스를 하더라도 성병에 걸릴 염려가 없고 임신할 위험도 없다.

또하나의 연습 무대

올해 21세인 그녀는 아직 성경험이 없다. 하지만 가끔 자위행위로 성적 쾌감을 이미 알고 있는 그녀는 에로틱한 영화에서 본 자극적인 이미지와 여러 정황들을 복합하여 나름대로의 성적 환상을 만들고 있다. 그 환상 속에는 좀더 성숙하면 경험하게 될 다양한 섹스 장면들이 들어 있다. 샤워하는 도중에 벌이는 섹스, 부엌이나 쇼파 위에서 느닷없이 갖는 정사까지 들어 있다. 이러한 환상들은 미래의 안전한 섹스를 미리 연습하게 해주는 효과를 갖는다.

그녀는 섹스를 할 때마다 남자에게 콘돔을 끼워 주는 것부터 상상한다. 적어도 그녀로서는 콘돔을 끼워주는 게 전희인 셈이다. 그녀는 또 환상을 통해 앞으로 만나게 될 파트너의 외모를 그려보기도 한다. 여러 남자들이 그녀와 잠자리를 갖기 위해 애쓰지만 그녀는 좀더 마음에 맞는 상대를 만나기 위해 환상 속에서만 섹스를 즐기고 있다.

여성들은 현실에서 경험할 수 없는 특별한 섹스를 연습해보기 위해 환상을 사용할 때도 많다. 새로운 파트너와의 관계를 위해 예행연습으로 삼기도 하고 이제껏 한 번도 시도해 보지 못했던 체위를 편안한 자세로 상상할 수도 있다. 환상을 통해 여성들은 어떤 경험과 느낌이 자신을 흥분시키고 즐겁게 하는지를 알게 된다. 실제 파트너와의 만남에서 긴장의 끈을 풀어놓을 수 있는 것도 그 덕택이다.

지극히 보수적인 시골에서 자라온 한 여성은 어린 시절의 환상이 현실에 지대한 영향을 끼친다고 털어놓았다. 가령, 담배를 피우는 사람의 입 냄새는 얼마나 싫을까를 생각하고 흡연자는 자신의 환상 등장인물에서 지워 버렸다. 그녀는 성경험이 없었는데도 자위를 할 때의 환상은 상당히 대담했다.

성적 환상은 또한 여성들이 나이와 질병 때문에 겪게 되는 상황에 적응할 수 있도록 중요한 연습무대를 마련해 주기도 한다. 40세에 유방암으로 양쪽 가슴을 잃은 여성을 보자.

수술을 받고 나니, 이제 더이상 섹스를 할 수 없는 것이 아닌가 하는 두려움이 솟구쳤다. 하지만 그녀는 용기를 잃지 않았다. 바이오리듬처럼 일정한 시간에는 꼭 성행위를 해왔던 터라 그렇게 자신을 전율시키는 행위들을 접을 수가 없었다. 그녀는 젖가슴에 대한 애무 없이도 섹스를 즐길 수 있는 다양한 방법으로 환상을 꾸몄고, 그 환상 속에서 많은 남자들과 데이트를 즐겼다. 물론 가슴이 없다는 것을 애써 감추려 하지도 않았다. 젖가슴 없이도 자신이 매력적인 여자라는 이미지를 심

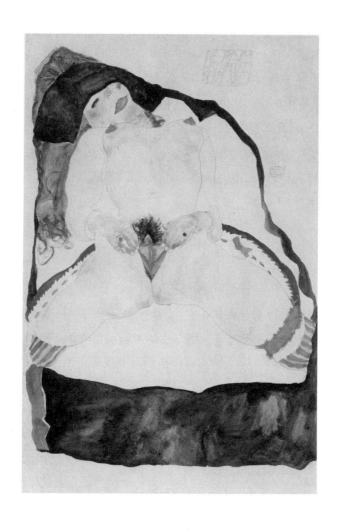

쉴레의 〈기대어 누운 소녀〉 1911

어 주는 데 성공했던 것이다. 이처럼 환상을 통해 성적 자신감을 회복한 그녀는 현실에서도 젊었을 때의 열정 못지 않게 성에 대한 흥미를 되찾았다.

이 여성에게는 성적 환상이 두려움을 극복하고 성욕을 잃지 않는 훈련을 할 수 있는 중요한 자양분이었다. 운동선수들이 경기력을 높이기 위해 시각적 암시를 상상하듯이, 여성들도 환상을 이용하면 근심과 초조감을 극복하고 긍정적인 성경험의 이미지를 얼마든지 창조할 수 있다. 환상은 성생활을 잘할 수 있다는 확신과 성적 즐거움을 누릴 자격이 있다는 자신감을 가져다 주는 중요한 방법이 될 수 있는 것이다.

스트레스 없는 행복한 시간 속으로

"오늘 만난 파트너는 엎드려 누운 내 등을 마사지해 주고 날렵한 손놀림으로 애무의 문을 두드린다. 그의 손길이 온몸을 휘젓고 다닐 때마다, 나는 작은 통증 같은 것을 느끼면서도 아래에서부터 솟아오르는 또 다른 쾌감에 거친 숨결을 토해낸다. 내 몸은 이미 모든 준비가 되어 있다. 남자의 그칠 줄 모르는 애무가 뽀송뽀송하게 말라 있던 시트를 송두리째 적시면서 그의 땀과 뒤섞인 나의 분비물이 허벅지를 타고 흘러내린다."

이 환상은 욕조 속에 라벤다 향수를 뿌려 주는 것처럼 가뿐한 느낌을 갖게 한다. 직장에서 업무에 시달리는 여성이라면 와인 한 잔이나 텔레비전 드라마보다 이런 환상이 긴장을 풀게 하는 데 제격일지 모른다.

이 환상은 업무 때문에 늘 스트레스에 시달린다는 어느 직장여성의 판타지이다. 그녀는 집에 돌아와도 직장 일 때문에 마음이 편치 못할 때가 많다. 그러나 성적 환상에 집중하기 시작하면 어느덧 스트레스가 풀리고 마음이 편안해진다고 한다. 재미있는 사실은 환상을 시작할 때마다 그녀는 늘 일광욕 의자에 몸을 파묻고 파트너를 정하기 위해 업무차 만났던 사람들의 명함첩을 꺼내보는 것이다. 자신의 환상 세계로 초대할 남자가 그녀의 손끝에 달려 있는 것이다.

성적 환상은 때때로 명상에 잠기는 것과 비슷한 진정효과를 가져다주기도 한다. 이때 육체적 자극이나 강렬한 흥분은 동반되지 않는다. 어떤 여성은 병원에서 의사를 기다리거나 비행기를 타고 장거리 여행을 하는 중에 이러한 환상으로 초조감을 이겨내고 긴장을 풀기도 한다. 섹스와 전혀 관련이 없는 환상도 마음의 안정을 되찾게 해주는 역할을 하는 것이다.

환상은 혼자 있을 때 긴장을 풀어 주는 역할 외에도 성행위 중에 평정을 찾고 성적 기능을 방해하는 스트레스를 피하기 위해 유용할 때도 많다. 눈앞의 상황이 그다지 섹시하게 느껴지지 않을 때 판타지를 이용하여 좀더 부드러운 분위기를 연출할 수 있다.

한 여성은 임신하기 전에 놀러갔던 스키장을 마음속에 두고 있었다. 오두막에서 바라보던 겨울 풍경과 벽난로, 그리고 따뜻한 담요를 잊을 수가 없다고 한다. 그녀는 자신이 가장 행복하고 아름다웠던 순간을 기억해 냄으로써 자칫 식상해지고 힘든 섹스를 가장 기분 좋은 시간으로 바꾸고 있다.

이런 기능들은 많은 여성들의 마음에 '지금은 성적 환상의 방영'이라

는 상상의 시간대를 마련해줘서 빗나가던 생각들을 보다 즐겁고 만족
스러운 판타지로 채워 주게 만든다. 문제를 직접 해결해 주지는 않지만
일상의 근심과 걱정으로부터 간접적인 휴식을 제공해 주는 것이다.

즐거웠던 그때 그 시절

대기업의 간부로 재직하고 있는 44세의 어느 이혼녀는 사회적으로
촉망받는 캐리어우먼이다. 그녀는 대학생 딸과 함께 비교적 조용한 생
활을 하고 있었다. 그러다가 1년 전쯤 자유분방한 한 남자를 만난 후부
터는 자신도 상상할 수 없을 만큼 일상이 분주했다. 어쩌다가 마음이
끌리는 남자가 있을 때마다 드물게 갖던 섹스 횟수도 이 남자를 만난
다음부터는 무척 잦아졌다.

그녀는 이 남자와 단둘이 처음 떠났던 자동차 여행에서의 일을 뚜렷
하게 기억하면서 그것을 배경으로 삼아 자신만의 독특한 환상세계를
만들었다.

"여행길은 상당히 장거리였다. 나는 운전하는 그에게 햄버거와 콜라를
먹여주었는데, 음식을 넣어 줄 때마다 그는 내 손가락을 핥고 빨았다.
참다 못한 나는 그의 허벅지를 더듬었다. 석양이 드리운 도로에는 드문
드문 대형 트럭들이 달릴 뿐 평화로운 전원 풍경이 또 하나의 분위기를
만들어 주었다. 우리는 차를 세우고 풀밭이 펼쳐진 평원에서 실오라기
하나 걸치지 않은 채 황홀한 시간을 가졌다. 야외에서 맞는 오르가슴의
맛은 침실과는 확연히 달랐다.

파숑의 〈에로틱한 장면〉 1885~1930

성적 환상은 때로 자극적인 성경험에 얽힌 기억을 담아주는 창고로
서 기능하기도 한다. 이 창고에는 첫사랑, 첫날밤, 또는 특별히 인상적
이었거나 자극적이었던 진기한 경험들이 쌓이게 된다. 그 어떤 것이든
환상의 갈피 속에 끼워 두었던 순간들은 적절한 시간에 유용하게 꺼내
쓸 수 있는 예금과도 같다. 환상 속에서 과거의 아름다운 성경험을 되
살리는 것은 강렬한 사랑과 성적 즐거움을 누릴 능력이 있다는 사실로
서 삶의 모든 부분에 자신감을 불러일으킨다.

잃어버린 사랑의 아픔과 즐거웠던 시간을 간직하고 있는 어느 60대
여성의 성적 환상을 보자. 젊었을 때 나이트클럽 가수였던 그녀가 피아
노 연주자로 활동하는 흑인 남자를 만난 건 40년도 더 된 일이었다. 두
사람은 서로 매력을 느꼈지만 결혼하지는 못했다. 그녀의 남편은 군인
이었다. 어느 날 남편이 해외근무 발령을 받자, 그녀는 나이트클럽에서
노래하는 일을 그만두었다. 남편을 멀리 떠나 보낸 부인이 새벽까지 클
럽에서 노래를 부른다는 것이 마음에 걸렸다. 주위의 시선도 그렇지만
해외로 떠난 남편의 마음도 편치 않을 것 같았다. 그녀는 남편을 사랑
했고 피아노 연주자도 사랑했다.

두 남자 사이에서 갈등하는 그녀에게 가장 훌륭한 치료제는 환상이
었다. 환상을 통해 그녀는 결혼생활에 파탄을 내지 않고도 다른 남자를
사랑할 수 있는 방법을 알아낸 것이다. 그녀는 남편과의 잠자리에서 피
아노 연주자와 침대에 함께 누워 있다고 상상했다. 그렇다고 해서 남편
을 속이는 일이라는 생각은 들지 않았다. 오히려 남편과의 성생활에 활
력을 불러일으키는 촉매제 역할을 한다고 여겼다.

이렇듯 아름답고 기분 좋았던 추억을 환상 속에서 되살리는 일은 오

래된 앨범을 꺼내 보며 현재의 삶에 활력소를 되찾는 수단이기도 하다. 물론 현재에 충실하기 위한 것일 뿐 과거에 연민을 갖는 것은 아니다.

마음의 상처를 치유한다

섹스를 할 때마다 어릴 적 겪었던 불쾌한 기억이 떠오른다는 한 여성은 성적 환상을 이용하여 그것들을 지우려 애쓴다고 했다. 그녀는 유년 시절에 당한 성추행의 기억 때문에 환상 없이는 남편과의 성생활을 부담없이 하기 힘들다고 했다.

그녀가 떠올리는 성적 환상은 어떤 것일까. 영화 '더티 댄싱'의 패트릭 스웨이지와 춤추며 과거로부터 영원히 떠나가는 자신을 만들어 간다. 패트릭의 팔에 안긴 자신을 상상하면 멈출 수 없는 희열이 솟구친다. 온몸이 젖도록 춤추다 보면 성과 사랑에 취해 행복해 하는 자신을 발견할 수 있다고 했다.

이렇듯 환상은 지난날 성적으로 가슴 아픈 상처를 갖고 있는 여성들에게 고통, 분노 등 부정적 감정들을 긍정적인 것으로 바꿔 주는 기능을 한다. 만약 당신이 애인으로부터 배신당한 적이 있다면 다시는 그러한 상처를 받지 않기 위해 환상을 이용해 보라. 환상은 그러한 상처와 두려움을 사전에 경험하게 해주고 그에 따른 마음의 준비를 새롭게 해줄 것이다.

마음의 상처 역시 치유하는 데 도움이 된다. 남자 친구와 장난 삼아 레슬링을 하다가 그만 그 친구로부터 가볍게 상처를 입은 여성이 있다. 물론 그 남자로서는 전혀 의도하지 않은 실수였다. 하지만 그녀는 오래

전에 자신을 강간했던 강간범이 취한 행동과 똑같이 생각되었다. 그 후 그 친구와 마주칠 때마다 과거의 아픈 기억들이 되살아났다.

자연히 마주하기가 싫어졌다. 사랑하는 감정은 조금도 달라지지 않았지만 그와 만나면 왠지 공포감이 엄습한다. 결국 그녀는 환상 속에서 자신을 레슬링 챔피언으로 만들었다. 아무리 힘센 남자도 환상 속에서는 그녀를 건드리지 못했다. 그러자 마음이 가라앉았고 다시 남자 친구의 품으로 돌아갈 수 있었다.

쓰라린 과거의 경험을 극복하기 위해 성적 환상을 선호한다는 여성들은 의외로 많았다. 예를 하나 더 들어 보자. 과거에 강간 당한 경험을 갖고 있는 어느 여성은 남편과 정상체위로 섹스를 할 때마다 성적 흥분과 함께 분노가 치밀어오른다고 한다. 강간범에게 붙잡혀 꼼짝없이 당하고만 있던 옛날의 모습이 떠오르기 때문이다.

그녀의 분노는 어떤 식으로 표출될까. 남자의 머리카락을 잡아당기거나 손톱으로 등을 할퀴고 때로는 목을 깨물어서 남자가 깜짝 놀라는 경우조차 있다. 하지만 아무것도 모르는 남자는 그녀가 흥분과 환희의 절정에 이른 것으로 착각하고 더 열심히 애무해 줄 때가 많다고 한다.

물론 성적 환상으로 과거의 성적 분노가 모두 해소될 수는 없다. 하지만 이 여성처럼 다른 곳으로 이동시켜줌으로써 완화시켜 주는 역할은 가능하다. 심리적 긴장감은 오르가슴이라는 매개체를 통해 새로운 삶의 카테고리를 형성해 준다.

과거의 상처를 극복하려는 성적 환상은 미해결 사건에 대한 중요한 실마리가 되기도 한다. 그러한 환상은 좀더 의식적인 차원에서 이해되어야 할 문제이다. 당사자로서는 떠올리기 싫겠지만 환상은 인생의 중요한 경험에 대한 기억을 보존함으로써 보다 긍정적인 삶을 수행할 수 있는 원동력이 된다. 이러한 환상은 대체로 구속받지 않는 쾌락과 관련이 있다. 자신들의 성욕구와 창의성을 위한 긍정적인 배출구로서 판타지를 보기 때문이다. 옛 애인을 잊지 못해 방황하는 한 여성의 성적 환상을 보자.

"나는 아름다운 스키장에서 휴가를 보내는 중이다. 스키를 너무 열심히 탔기 때문일까, 온몸이 화끈거리고 나른하다. 수영복으로 갈아입고 뜨거운 온천물에 몸을 담그기 위해 사우나실로 내려왔다. 그곳에서 나는 시집을 읽으면서 열정적 판타지 여행의 분위기에 젖어들고 있었다. 그때 매력적인 한 남자가 들어왔다. 마음속에 늘 간직하고 있던 옛 애인과 너무나 닮은 남자였다.

나는 그에게 열정의 행로를 읽어주기 시작했다. 우리는 즉시 마음이 통했고 그 시에 묘사되어 있는 정열까지 느끼게 되었다. 그는 대서양을 횡단하는 마도로스처럼 검게 그을린 얼굴에 섹시한 수염이 잘 어울리는 남자였다. 내가 그의 앞으로 다가가자 그는 부풀어오른 아랫도리를 애써 감추느라 어찌할 바를 몰랐다. 잠시 후 우리는 사우나실 주변의 작은 공간에서 참을 수 없는 본능적 전희를 마음껏 나누었다. 공공장소라는 사실에 오히려 스릴을 느꼈다. 그의 부드러운 혀가 내 배꼽을 지나 아랫도리 근처에 이르자 다리에는 작은 경련이 일었다. 그는 쉬지 않고 혀와 손가락을 놀리며 불규칙적으로 새어나오는 내 신음소리를 듣고자 했다.

얼마나 시간이 지났을까. 허리가 휘어지는 고통이 잠깐 스쳐가고 나의 두 다리는 그의 단단한 몸을 감싸 안고 있었다. 더욱 묵직하게 느껴지는 그의 물건이 한 번씩 찌를 때마다 나는 쾌감의 신음을 토해내며 허리를 들어올렸다. 깊숙이 받아들이고 싶었던 것이다. 그의 사정은 한순간의 폭발처럼 거대하고 힘이 넘쳤다. 짧고도 긴 시간이 흐른 뒤, 우리는 사우나실 주변의 간이침대에서 꿈처럼 달콤한 잠에 빠져들었다.”

그녀의 애인이 환상 속의 남자처럼 검게 그을린 피부에 근육이 돋보이는 몸을 가졌는지는 모른다. 하지만 그 남자가 옛 애인을 떠올리게 해줌으로써 지난날의 추억은 더욱 아름다운 기억으로 남길 수 있다.

이 판타지에서는 청각적 자극과 함께 남자의 발기 상태 등 구체적인 묘사가 돋보인다. 사람들의 눈에 띌지도 모를 공공장소를 무대로 설정한 것도 성적 긴장감을 고조시키는 데 한몫을 거든다. 그녀가 자신을 매력적이고 호감을 주는 여성으로 바꾼 점도 자신감을 갖게 만들었다.

그러나 이러한 판타지에 대해 모든 여성들이 동의하는 것은 아니다. 불편한 감정을 드러내는 여성들도 적지 않다. 성적 환상이 무조건 편안하고 재미있는 것이 아니라 나쁜 습관이나 정신적 혼란을 일으켜 생활에 지장을 초래한다고 여기기 때문이다.

제 5 장

때로는
환상도 위험하다

지금까지 성적 환상의 긍정적인 효과에 대해 살펴보았다. 그러나 환상이 반드시 행복하게 해주거나 남자 관계를 발전시켜 주는 것만은 아니다. 현실에서의 성생활을 방해할 수도 있고 오히려 상처를 입힐 수도 있다. 이제부터 판타지가 갖고 있는 함정에 대해 살펴보기로 한다.

살해당할 뻔 했어요

귀를 찢을 듯한 굉음의 로큰롤 음악이 온통 거리를 뒤흔들고 있는 토요일 밤. 거리 곳곳에서는 세계에서 몰려든 젊은이들이 어울려 파티를 벌이고 있다. 디자이너로 활동하는 올해 28세의 한 여성이 좋아하는 환상은 이런 파티에서 마음에 드는 남자를 물색하는 것이다. 그러나 그녀는 성적 환상을 실제 현실에서 행동으로 옮겼다가 목숨을 잃을 뻔했던 경험을 갖고 있다. 잠시 그녀의 경험을 들어보자.

"생맥주 파티가 열리는 어느 홀에 들어선 나는 검고 빛나는 긴 머리를 쓸어 넘기며 낯선 남자들을 주시했다. 가까이 있는 친구의 목소리조차 알아듣지 못할 정도로 시끄러운 공간이지만 내 눈과 귀는 마치 먹이를 노리는 표범처럼 잔뜩 긴장해 있다.

그때 한 남자가 눈에 들어왔다. 햇볕에 잘 그을린 몸, 짧은 반팔 티셔츠를 입은 남자였다. 생맥주를 한 모금 들이켰다. 그러자 그 남자의 모습이 사라졌다. 어디로 갔을까. 이곳저곳을 둘러보던 내 등뒤에서 누군가가 툭 친다. 아까 그 남자였다. 그는 내 손에 메모지 한 장을 쥐어주고 손등에 가벼운 키스를 하고는 돌아선다. 메모지에는 전화

번호가 적혀 있었다. 집으로 돌아오면서 나는 자신감에 넘치는 그의 손이 내 젖가슴을 찾아 매끄럽게 움직이는 것을 상상했다. 기대감 때문일까, 젖꼭지가 조금씩 부풀어오르는 것을 느꼈다.

집에는 아무도 없었다. 아직 함께 방을 쓰는 친구는 돌아오지 않은 것이다. 침대에 누웠지만 손등에 닿았던 그 남자의 느낌이 떠올라 잠을 이룰 수가 없었다. 전화를 걸었다. 그 남자가 전화를 받았다. 순간, 두려움과 기대가 엇갈리면서 망설여졌다. 하지만 나는 바로 일어나 옷을 걸쳐 입고는 그의 집으로 향했다.

기대했던 대로 그는 현관에 서 있었다. 그는 너무나 애타게 기다렸다는 듯 내게 깊은 키스를 퍼부었다. 그리고는 탄력 있고 건강한 몸을 과시하듯 나를 들어올려 침대로 옮겼다. 침대에는 머스크 향의 짙은 스킨 냄새가 배어 있었다. 그가 즐겨 쓰는 향수 같았다.

옷을 벗기는 그의 손길이 조금은 성급하게 느껴졌다. 아직 몇마디 이야기도 나누지 못했는데, 벌써 옷을 벗기다니…. 눈을 감아 버렸다. 아직은 몸이 굳어 있어 약간 거친 느낌을 줄 것 같았지만 그는 아랑곳하지 않았다. 그의 손길이 점점 거칠어져 갔다. 억센 두 손으로 내 양팔을 내리누른 그는 서둘러 삽입했다. 약간의 통증과 함께 수반되는 쾌감이 나를 자극시키며 신음소리가 흘러나왔다. 그는 내가 어디를 애무 받고 싶어 하는지를 정확하게 알고 있는 것 같았다. 한 번, 두 번, 세 번…. 몇번이나 절정에 이르렀는지 모르겠다. 그런데도 그는 사정할 기미를 보이지 않는다.

나른한 만족감에 취해 얼마나 누워 있었던 것일까. 육중한 무게가 짓누르는 느낌에 눈을 뜬 나는 깜짝 놀랐다. 무릎으로 내 가슴을 짓누

작가 미상의 〈두 남녀〉 연도 미상

르고 있는 남자가 한눈에 들어왔다. 눈에는 광기가 서려 있었고 두 손은 내 목을 조르려는 자세였다. 순간, 오싹한 두려움이 솟구쳤다. 죽이는 섹스 게임을 즐기는 사람이었다. 그때 비로소 내가 이 곳에 있다는 것을 아는 사람이 아무도 없다는 사실을 깨달았다. 나는 아직도 이 남자의 이름조차 모르고 있었다. 도대체 어쩌자고 이런 상황까지 온 것일까. 나 자신이 한심하다는 생각이 절로 들었다.

이제 어떻게 해야 할까.

남은 것은 두 가지뿐이다. 살려달라고 애원하거나 그 게임에 동조해 주는 것이다. 나는 머리를 앞쪽으로 빼고는 그에게 키스를 퍼부었다. 성욕으로 가득 찼던 이전의 열정적인 키스와는 달리, 다급하게 느껴지는 숨소리가 그의 얼굴에 퍼져 나갔다.

나는 침묵 속에서 목숨을 애원했고 내 선택이 올바른 방법이기를 바랬다. 그는 나의 키스에 잠시 놀라는 듯했지만 곧 흐뭇해 했다. 우리는 또 한번 섹스를 했다. 하지만 처음에 느꼈던 즐거움은 없었다. 나는 클라이맥스에 오르는 것처럼 가장하여 그를 속였다. 마침내 그가 사정을 하고는 몸을 떼어냈다. 그리고는 이내 곯아떨어졌다. 나는 소리 나지 않게 침대에서 빠져나와 집으로 돌아왔다."

환상을 꿈꾸다가 목숨을 잃을 뻔했다는 이 여성의 경우, 그것은 분명 판타지의 함정이다. 어쩌면 마약과도 같은 함정일 것이다. 문제는 성적 환상의 내용에 있는 것이 아니다. 많은 여성들이 매력적인 낯선 남자들과 섹스하는 환상을 즐기는데, 그녀는 자신의 환상에 따라 충동적으로 행동하면서 함정에 빠진 것이다.

환상은 환상으로 끝날 때 가장 좋다. 위험한 내용이 담긴 시나리오가 환상 속에서는 즐거울지 몰라도 현실에서는 위험할 수도 있다. 자극적이지만 위험한 환상을 충동에 의해 행동에 옮기는 일은 자기 자신이나 다른 사람에게 일어나게 될 부작용을 무시해 버리는 일이다.

터부나 금기시하는 행위도 마찬가지이다. 이런 것들은 환상을 더욱 자극적으로 꾸며주기는 하지만 현실에서 실천한다는 것은 금물이다. 원치 않는 임신이나 성병에의 노출, 또는 여러 가지 정신적 피해를 입거나 불행으로 연결될 수 있다.

판타지의 노예가 되고 말았다

이번에는 자기가 만든 환상의 노예가 되었던 어느 여성의 경우를 보기로 하자. 나이보다 훨씬 젊어 보이는 그녀는 눈동자가 매혹적이다. 어딘지 모르게 연약하게 보여, 쉽게 상처받을 것만 같은 인상을 준다. 직장 동료들 역시 무척 조용하고 수줍은 여성으로 여기고 있다. 아무도 그녀가 성적 환상을 즐기리라고는 생각하지 않고 있다.

그녀에게 환상은 일종의 습관이나 다름없었다. 집에 혼자 있노라면 어김없이 환상을 더듬는다. 그때마다 손은 팬티 속으로 미끄러져 쾌감을 탐닉한다. 말하자면 그녀의 자위행위는 거의 강박적이고 생활의 일부분으로 자리잡고 있는 셈이다. 적어도 그녀는 자위를 즐기는 시간만큼은 신으로부터 휴식을 취하고 있는 것이라 상상하고 있다.

성적 환상은 그것을 꿈꿀 때마다 조금씩 등장 인물의 성격이나 유형을 달리하지만 그녀의 경우에는 등장 인물의 성격이 늘 똑같다. 강하고

공격적인 여자가 젊고 나약한 여자를 유혹한다는 내용이다. 여자들은 밀림이 우거진 열대지방에서 조사연구 활동을 벌이고 있는 과학자일 때도 있고 헐리우드의 유명한 여배우일 때도 있다. 그 어떤 경우이건, 모험과 흥분의 시간이 무르익은 후에는 나약한 여자가 강한 여자에게 당하는 것으로 결말을 짓는다.

그녀는 판타지 속의 나약한 여자가 자신과 닮았다는 점은 인정한다. 성적으로 강하고 공격적인 여자들이 나약한 여자를 강제로 더듬을 때는 괴롭지만 그 시간은 극히 짧다. 오히려 그러한 일이 있은 다음에 오는 편안함과 안정감이 그녀를 즐겁게 해준다.

그러나 최근 그 횟수가 점점 많아지고 더욱 충동적이다 보니 부작용이 적지 않았다. 파티에 참석했다가도 서둘러 집에 돌아오기 일쑤이고 교회에 갔다가도 그런 충동이 느껴져 몸이 아프다는 핑계를 대고 빠져나오곤 했다. 무엇보다도 정상적으로 잠을 잘 수 없다는 점이 괴로웠다. 하룻밤에도 여러 차례 잠에서 깨어나 환상에 빠져들어 제대로 수면을 취할 수가 없었다. 게다가 환상이 사라지고 나면, 극도의 수치심과 혼란스러운 기분에 휩싸이는 것도 싫었다.

이 여성의 경우, 생활의 안정을 찾아줄 것 같았던 환상이 오히려 부정적인 영향을 끼친 대표적인 케이스다. 사실 성적 환상에 강박적으로 매달리다가 통제할 수 없을 정도로 계속 재현된다면서 심적 불안을 호소하는 여성들이 적지 않다. 한 여성은 어느 정도의 성적 흥분이나 반응에 도달하게 되면 또다른 판타지에 끌려들어 간다고 털어놓았다.

환상이 지나치게 강박적이면 더 이상 성에 관한 호기심을 만족시켜주거나 즐거움을 제공하지 못한다. 이러한 환상은 성 에너지의 건전한 배출이 아니라 부담일 뿐이다. 환상에 집착한다는 것은 실타래가 엉켜버리는 결과를 가져올 때가 많다. 일반적으로 여성들은 자신의 환상 속에서 자신이 마음대로 할 수 있는 상대를 원한다. 적어도 자신의 의지와 상관없는 기분은 갖기 싫은 것이다. 따라서 도발적이고 통제가 안되는 환상들은 스스로 분노를 느끼게 한다. 이렇게 되면 성적 즐거움이라는 것도 무력함이나 수치심에 의해 사라져 버리고 만다.

앞에서 언급한 여성의 경우, 그 원인은 어린 시절에 있었다. 아버지가 재혼하여 새어머니를 맞았지만 그녀로부터도 관심을 받지 못하자, 현실에서 채울 수 없는 위로와 따뜻함을 얻기 위해 환상에 의지하기 시작했던 것이다.

흥분되는 나 자신이 싫어요

가정문제상담소에서 일하는 결혼생활 20년의 한 여성은 판타지 때문에 밤이 두렵다고 했다. 직장에서는 가정불화로 찾아오는 부부들에게 사랑과 이해, 신뢰를 강조하고 원만한 성생활로 문제를 해결하라고 말해주지만 정작 그녀 자신의 성생활은 원만하지 않기 때문이다. 언제부터인가 남편이 몸을 더듬을 때만 되면 문제의 환상이 떠올라 견딜 수 없이 고통스럽다.

"나는 나치 포로수용소에 갇힌 젊은 유태인 여자가 된다. 발가벗긴 채 두 손은 테이블에 묶여 있다. 군화를 신은 병사들이 오고 갈 때마다 뱀 눈처럼 차갑고 감정 없는 모습으로 나를 바라본다."

그녀는 젖가슴과 허벅지를 가볍게 마사지해 주는 남편의 손길이 나치의 손처럼 느껴진다고 했다. 남편이 젖꼭지를 빨아주면 마치 나치가 고문도구를 이용하여 젖꼭지를 비트는 것으로 상상된다는 것이다. 그렇다고 해서 환상 속에서 그들이 쉽게 지워지지 않는다고 했다. 심각한 표정으로 환상에 빠져 있는 아내에게 볼멘소리를 해대는 남편의 목소리를 듣고서야 겨우 빠져나온다고 했다.

그녀가 이 판타지를 만든 것은 성적 흥분을 높여보겠다는 발상에서였다. 처음 얼마동안은 그 효과가 적지 않았다. 그러나 이제는 오히려 그녀를 억누르고 올가미처럼 목을 조인다. 환상을 바꾸기 위해 애써 보지만 그것은 습관처럼 뇌리를 떠나지 않는다.

환상의 내용에 혐오감이나 혼란스러움을 느끼는 여성들은 화나고 수치스러우며 실제 남자로부터 격리된 듯한 느낌을 갖는다고 말한다. 현실에서 전혀 자극을 받지 못하는 이미지인데도 환상 속에서 성적 흥분을 느끼게 된다고 생각하면 그 자신을 비하시킬 수 있기 때문이다. 이때 이미지는 강간이나 폭력적인 성, 아동 성추행, 또다른 형태의 성적 착취행위가 대부분이다.

물론 그 이미지가 강렬한가 아닌가는 중요하지 않다. 그것을 받아들이는 사람에 따라 다르기 때문이다. 집에서 키우는 애완견과 수음하는 환상 때문에 괴롭다는 여성이 있는가 하면, 가톨릭 신자인 한 여성은 사제와의 섹스 환상 때문에 혼란스럽다고 말한다. 문제는 자신의 성적 경향을 판타지가 좌지우지해 버린다고 여겨질 때 환상의 딜레마에 빠진다는 점이다. 당황스럽고 악몽처럼 느껴지는 환상은 소외감과 수치심 때문에 대인관계를 기피하는 현상까지 빚어낼 우려가 있다.

이처럼 혐오스런 판타지를 치유할 방법은 없을까. 이러한 유형의 판타지는 어린 시절의 고통스러웠던 역학관계가 고스란히 담겨 있다. 유태인 여자의 환상을 떠올리는 여성 역시 감방 간수처럼 딸의 인생을 지배하려 했던 아버지 밑에서 성장했다. 결국 그녀는 생존하기 위해 성적 환상 속에서 포획자들에게 성을 통해 강한 힘을 행사하고 있는 자신을 유일한 비상구로 생각한 것이다. 자기 자신은 섹스에 별다른 흥미를 느끼지 못하지만 성욕이 왕성한 남편의 요구를 들어주자니 자연히 이 환상만이 유일한 자극제였던 것이다.

그녀는 어린 시절과 환상 사이의 연결고리를 찾아낸 후에야 비로소 환상과 삶의 해법을 풀어나갈 수 있었다. 원치 않는 환상은 과거의 사건을 재현하는 것 외에 어렸을 때 본 포르노 영상을 자극 패턴으로 고정시켜 버리는 경우도 있다. 가령, 한 여성이 성과 폭력을 연관지어 생각하면 가장 부드러워야 할 성행위 중에 폭력적인 환상을 만들어 낼 수도 있을 것이다.

환상이 덫이냐 아니냐 하는 것은 여성 자신의 판단에 달려 있다. 아무리 추하고 혐오스런 내용일지라도 그것을 재미로만 받아들이면 조금도 문제 될 것이 없다. 그러나 모욕적이고 추하게 느껴지면 환상이란 덫에 걸린 것으로 여겨서 대처해야 한다.

과거에서 벗어나고 싶었는데

젊은 시절을 마약과 술에 취해 살아온 여성이 있다. 그녀는 셀 수 없을 만큼 많은 남자들과 잠자리를 가졌고 마약을 구하기 위해 창녀촌을 드나들기도 했다. 짙은 화장과 속살이 드러나는 야한 옷차림으로 남자들을 유혹해 왔다. 지금은 적갈색의 짧은 머리를 단정하게 손질한 품위 있는 중년 여성으로 살아가지만 젊은 시절, 그녀의 모습은 지금과 너무나 달랐다.

술과 마약에 빠져 있을 당시, 그녀는 처음 만난 남자들이 자기 몸을 아무렇게나 다뤄도 내버려두었다. 마약에 취한 채 섹스를 할 때마다 자신을 구해 줄 백마 탄 기사를 꿈꿨다. 물론 그러한 환상이 자신의 문제를 해결해 줄 수 없다는 것도 알고 있었다. 하지만 남자로부터 부드러움과 다정함, 그리고 꽃보다 귀한 사랑을 너무나 원했기에 그 환상만은 버릴 수가 없었다. 그녀가 만난 남자들은 오직 섹스만을 원했다. 그녀가 꿈꾸는 아름다운 사랑은 그들의 품에서 단지 한순간의 체온으로 지나갈 따름이었다.

그날도 그녀는 처음 만난 남자와 침대에 누워 있었다. 그러다가 갑자기 환상세계와 현실에 엄청난 괴리감이 있다는 생각이 들었다. 순간 그녀는 환상과 함께 굴러 떨어졌던 삶의 어두운 굴레를 깨달았다. 그리고는 더 이상 환상에 매여 있을 수 없다는 걸 알았다. 그 판타지는 만족을 주지 못하는 현실 속에 그녀를 가두고 있었던 것이다. 결국 그녀로서는 불행한 시간을 탈출하기 위해 떠올린 막연한 성적 환상이 오히려 해가 된 셈이다.

세월이 흐르면서 그녀는 자신이 약물중독자라는 사실을 깨닫고 인생에서 자기 자신을 구할 사람은 바로 자신뿐이라는 것을 알게 되었다. 그때부터 그녀는 백마 탄 기사 판타지를 더 이상 떠올리지 않았다.

환상은 때때로 성학대의 상처가 아물어 가는 여성들에게 과거의 아

클림트의 〈처녀〉 1862~1918

픈 기억을 상기시켜 주는 역효과를 가져오기도 한다. 그럴 경우, 성에 대한 부정적인 시각을 심리적으로 뚜렷하게 각인시켜 섹스란 추하고 더럽다는 인식을 갖게 한다.

어린 시절 성학대를 심하게 당했던 여성들은 성인이 된 다음에도 신뢰와 대화, 상호 존중을 바탕으로 한 인간관계를 형성하는 데 어려움을 겪고 있다. 만약 중독이나 성학대의 상처를 극복하려면 성적 환상에 좀 더 의도적으로 접근해 볼 필요가 있다. 원하는 것과 그렇지 않은 것을 잘 가려내서 올바른 선택과 통제력을 행사하면 새로운 삶을 찾아가는 버팀목이 될 것이다.

남자 만족이 여자의 의무인가요

중년이라고는 도저히 생각되지 않을 만큼 날씬한 몸매와 빼어난 미모로 주위의 시선을 한 몸에 받는 여성이 있다. 독신인 그녀는 늘 새로운 남자를 만나고 사귀는 것이 인생의 보람인 양 삶의 위안거리로 삼고 있었다. 성생활 역시 활동적이고 적극적이었다.

어느 날, 그녀는 지금까지 만났던 남자와 전혀 다른 분위기의 한 남자를 알게 되었다. 친절하고 점잖은 목소리의 중년 남자였다. 그저 섹스밖에 떠올리지 않은 예전의 남자들과는 사뭇 달랐다. 훨씬 순수했고 커피 한 잔을 마시면서도 즐겁게 해줄 줄 아는 남자였다.

시간이 흐르면서 그녀는 그와의 아름다운 미래를 설계하기 시작했다. 그리고 다짐했다. 지금까지 떠올리던 환상은 모두 잊어버리자고. 되돌아 보면 그녀는 남자들과 섹스를 할 때마다 환상을 꿈꿨는데, 하나

같이 노예 역할을 완벽하게 해내는 판타지였다. 남자는 왕이었고 그녀는 왕을 만족시켜 줘야 했던 노예였다. 남자를 만족시키는 게 자신의 중요한 임무처럼 행동했었다. 그러나 새로 만난 그에게는 이 모든 것을 밝히지 않기로 했다. 아니, 그녀 자신이 그러한 환상을 더 이상 꿈꾸지 않음으로써 달라지겠다고 마음 먹었다.

그 남자와의 첫 섹스는 무척 감미로웠다. 남자가 워낙 부드럽고 섬세하게 애무해 주었던 것이다. 한마디로 그녀로서는 신선한 충격을 받았다. 그러나 시간이 흐를수록 지난날 잠자리를 함께 했던 남자들이 한두 명씩 그리워지기 시작했다. 좀더 강한 자극이 있었으면 좋겠다는 생각이 들었다.그녀는 남자에게 지배자와 복종자의 관능적 스릴을 가르쳐 주었다. 말하지 않기로 했던 환상의 세계도 이야기했다. 그러면서 점점 대담한 자세로 서슴없이 리드하기 시작했다.

그런 어느 날 밤이었다. 그날따라 유별나게 흥분되었다. 그녀는 섹시한 옷차림으로 남자가 샤워를 끝내기를 기다렸다. 검정 브래지어에 그물 망사 스타킹을 신은 자신의 모습은 그녀가 보기에도 무척 매혹적이었다. 그녀는 마음 속으로 완벽하게 잘 갖추어진 환상의 시나리오를 펼쳤다. 그러다가 그만 자신도 모르게 판타지에 빠지고 말았다. 환상의 세계에서 그 남자와 섹스를 즐기게 된 것이다.

"나를 지켜보던 그의 눈길이 어찌할 줄 모른다. 나는 살며시 다가가 그의 헝크러진 머리카락을 만져 주었다. 그리고 붉게 달아오른 볼을 쓰다듬는다. 까칠한 면도 자욱이 손끝에 느껴질 즈음, 내 입술은 그의 얼굴에 골고루 가벼운 인사를 건네고 뜨거운 숨을 토해 내는 그의 입술에 그대로 부딪힌다. 어느 새 나의 가슴을 더듬고 있던 그의 손이 조금씩 아래로 미끄러진다. 온몸이 타들어갈 듯 뜨거워진 내게 그는 다음에 취할 행동에 대해 암시적인 물음을 던지고 있다. 떨리는 신음소리가 새어 나오자 그는 기다렸다는 듯 침대 위에 나를 뉘었다. 석양보다 붉은 그의 혀가 실로폰처럼 내 몸을 두들기며 굴러다녔다.

그는 폭발할 것만 같은 몸을 움직이며 리듬을 따라 흘러가고 있다. 모든 것이 내 뜻대로 순조롭게 진행된다. 그가 까칠까칠한 혓바닥으로 젖꼭지를 휘감자 잔뜩 부풀어오른 젖꼭지는 마치 전기가 흐르듯 짜릿함을 전했다. 그의 강한 자극은 톱니바퀴같이 나의 기대와 잘 맞게 돌아가며 나를 절정의 언덕으로 몰아넣는다."

그녀는 어려서부터 남자의 욕구를 만족시켜 주는 게 여자의 의무라는 말을 들으며 자라왔다. 때문에 그녀는 환상에서만은 그와 정반대되는 역할, 즉 남자를 지배하는 여자로 만든 것이다. 하지만 지배해야 할 필요성에 너무 극단적으로 치달으면 현실의 파트너에게까지 그런 역할을 하도록 강요하거나 지나친 조작을 할 위험이 있다. 환상에 대한 지나친 집착은 남자가 싫어하는 성행위를 억지로 유도할 수도 있기 때문이다.

예를 들어 보자. 한 여성은 남편의 생일선물로 세 명이 섹스하는 깜짝 쇼를 준비했다가 혼음을 불쾌한 것으로 여기는 남편으로부터 곤혹스러움을 당한 적이 있다고 했다. 또 한 여성은 사람들의 시선을 지나치게 의식하는 남자 친구와 카섹스를 벌였다가 남자 친구의 초조함 때문에 제대로 즐기지도 못하고 창피만 당하고 말았다.

만약 환상이 남자의 취향을 무시하거나 성적 능력을 감소시킨다면, 그것은 두 사람 사이에 친밀감이 발전하는 것을 저해하는 함정이 될 수도 있다. 남자로서는 자신이 이용당하는 것 같아 불편해지고 그에 따라 여자 역시 기분을 망치게 되어 두 사람의 관계는 무너지게 된다.

섹스라는 게 두려워요

눈부시도록 맑은 일요일, 꼭 껴안은 채 아침을 맞는 남녀가 있었다. 주말을 맞아 특별히 해야 할 일도 없다. 여자는 애인에게 등 마사지를 해주겠다고 했다. 남자는 흔쾌히 응했다.

여자의 부드러운 손길이 등에서 미끄럼을 타자 남자는 낮고 무거운 신음소리를 흘렸다. 그러나 다음 순간, 허리 아래로 손이 내려가면서부터 여자는 몹시 긴장했다. 그녀로서는 몇 차례 멋진 섹스를 시도했었지만 제대로 되지 않은 게 마음에 걸렸던 것이다. 오죽 했으면 절정의 그 순간에 일부러 싸움을 걸거나 눈물을 흘렸을까. 왜 섹스를 할 때마다 이렇게 힘든 것일까.

이상하게도 그녀에게는 그 때쯤이면 어김없이 폭력적인 환상에 빠져든다. 흥분과 함께 찾아오는 성적 환상은 자신을 현실로부터 완전히 격리시켜 버렸다. 그 환상은 어두침침한 지하실에 갇힌 자신을 발견하면서부터 시작된다. 복면을 한 괴한들이 손발을 묶고는 길고 뾰족한 바늘로 젖가슴과 음부를 찔러대면서 윤간을 한다는 내용이다.

그녀로서는 이 환상을 남자에게 말해 줄 수가 없었다. 그가 어떻게 생각할지 두려웠던 것이다. 결국 환상을 제대로 다루지 못한다는 자책

세르겔의 〈무제〉 1740~1814

감과 더불어 남자의 성적 즐거움까지 빼앗는다는 사실에 그녀의 가슴에는 더욱 깊은 그림자가 드리울 수밖에 없었다.

이 여성의 경우, 환상이 성욕을 높여주고 성적 기능을 강화시켜 주는 효과적인 도구는 결코 아니다. 오히려 가장 큰 걸림돌이 되고 있다. 절정에 이를 때마다 지난날 자신을 강간했던 사람의 이미지가 떠올라 고통스럽다는 여성의 환상도 있다.

"나는 남자를 어떻게 자극할지 잘 아는 냉정하고 교활하며 음탕한 포르노 배우다. 사랑하고 아끼는 감정 따위는 존재하지 않는다. 젖가슴을 흔들어대며 남자위로 올라가 신음하는 나를 본다. 그러면 감정 없는 흥분이 밀려왔다 사라진다. 그리고 혐오스런 감정이 덮쳐 견딜 수 없는 굴욕감에 몸을 떤다. 진실한 사랑과 아름다운 시절의 얼굴들이 너무 그립다. 나는 어디로 가는 것일까."

그런가 하면, 섹스가 끝나자마자 찾아드는 환상으로 마음고생이 심한 여성들도 적지 않다. 이들의 판타지는 대체로 남편이 자신을 버리고 다른 여자를 만나고 있다는 이야기가 주류를 이룬다. 지극히 평범하고 사랑이 충만한 남편이지만 다른 여자와 만나는 것은 절대로 용서할 수 없다고 생각한다. 현실이 아닌 환상인데도 괴로움을 호소한다.

자학의 덫에 걸렸다

수영장에만 가면 환상에 빠져든다는 여성이 있다. 그녀는 수영도 즐기지만 그 환상의 매력 때문에 더욱 자주 수영장을 찾는다고 했다. 물속으로 들어간 처음에는 일부러 생각하지 않으려 애쓴다. 그러다가 수영장을 한 바퀴 돈 다음에는 편안하게 호흡을 가다듬고 자신이 가장 아끼는 성적 환상으로 채널을 맞춘다. 판타지는 수영장 근처에 있는 육상트랙을 도는 것으로부터 시작된다.

"나의 몸은 찰싹 붙는 라이크라 옷감 때문에 더욱 도드라져 보인다. 날씬하면서도 운동선수처럼 잘 다듬어진 몸매는 젊은 여성이 부럽지 않다. 가까운 곳에서 아이 주치의인 소아과 의사가 운동을 하고 있다. 그는 내 곁에서 몇 바퀴를 함께 달린 다음, 가벼운 대화를 시작하는데 나의 섹시한 모습에 시선을 떼지 못한다.
그런 어느 날, 그는 자기 집으로 나를 초대한다. 크롬과 유리로 된 가구들, 현대 미술품, 하얀색 카펫 등이 화려하게 진열된 그의 집은 누가 봐도 부유한 사람의 저택이었다.
내가 샤워를 시작하자 그는 조금씩 열기가 오르는 듯 몸을 가누지 못하고 실내를 이리저리 오가고 있다. 잠시 후, 욕실 문이 열리면서 이제 한창 비누 목욕을 하고 있는 나의 매끄러운 몸매가 환하게 드러난다. 나는 분위기 있게 리드하는 그의 테크닉을 따라 조금씩 입맞춤을 시작하고 황홀한 시간의 늪으로 빠져들기 시작한다."

놀랍게도 그녀가 수영장에서 나와 샤워를 할 때쯤이면 환상은 사라진다. 라커룸에 들어가 거울에 비친 자신을 찬찬히 훑어보면 환상 속의여인이 아니다. 환상에서는 작은 금발의 푸른 눈을 가진 날씬한 여자였지만, 현실에서는 큰 키, 검은 머리, 검은 눈동자의 좀 뚱뚱한 몸매이다. 아기를 낳은 다음부터 늘기 시작한 몸매가 처녀 때와는 영 딴판이었다. 게다가 그녀는 아시아와 미국계의 혼혈 출신이었다. 판타지에 나오는 멋진 의사가 자신의 실제 모습을 보면 무척 실망할 것이라는 생각이 절로 들었다.

그녀의 환상은 어디서 비롯된 것일까. 한마디로 현실에서 자신의 모습이기를 원하는 이미지를 환상 속에다가 만들어 놓고 있는 것이다. 그만큼 그녀는 스스로를 아름답고 섹시한 여성으로 받아들이지 못하고 있다. 때문에 그녀는 남편과 사랑을 나눌 때에도 불을 끄고 눈을 감아 버린다고 했다.

많은 여성들이 결점이라고 여기는 자신의 이미지를 고치고 지나친 자의식을 극복하고자 판타지를 이용하지만 반대로 자신에 대한 자각을 아예 망각해 버리는 여성들도 적지 않다.

그러나 현실과 환상 속에 일정한 벽을 만들어 놓는 것은 자신만의 독특한 아름다움과 매력을 막는 결과를 가져온다. 판타지 속에서 자신의 이미지를 너무 극적으로 바꿔 버리면 현실에서의 자신은 성적 즐거움과 관심을 받을 자격이 없다고 자학하게 되는 덫에 걸릴 수도 있기 때문이다. 더군다나 아름다운 여자란 이런 모습이어야 한다는 사회적 통념에 사로잡히게 되면 문제는 더욱 악화된다.

환상 속에서 아무리 섹시한 여자라고 믿는다 해도 현실에서 바비 인형이나 플레이보이 잡지에 등장하는 모델과 비교한다면 실망할 것이 분명하다. 그런데도 수많은 여성들이 자신들의 환상에 따라 이상형이 되겠다는 열망이 지나쳐 성형수술이나 지방흡입 수술, 다이어트에 매달리고 있다. 물론 아름다운 외모나 섹시한 몸매를 꿈꾸는 것은 여자의 특권이다. 그러나 환상 속의 이미지만을 너무 좇다 보면 자기 신분과 삶을 잃어버릴 우려가 있다.

몇 년 동안 성형수술로 남자들이 탐내는 몸매를 만들어온 여성의 경우를 보자. 예쁘게 단장되었던 갈색 머릿결은 너무 오랫동안 염색을 하는 바람에 손만 대면 부스러질 것처럼 거칠어졌고, 젖가슴이나 코에는 수술 자국이 뚜렷하여 보기 흉했다. 몇 차례 받은 수술 비용도 만만치 않아 생활도 곤궁할 정도가 되고 말았다. 남자들이 그녀에게 매력을 느껴 접근해 왔지만 만들어진 몸매라는 사실을 알고는 시큰둥한 반응을 보였다. 결국 그녀가 얻은 것이라곤 상실감밖에 없었다.

남자의 판타지에 갇힌 여자

"직장에서 긴 하루를 보낸 나는 무거운 몸을 이끌고 아파트로 돌아왔다. 남자 친구는 기다렸다는 듯 옷부터 거칠게 벗겨내고 머리를 풀어헤치며 침대로 끌고 갔다. 마음의 준비가 안 된 나는 다소 불편한 기색을 드러냈지만 상대의 반응은 단호했다. 나는 한 발짝 물러서면서 외식하러 가자고 제안했다. 하지만 그는 식사 따위엔 관심도 없다는 듯 여전히 블라우스 단추를 풀어헤쳤다.

그는 번개같이 나를 눕히고는 무작정 젖꼭지를 빨기 시작했다. 그의 따스한 입속에 빨려 들어가는 느낌이 좋으면서도 거칠고 완강한 행동에 반항심이 생겨 어찌할 바를 몰랐다. 나는 치욕스럽게 당하는 느낌 때문에 완강하게 거부했다. 하지만 내가 저항할수록 그의 힘은 거세

세르겔의 〈남자와 여자〉 1740〜1814

졌다. 두 다리에 온 힘을 모아봤지만 이미 파고든 그의 거대한 몸놀림을 감당하기가 어려웠다. 그는 오히려 나의 저항을 즐기는 듯했다. 마침내 스타킹이 찢겨지고 열기가 오른 허벅지 사이로 그의 단단한 성기가 미끄러져 들어왔다. 나도 모르게 비명을 질렀다. 처음 있는 일도 아니지만 너무 일방적인 그의 행동이 싫었다. 그는 한 순간 폭발음을 쏟아 내더니 이내 옆으로 나뒹굴었다. 나는 고개를 돌리고 눈시울을 적셨다.”

그녀가 남자 친구를 만난 것은 일 년 전이었다. 성경험이 없었던 그녀로서는 일년의 세월 동안 자신이 이토록 모험적이고 자유로운 여성이될 줄은 전혀 몰랐다고 했다.

남자 친구는 섹스에 굶주린 사람 같았다. 특히 그는 다양한 성행위를 요구했다. 고속도로를 질주하는 차 속에서 오럴섹스를 강요하거나 영화를 보다가도 그녀의 허벅지 사이에 얼굴을 파묻고는 그곳을 핥기도했다. 그는 모든 행동이 자신의 환상을 현실에 옮기는 것이라고 했다.

그녀로서도 처음 얼마간은 그의 애무가 싫지 않았다. 거의 매번 오르가슴을 느낄 정도였다. 그는 그러한 그녀의 모습이 너무 좋다고 늘 말해왔다. 때로는 오르가슴에 가쁜 숨을 몰아쉬는 그녀의 머리카락을 붙잡고는 ‘내 환상 속의 여자’라며 흥분하기도 했다.

하지만 지금은 전혀 달랐다. 언제부턴가 섹스 그 자체가 고통스럽게다가왔다. 때로는 하혈을 한 적도 있었다. 너무 차주 한 탓일까, 짜릿한쾌감보다는 달콤한 분위기가 그리웠다. 남자 친구에게 그런 의중을 비추기라도 하면 그가 내뱉는 말은 늘 똑같았다. 긴장을 풀고 즐기라고.

그러면서 거칠게 더듬는 손길을 멈추지 않는다.

그녀는 언니에게 전화를 걸어 어떻게 했으면 좋겠느냐고 물었다. 그러나 언니는 오히려 그녀를 야단칠 뿐이었다. 처음부터 그런 남자와 잠자리를 한 그녀의 잘못 때문이라고 했다. 그녀가 남자의 판타지 속에서 놀아나는 꼭두각시에 불과하다는 말까지 했다. 그 말을 듣는 순간, 그녀의 머리에 스쳐가는 것이 있었다. 어쩌면 그 동안 남자의 포르노성 판타지 세계에 묶여 있었던 것은 아닐까.

그렇다. 이 여성과 마찬가지로 남자의 성적 환상에 갇혀 있는 여성들이 의외로 많다. 더욱이 성경험이 별로 많지 않고 다른 사람의 행복과 불행이 자기 책임인 것처럼 느끼는 여성의 경우, 그 불안정한 심리상태를 교묘히 악용하여 성적 대상물로 취급하는 남자에게 당하는 경우가 허다하다.

한 여성의 경우, 남자 친구로부터 검정 가터 벨트와 은장식 단추가 달린 목이 높은 상의를 입을 것을 강요받았다고 했다. 그런 차림이 섹시해 보인다는 것이었다. 그러나 대부분의 여성들은 이런 말을 들으면 모욕감과 함께 자기 비하를 느낀다.

남편이 오랫동안 꿈꿔온 판타지를 현실에서 이루게 해준다는 뜻에서 친한 친구를 불러들여 남편과 셋이서 섹스를 한 여성이 있다. 그러나 남편을 기쁘게 해주겠다는 그녀의 뜻과는 달리 후유증은 심각했다. 우선 친구와의 관계도 서먹해져서 오랜 우정에 금이 가는 계기가 되었다. 또 남편은 섹스를 할 때마다 '그때가 좋았는데…' 하며 뭔가 아쉬운 듯 불만을 드러내 그녀의 기분을 엉망진창으로 만들었다.

사람들이 많은 공공 장소에서 성행위를 요구받거나 원치 않는 체위를 강요당했을 때가 가장 괴롭다고 호소하는 여성들도 많다. 공공 화장실, 극장, 사무실, 어두운 골목 등에서 섹스를 해 왔다는 어느 한 여성의 말을 들어보자.

"처음에는 남자 친구가 아주 늦은 밤에만 섹스를 요구했기 때문에 마음의 준비를 어느 정도 할 수 있었습니다. 하지만 시간이 지나면서 밤낮을 가리지 않고 요구하는 바람에 나를 오직 섹스 파트너로만 여기는 것이 아닌가 싶어 불편했습니다. 요즘엔 섹스가 장난처럼 느껴진답니다. 전혀 진지함을 느끼지 못해요."

결혼생활 15년에 접어든 한 여성은 남편의 성적 취향이 점차 폭력적인 모습을 띠는 것이 두렵다고 했다. 이들 부부는 기독교 근본주의를 믿고 있어서 그녀는 남편의 성욕을 만족시켜 주는 것이 아내의 의무라고 생각한다. 하지만 남편은 섹스를 할 때마다 너무나 일방적이다. 강제로, 그것도 아내가 위에서 하는 상위체위만을 고집했다.

자연 섹스는 일종의 고문과 같이 진행되기 일쑤였다. 그녀의 팔과 가슴에 멍이 지워지는 날이 드물었다. 그런데도 그녀는 남편의 학대적 판타지를 자신의 숙명적인 짐으로만 받아들였다. 물론 남편이 어린 조카를 묶고 강간을 시도하는 바람에 이혼했지만 그녀가 받은 상처는 쉽게 아물지 않았다.

만약 부부가 함께 판타지를 원한다면 긍정적이고 재미있는 경험이 될 수 있는 판타지를 찾아야 한다. 그러한 판타지는 상호 즐거움을 주고, 특히 여성은 아름다운 판타지와 남편의 따뜻한 감정에 큰 위안을 얻게 된다. 만약 여성이 환상에 대해 모욕적이거나 위협적으로 느낀다면 그러한 판타지는 없애야 한다. 결국에는 자신이 이용당하고 있다는 느낌에 빠지게 될 것이다. 그렇다면 그 결과는 너무나 뻔하다.

환상은 하나의 선택일 뿐

필자가 들은 환상의 후유증은 그 유형이 다양했다. 또 가벼운 것에서 부터 끔찍한 것에 이르기까지 그 심각성의 폭이 무척 광범위했다. 만일 당신의 판타지가 당황스러운 내용이라면 이제부터라도 도저히 통제할 수 없는 위험을 내포하고 있다는 점을 심각하게 생각하라. 그것을 내버려 두면 성에 대한 부정적인 시각만을 가져다 줄 것이다.

위험한 성적 환상이 심각한 걱정거리를 가져올 수 있지만, 그렇다고 해서 이러한 판타지 함정에 빠져 있을 필요는 없다. 다음 장의 이야기는 심각한 문제를 일으켰던 환상을 변화시키고 제거하고 혹은 치료하는 과정에서 여성들이 이루어 낸 성공 사례들이다. 대부분의 여성들에게 치료의 첫 단계는 환상이 안고 있는 함정에 대해 좀더 의식을 뚜렷하게 해야 한다는 점이다. 환상을 평가하는 일은 주관적인 작업이기 때문에 스스로 어떤 판타지가 자신에게 도움이 되는지, 해로운 것인지를 잘 판단해야 한다.

다음의 항목에 대해 자문해 보면 어떤 환상이 문제를 일으키는지 자신을 평가하는 데 도움이 될 것이다. 현재 성적 환상을 갖고 있는 여성들이라면 꼭 자신만의 판타지 유형을 살펴보기 바란다.

첫째, 환상이 위험한 행동을 유도하는가.

둘째, 환상이 통제할 수 없거나 지나치게 충동적이라고 느껴지는가.

셋째, 환상의 내용이 혼란스럽고 불쾌감을 주는가.

넷째, 환상이 중독성의 회복이나 인간적인 성장을 방해하는가.

다섯째, 환상이 자부심을 손상시키고 자기수용을 저해하고 있는가.

여섯째, 환상이 현실에서 파트너와의 거리감을 조성하는가.

알곱째, 환상이 파트너나 다른 사람에게 해를 끼치고 있는가.

여덟째, 환상이 성적 문제를 일으키는가.

결론부터 말하자면 환상은 선택이다. 마음속에 일어나는 일에 대해서 우리가 선택의 여지를 느끼고 싶은 것은 지극히 당연하다. 이때 자신이 원하는 방법으로 알맞게 선택되면 더없이 좋은 것이고 두 사람 사이의 친밀함에 방해가 되면 좋지 않은 것이다.

그렇다고 해서 환상이 현실에서 해야 하는 일들의 지침이 되는 것은 아니다. 자신과 사랑하는 사람의 건전한 성적 즐거움을 도모한다는 뜻이지만 환상과 현실 사이에는 분명한 선이 필요하다. 또 즐거움과 괴로움의 양극을 오가며 문제를 일으키는 환상이라면 좀더 진지한 탐구 자세가 필요하다. 환상을 통해 나 자신에 대해 더 많은 것을 알게 된다면 삶의 가치와 기쁨을 느끼게 될 것이다. 그것은 필자가 많은 여성들로부터 환상에 대한 자기평가를 들으면서 얻은 결론이다.

제 6 장

심오한 발견

보다 나은 삶을 향하여

피상적으로만 바라본다면, 환상은 우리가 이미 알고 있는 사실을 말한다. 하지만 열대 지방의 어느 섬으로 휴가를 가고 싶다는 바람을 환상 속에 끼워 넣으면 그 무대는 전혀 경험해 보지 못한 낯선 세계로 변한다. 마치 끝없이 펼쳐진 바다와 같다. 그러나 판타지가 그렇게 단순한 것은 아니다. 그 깊이를 가늠하다 보면 좀더 심오하게 생각해야 할 점이 있다는 것을 깨닫게 된다.

한 여성은 환상에 대해 '포장이 벗겨지기를 기다리는 선물과도 같다'고 했다. '자신의 마음에 호스를 연결시키기 위한 최고의 자원'이라고 표현한 여성도 있다. 어느 성심리치료사는 '우리가 통과해 나가야 할 멋있는 문'이라고 표현했다. 말하자면 성적 환상을 자세하게 관찰하여 얻는 자각은 극히 개인적이라는 점이다.

일반적으로 성적 환상이 여성의 삶에 끼치는 영향은 크게 보아 세 가지 영역으로 구분된다. 성, 인간관계, 그리고 인간적 성장에 대한 정보 제공이다. 여기서는 성적 환상이 일상적인 삶과 어떻게 교차하는지, 여성 스스로 어떻게 느끼는지를 살펴보기로 한다.

세 명의 여성이 있다. 그들이 환상으로부터 얻는 것은 무엇일까. 한 여성은 남편과의 만족스런 성생활을 위해 무엇이 필요한지를 배웠고, 다른 한 여성은 남자와의 관계를 오랫동안 지속시키기 위해 필요한 것이 무엇인지에 대해 알게 되었다. 또다른 여성은 내면의 강인함과 자신에 대한 믿음을 회복했다.

이처럼 성적 환상은 인생의 각각 다른 시점에 서 있는 여성들에게 커다란 힘과 흥분을 부여한다. 환상세계의 아름다움과 양면성을 함께 이해한다면 그 세계를 아무런 부작용없이 받아들일 수 있는 지혜를 갖게 된다. 창의성을 하나의 표현수단으로 삼고 함께 느낀다면 더없이 훌륭한 자료가 될 것이다.

성, 그 만족을 위한 여정

먼저 판타지로부터 보다 나은 성생활을 꾸려가는 지혜를 배운 여성의 경우를 보자. 31세의 그녀는 20대 못지 않은 활기 넘치는 열정을 간직하고 있다. 병원 중환자실에서 간호원으로 일하는 그녀는 서글서글한 미모에 애교어린 웃음으로 환자들로부터 인기가 높다. 하지만 업무는 중노동이다. 하루 종일 환자들에게 시달리고 난 후에는 강변도로를 따라 산책하는 것을 즐긴다.

결혼한 지 9년이나 지났지만 아직 아기는 없다. 개인적으로 좀더 자유로운 시간을 갖고 취미생활을 즐기고 싶었기 때문이다. 물론 남편은 그녀를 무척 사랑하여 누가 봐도 건강한 부부로 보인다. 하지만 그녀에게는 남모를 고민이 있다. 신경치료를 받아야 할 정도로 심각한 성적 환상 때문이다. 레즈비언도 아닌데 자꾸만 다른 여자와 섹스하는 장면이 떠오른다. 때때로 남편의 따뜻한 애무나 가벼운 포옹에도 날카로운 반응을 보일 때가 많다.

그녀는 특히 펠라치오 상상을 좋아했다. 자기보다 훨씬 섹시한 몸매의 신디 크로포드 같은 타입에게 강한 매력을 느낀다. 날씬한 배, 가슴의 흐르는 곡선, 엉덩이를 생각하면 절로 손길이 아래로 향한다. 자위행위를 할 때 이 환상을 떠올리면 어김없이 오르가슴에 이른다.

그러나 절정의 극치가 가라앉은 뒤, 그 판타지의 의미가 무엇인지를 곰곰히 생각하면 왠지 서글퍼진다. 더이상 환상과 자극을 피하고 싶다. 사랑하는 남편과 전혀 관련없는 판타지 때문에 현실에서 남편과의 섹스가 점점 부담스럽게 느껴지기 때문이다. 물론 그녀는 남편에게 판타지 내용을 말하지 않았다. 남편은 점잖고 친절하고 따뜻한 사람이었다. 그녀가 원하는 것이라면 어떤 것도 기꺼이 들어줄 사람이었다. 하지만 레즈비언도 아니면서 다른 여자의 몸을 상상하는 자신의 판타지를 털어놓기가 쉽지 않았다.

남편 역시 아내가 예전과 달라졌다는 것은 알아채고 있었다. 하지만 그 원인이 자기에게 있다고 생각하여 더 열심히 아내에게 봉사했다. 그런데도 잠자리에서 아내의 몸은 좀처럼 풀어지지 않았다. 부부의 섹스를 강하게 해주는 책을 사서 읽기도 했지만 아내는 사진이 있는 페이지를 그냥 넘기기 일쑤였다. 여자 누드에 자극받는 것이 두려웠던 것이다.

왜 그녀는 끊임없이 여자에 대한 관능적인 생각을 갖게 되었을까. 그 원인을 진단하기 위해서는 먼저 그녀가 겪은 특별한 성경험에 대해 이야기해야 할 것이다.

그녀는 어린 시절을 플로리다의 바닷가에서 보냈다. 때문에 비키니를 입은 여자들을 누구보다 많이 본 소녀였다. 사춘기 시절, 바닷가를 배회하면서 비키니 입은 늘씬한 몸매의 여자들을 찾기도 했다. 지금도 바닷바람과 함께 묻어오는 로션 냄새를 기억한다는 그녀는 당시 여자들의 냄새와 소리에 완전히 미쳐 있었다고 한다. 귀엽게 생긴 남자들도 많았지만 그녀의 관심을 끌지는 못했다. 그곳은 백인들만 모여 사는 곳이었다. 피부가 검은 그녀는 한때 자신의 젖꼭지가 검다는 사실에 놀라 혹시 잘못된 게 아닐까 의심까지 했었다.

베게너의 〈침대 위의 두 여인〉 연도 미상

집안에서 섹스 이야기는 금기시되었다. 아버지는 알콜 중독자였고 어머니는 아주 보수적인 여인이었다. 처녀가 성에 대해 관심을 갖는 것은 추하고 행실이 나쁜 여자라는 선입견을 갖고 있었다. 그녀의 젖가슴은 유별나게 컸다. 언니나 여동생, 어머니조차 가슴이 밋밋한 편이었는데, 왜 그녀만이 큰 것일까. 큰 가슴 때문에 놀림도 많이 받았다.

열한 살 때 처음으로 술을 마셔 보았고, 열네 살 때 마리화나를 피워 봤다. 열다섯 살이 되자 그녀는 마리화나에 중독되고 말았다. 마리화나를 피우면 몸 속에 갇혀 있지 않은 새로운 자신을 발견하고 자유로웠다. 긴장이 풀리면서 남자와의 섹스까지 상상하게 만들었다.

열여섯 살 때, 바닷가에서 만난 20대의 한 남자에게 푹 빠졌다. 그녀는 자신의 사랑이 올바른 선택이었기를 바라면서 옷을 벗었다. 남자가 섹스를 강요한 것은 아니었지만 남자의 청을 거절할 경우에 그가 자신을 버릴지도 모른다는 생각이 들었기 때문이었다. 성에 관한 한 그녀는 백치였다. 남자의 말 한마디, 행동 하나하나 모든 것이 그녀로서는 강한 호기심을 불러일으켰다. 그 남자는 마치 개인교사와도 같은 자세로 다가왔다. 봉긋한 젖가슴을 애무하면서 사랑에 대한 달콤한 귓속말을 속삭여 주었다. 그러나 왠지 모를 슬픔이 복받쳐 눈물이 났다.

그의 것은 유난히 크고 단단했다. 몸속으로 들어왔을 때 그녀는 너무 아파서 엉덩이를 빼려고 했다. 하지만 허벅지를 움켜잡은 그의 억센 손 때문에 피하지 못했다. 힘들었지만 행복에 겨운 듯 폭풍과도 같은 사정을 끝낸 남자가 그녀의 머리를 쓰다듬어 주었다. 손끝에서는 진한 체취가 풍겼다. 잠시 후 샤워를 하던 그녀는 깜짝 놀랐다. 허벅지 사이에 피가 흥건했던 것이다. 남자의 정액 덩어리와 끈적끈적한 진액이 뒤엉켜 잘 씻겨지지도 않았다.

얼마 후 그녀는 자신의 몸에 이상이 있다는 것을 알아챘다. 임신을 한 것이다. 그러나 그 사실을 안 남자는 그녀 곁을 떠나버렸다. 결국 그녀는 임신중절 수술을 받고 남자와 데이트하는 것조차 꺼리게 되었다. 대신 술과 마리화나로 외로움을 달랬다. 그러면서 멋진 왕자에게 구애를 받는 '아름다운 처녀' 판타지를 즐겼다. 그녀가 다시 남자에게 마음의 문을 연 것은 2년의 세월이 흐른 뒤였다.

열여덟 살에 만난 남자는 귀공자 같은 외모에 성적으로도 모험적이고 호기심이 많은 청년이었다. 그녀의 말을 직접 인용해 보자.

"내가 처음으로 여자에 관한 환상을 생각한 것은 바로 그 남자 친구 때문이었다. 내가 다른 여자와 섹스하는 걸 관음하는 것이 그의 판타지였던 것이다. 물론 여자와 실제로 섹스를 해본 적은 없었다. 그러나 그가 워낙 자세하게 설명해 주었기 때문에 마치 내가 진짜 하고 있다는 착각까지 들 정도였다. 그는 의자에 기대 앉아서 나와 다른 여자가 서로에게 펠라치오를 해주는 모습을 상상한다고 했다. 그는 이 상상만으로 사정할 만큼 극도로 흥분하는 모습을 보였다. 그는 내게 모든 것을 털어놓았다. 시시콜콜한 이야기까지 해주는 그의 태도에 나는 첫번째 남자에게 버림받은 배신감의 상처가 아물어갔다."

시간이 흐르면서 두 사람의 섹스 형태는 다양한 모습을 띠기 시작했다. 그녀는 여러 가지 체위를 경험하면서 남자에 대한 호기심을 하나씩 풀어갔다. 하지만 두 사람의 성적 환상은 늘 똑같았다. 두 여자가 등장

하고 서로 펠라치오를 하며 흥분하는 장면으로 일관했다.

그녀는 또 다시 임신을 했다. 그러자 남자는 그녀가 레즈비언이라느니 변태라느니 윽박지르며 떠나버렸다. 여자끼리 섹스를 즐기는 환상 속에서는 결코 임신하는 법이 없다는 억지였다. 그녀는 다시 임신중절 수술을 받았다. 그리고 이때부터 심각한 우울증에 빠지고 말았다. 사람을 대한다는 것이 두려워 밤낮을 술로 지샜다. 집에만 틀어박혀 지내던 그녀에게 알콜 중독 치료 프로그램을 받을 수 있도록 도와준 것은 아버지였다. 그러나 성에 대한 두려움만은 쉽게 가시지 않았다.

그녀는 지금의 남편과 섹스를 할 때에도 뭔지 모를 보호벽부터 치게 된다고 했다. 온몸이 뜨거워지고 자신이 열정적으로 되는 것이 두려워

남편의 눈을 똑바로 쳐다보지 못한다는 것이다. 절정에 이르는 남편의 신음소리가 수술대 위에서 들었던 차가운 가위소리로 들려올 정도였으니까 그 심각함을 짐작할 수 있다. 그렇다면 왜 남편에게 솔직하게 털어놓지 못하는 것일까. 그녀는 남편마저 어디론가 떠나버릴 것 같은 느낌이 든다고 했다.

그녀는 다른 여자를 상상하는 관능적인 판타지가 자신에게 어떤 의미로 생겨났는지를 잘 알고 있다. 펠라치오는 임신이 되지 않는다. 여자끼리 하는 성행위는 임신의 공포로부터 벗어날 수 있다. 또한 여자들은 자신을 떠나지 않을 것이라는 생각이 지배하면서 동성애적 판타지는 끊임없는 에너지원이 된다.

요즘 이들 부부는 상담과 심리치료를 받으면서 의도적으로 잠자리를 피하고 있다. 부부 세미나에도 참석하여 성적 요법에 대한 정신적 방향을 탐구하고 있다. 다시 한 번 그녀의 말을 들어 보자.

"우리 부부관계는 상당히 좋아졌어요. 나는 남편의 편안하고 넓은 가슴을 다시 사랑하게 되었고 섹스의 진정한 의미를 조금씩 찾아가는 중입니다. 그의 팔에 안겨 아침을 맞는데, 커피를 끓이고 토스트를 준비하는 동안 내가 얼마나 행복한가를 실감한답니다. 이젠 남편에게도 판타지를 숨기지 않아요."

그녀가 새로 설정한 판타지는 어떤 내용일까. 놀랍게도 새로운 판타지에서는 남편이 등장한다.

"꿈속에서 나는 남편과 함께 파리로 휴가를 떠난다. 패션의 거리에 있는 어느 옷가게를 들러 아름다운 프렌치 가운을 입어본다. 거울에 비친

나는 놀랄 만큼 아름다운 여인이다. 빙긋이 웃으며 나를 바라보는 남편과 눈이 마주쳤을 땐 새삼 수줍기까지 하다. 옷값이 비쌌지만 남편은 서슴없이 선물해 준다. 옷가게를 빠져나와 빵집에 들린다. 남편은 맛있게 보이는 불란서 빵 하나를 내민다. 초콜릿 크림으로 속을 채운 것이다. 나는 천천히 한입 물고는 입술을 핥으며 그 맛을 느껴 본다. 이번에도 남편은 빵을 먹는 내 모습을 뚫어지게 바라보고 있다. 그가 보는 앞에서 빵을 먹는 모습이 조금은 부끄러워 눈을 감는다."

남자, 진실된 사랑을 찾아서

어린 시절을 보스턴에서 보냈다는 한 여성은 참으로 많은 일을 겪었고 또 변해왔다고 말한다. 먼저 그녀의 성장과정을 보자. 그녀는 성에 대한 것은 상상조차 하기 힘든 분위기의 가톨릭학교를 다녔다. 그 때 들었던 수녀 교사의 말씀은 지금도 뚜렷하게 기억된다. 자신의 생각에도 책임을 져야 한다는 그 말씀은 곧 상상마저 나쁜 것에 물들면 맑은 영혼이 파괴된다는 뜻이다.

그러나 지금의 그녀는 학창 시절의 도덕성과는 너무나 다르다. 몸에 꼭 끼는 청바지에 화려한 색상과 어깨를 다 드러낸 티셔츠 차림을 즐긴다. 그리고 종교적으로는 타락이라고 할 만큼 노골적인 성적 환상에 스스럼없이 빠져든다. 더욱이 그녀는 환상이 인생의 파트너를 찾는데 많은 도움을 주고 있다고 믿고 있다.

그녀는 10대 소녀 시절의 앨범을 지금도 소중하게 간직하고 있다. 사진 속의 그녀는 금발의 앞머리가 얼굴 아래까지 내려와서 큰 갈색 눈을 반쯤 가리고 있다. 교외의 어느 집 앞에서 찍은 사진인데, 키가 크고 나이도 많아 보이는 소년과 팔짱을 하고 있다. 바로 그녀의 첫사랑이다. 사진을 바라보는 그녀의 표정이 마냥 즐거워보인다.

"나는 사진 속의 남자를 아직도 잊지 못하고 있어요. 당시 나는 고등학교 1학년이었고 그 친구는 3학년이었어요. 사진으로만 봐도 참으로 매력적인 친구죠. 시간이 흐르면서 우리는 섹스에 대한 서로의 마음까지 이야기할 정도였어요. 내가 그 친구와의 관계를 처음 털어놓은 사람은 친구가 아니라 엄마였어요. 솔직하게 섹스에 대한 진지한 마음까지 이야기했죠. 그런데 엄마의 반응은 너무 뜻밖이었어요. 나를 타이르는 수준을 넘어 까무러칠 듯 놀란 가슴을 쓸어내는 것이에요. 그러면서 엄마는 자신의 신혼 첫날밤 이야기를 해주더군요. 그건 한 마디로 강간을 당하는 장면과 너무나 흡사했어요. 물론 그것을 제대로 이해하기엔 아직 어린 나이였지만 그런 과정을 거쳐 내가 태어났으니, 나로서는 커다란 충격을 받을 수밖에 없었어요."

그런 일이 있은 지 얼마 되지 않아, 그녀는 남자 친구로부터 차 안에서 강제로 겁탈을 당했다. 하지만 자신이 어떤 식으로 순결을 잃었는지는 엄마에게 말하지 않았다. 대신 엄마로부터, 그 옛날 수녀 교사로부터 들었던 메시지를 마음속으로 다시 음미해 봤다.

열여덟 살이 되면서 그녀는 처음으로 성적 환상을 떠올렸다. 이미 여러 명의 남자와 섹스를 나눴지만 어느 누구에게도 절정의 느낌을 받은 적이 없었다. 그만큼 어린 시절의 성은 늘 급하고 거친 것이었다. 그런데 자위행위를 즐긴다는 한 남자를 만나면서부터 그녀는 판타지를 즐겨 떠올리기 시작했다. 자위행위를 할 때마다 판타지를 떠올리면 어김없이 절정을 느끼곤 했다.

그녀가 즐겨 떠올리는 환상의 주제는 남자의 성기였다. 자위를 좋아하는 남자 친구의 성기가 단단해지는 것을 곁에서 자주 지켜본 탓인지 그녀를 충분히 흥분시켰다. 하지만 남자 친구와 함께 자위행위를 할 때마다 자신의 즐거움을 위한 것이 아니라 남자 친구를 위해 공연을 해주는 느낌이 들기도 했다.

때와 장소를 가리지 않고 자위를 즐기던 그녀는 마침내 남자 친구 없이도 성적 쾌감에 도달할 수 있었다. 자신만을 위한 환상을 즐길 만큼 여유를 찾은 것이다. 또 원하는 것은 무엇이든지 마음속으로 생각할 수 있고 그것이 누구도 해치지 않는다는 사실도 알게 되었다. 상상의 범위를 넓혀가자 성적 즐거움은 점점 커져 갔다.

그녀가 클라이맥스에 오를 때의 느낌은 단지 질 주변이나 클리토리스에 국한된 것이 아니다. 몸 전체를 송두리째 떨게 만드는 강렬한 것이었다. 느낌이 팔과 머리, 발가락까지 전해지면서 점점 깊이를 더해가는데 그 희열은 경험해 보지 못한 사람은 전혀 알 수 없는 것이었다. 그녀가 주로 즐기는 곳은 욕조였다. 따뜻한 물속에 몸을 담그면 판타지가 저절로 떠오르고 그때마다 손길은 몸 구석구석을 더듬게 된다.

그녀가 가장 좋아한 환상은 하와이로 신혼여행을 가서 통나무처럼 단단해진 남편의 성기를 붙잡고 하루 종일 성적 유희를 즐기는 것이다. 그 판타지처럼, 스물 두 살 때 결혼한 그녀는 태평양 해안 북서부의 숲 속에 자리 잡은 통나무집에서 신혼을 시작했다.

로댕의 〈성기 위의 손〉 1840~1917

"그 시절의 나는 너무나 철이 없고 어렸어요. 내가 늘 매력을 느꼈던 남자들과 마찬가지로 남편도 상당히 거친 편이었죠. 우리는 술집에서 만났어요. 그 때 나는 이곳저곳을 떠돌아다니면서 웨이트리스 일을 해서 간신히 살아갈 정도였는데, 그런 시절에 만난 남편은 백마 탄 기사가 부럽지 않았어요. 하지만 차츰 그의 본색이 드러나기 시작했어요. 솔직히 말해서 부모님의 불행했던 전철을 그대로 밟는 결혼생활이었습니다.

폭행을 하는 것은 아니지만 남편은 모욕적인 말로 괴롭힐 때가 많았어요. 어찌나 질투심이 강한지, 어떤 남자가 나를 쳐다보기라도 하면 그 자리에서 마구 욕설을 퍼붓는 거예요. 사람들이 있건 말건 개의치 않아요. 처음엔 나를 너무 사랑하기 때문이라고 생각했지만, 그런 행동이 계속되자 나도 지쳐가기 시작했어요."

남편의 거칠고 급한 성격은 성생활에서도 그대로 드러났다. 남편은 자기 욕구만 채우면 그냥 돌아서서 코를 골기 일쑤였다. 일주일에 한두 번씩 섹스를 했지만 그녀의 성적 만족은 전혀 고려하지 않았다. 그런데도 그녀는 왠일인지 남편에 대한 성적 불만이 생기지 않았다. 남자라면 으레 거칠고 야성적인 타입이어야 한다는 이미지가 머리에 박힌 탓일까. 어쩌면 그녀 자신이 그럴 만한 이미지를 풍기는 건 아닌가 하고 여겨질 때도 있었다.

판타지는 결혼과 동시에 바뀌었다. 주로 대본 없이 시각적으로 생생한 남성의 신체부위에 초점을 둔 것들이었다. 남편의 손길에서 만족감이 떨어질수록 그녀는 이 판타지에 의존하여 절정감을 맛보곤 했다.

몇 년의 세월이 흐르고 아들이 태어났다. 그녀는 자식을 위해서라도 남편과의 관계를 개선해야겠다고 생각했다. 그러나 우연히 철학과 정신세계에 흥미를 갖게 되면서부터 그 노력을 포기했다. 자기 자신의 길을 걷는 것이 오히려 자식을 위한다는 생각이 들었던 것이다.

남편과 헤어지고 무료한 시간을 보내기 위해 지역 주민을 위한 여성학 강좌를 듣기 시작했다. 그러자 또 한번 환상이 달라지기 시작했다. 어디서 비롯된 것인지는 모르겠지만 여자의 몸매를 음미하기 시작했고, 그럴 때마다 남자의 몸을 상상하는 것보다 훨씬 강하게 흥분되었다. 너무나 달라진 판타지에 그녀 스스로 놀란 적이 한두 번이 아니었다. 그러나 풍만한 젖가슴, 잘룩한 허리, 부드러운 엉덩이, 그리고 은밀한 부위를 감싸고 있는 주홍빛 입술을 떠올리면 극치의 절정에 온몸이 부르르 떨렸다.

그녀는 남자들이 데이트를 청해도 애써 외면하고 혼자 하는 섹스를 즐겼다. 때때로 환상만으로 아쉽다고 생각될 때는 자위기구를 이용했다. 환상적인 분위기로 꾸민 침실, 여기저기에 향내 나는 촛불을 켜놓는다. 그 촛불 밑에서 온몸에 로션을 바르면서 환상을 떠올리는 것을 즐겼다. 그런 어느 날 친구처럼 지내던 남자와 잠자리를 갖기 시작했다. 물론 오랫동안 지속하려는 생각은 없었다. 다만 낯선 사람과의 섹스보다는 안전한 느낌이 들어 몇 달에 한 번 정도 잠자리를 같이 했다.

남자는 예전의 남자들과 여러 면에서 달랐다. 부드럽고 상냥하며 그녀가 먼저 흥분할 때까지 기다릴 줄 알았다. 충분한 전희를 즐긴 다음에야 비로소 삽입을 시작하는 것도 좋았다. 하지만 그런 즐거움도 오래가지는 못했다. 그의 말 한마디 때문이었다.

어느 날 그는 어떤 타입의 영화배우를 좋아하느냐는 나의 물음에 탄탄한 몸매를 가진 여자가 좋다고 했다. 아무런 뜻 없이 내뱉은 말이었지만, 약간 통통하고 젖가슴이 작은 나로서는 큰 충격이었다. 30대가 되면서 몸이 좀 불었지만, 나 자신을 자학하지 않겠다고 다짐해 온 나로서는 마음에 큰 상처를 입을 수밖에 없었다. 평소 누구보다 믿고 따랐던 사람에게서 들은 말이었기에 그날 밤 잠을 이룰 수가 없었다.

그와 헤어진 후, 그녀는 남자를 선택하는 문제에 보다 신중을 기해야겠다고 다짐했다. 그러자 환상 역시 변했다. 이번에는 영화배우처럼 멋있는 사람을 등장시킨 판타지를 꿈꿨다. 섹스를 상상할 때, 그와 함께 침대에 누워 있는 듯한 생각이 들 정도로 깊은 환상에 빠졌다.

그녀가 환상 속에 자주 떠올리는 남자는 영화배우 패트릭 스웨이지이다. 순수하고 다정하며 여자에게도 헌신하는 남자. 어느 날 문득 환상 속으로 그가 들어왔다. 그는 기적적으로 독신이었고 그녀와 함께 육감적인 춤을 추었다. 물론 그녀는 황홀한 오르가슴을 나름대로 즐겼다. 꿈은 자유롭다는 것이 장점이다. 괜찮은 남자인지 아닌지를 걱정할 필요도 없고 죄책감을 느낄 필요도 없다. 환상을 통해서 상대방이 쏟아주는 성적 관심을 즐기면 된다.

최근 그녀는 새로운 환상 대본을 실험 중에 있다고 했다. 만나기 쉽지 않은 유명 스타 대신, 자신과 가까운 사람으로 설정한 판타지이다. 현재 대학에 다니는 그녀는 영어과목 교수와의 관계를 상상해 본다. 그는 대단히 지성적이고 매력이 넘치는 남자다. 성적인 것에 눈길을 주는 사람이 아니지만 자신의 곁에 누워 있다고 상상하면 따뜻한 그의 기운을 느낄 수 있다. 환상 속에서 그의 눈동자는 사랑이 듬뿍 담겨 있다.

바로 그녀가 갈망하는 스타일의 남자다.

요즘 그녀는 자신의 관능을 이해해 주고 자신의 영혼과 육체 속에 내재하는 내면의 아름다움을 볼 수 있는 진실한 남자를 찾고 있다. 상처받은 과거의 아픔이 다시는 묻어나지 않을 남자를 원한다. 약속이나 사랑의 맹세 같은 것을 바라지는 않는다. 그녀가 자신을 있는 그대로 받아들이는 법을 배운 것처럼, 지금 그대로의 자신을 여유 있게 바라볼 줄 아는 사람이면 충분하다는 것이다.

되돌아 보면 환상은 그녀에게 자신을 보다 정확히 이해하고 감사하는 법을 가르쳐준 교사였다. 초기에는 환상을 통해 남자 몸의 시각적 이미지에 의해 자극 받는다는 것을 알았고, 성경험을 강화하는 과정에

요한손의 〈남녀〉 연도 미상

서는 감각적인 여성의 몸에 매혹되었다. 그 과정에서 그녀는 자신의 육체적 아름다움을 받아들이고 존중할 줄 알았으며 자신이 사랑하는 남자의 관심을 받을 자격이 있다는 것도 깨달았다.

이제 그녀는 자신이 찾고 있는 남자의 사랑이 열정적이기를 바라지만 그 사랑의 울타리에 갇혀서는 안 된다는 것도 충분히 이해하고 있다. 많은 환상을 골고루 경험한 그녀가 내린 결론은 내면의 세계를 가장 중요한 삶의 지침으로 여겨야 한다는 점이다. 여러분도 그녀처럼 내면의 지혜에 근접하는 환상을 꿈꾸기 바란다.

잃어버린 나를 되찾는 기회

샌프란시스코 동부 지역에서 '매춘부 대모'로 불리는 세 번째 여성은 흰 머리카락이 히끗히끗 보이는 갈색 곱슬머리의 중년 여성이다. 40대 중반인 그녀는 자신의 경험을 살려 매춘 여성들에게 인생 상담을 통해 용기와 희망을 심어 주고 있다.

특히 그녀는 상담하러 찾아온 여자들에게 '거리의 매춘부들을 기다려 주는 멋있는 남자나 꿈같은 로맨스는 결코 존재하지 않는다' 면서 달콤한 말로 유혹하는 남자들을 조심하라고 당부한다. 그녀가 보기에 영화 '프리티 우먼'에 나오는 줄리아 로버츠 같은 여성은 절대로 현실 속에 존재할 수 없다는 것이다. 상담을 위해 찾아오는 여성들과 이야기할 때마다 그녀는 20년 전의 자기 모습을 떠올린다. 그녀의 이야기를 직접 인용해 본다.

"어린 시절을 생각하면 지울 수 없는 고통이 나를 엄습합니다. 열 살

때, 오랫동안 병상에서 고생하시던 아버지가 돌아가셨어요. 어린 나이에 아버지를 간호하는 일에 혼신의 힘을 다 쏟았지만 혼자서 아버지를 지켜가는 것은 쉬운 일이 아니었어요. 가장 참기 힘들었던 일은 의붓오빠가 밤마다 내 방에 들어와서는 지퍼를 내리고 자신의 성기를 몽둥이처럼 휘두르는 일이었어요. 정말 어린 나로서는 큰 충격이었어요. 생각해 보면 나의 유년 시절에는 어떤 즐거움도 존재하지 않았어요. 그저 평범하게 사는 친구들을 무척 부러워했으니까요."

집을 뛰쳐나와 이곳 저곳을 방황하던 중 우연히 어떤 유태인 여자를 만났다. 당시 그 여자는 그녀가 만난 사람들 중 유일하게 마음을 열어주고 따뜻한 말로 위로해 준 사람이었다. 하지만 그녀는 수많은 여자를 그런 식으로 농락한 악마였다. 어깨가 쳐져서 무거운 짐을 진 듯한 모습으로 걸어가는 여자들은 어김없이 그녀의 먹이감이 되었다. 허름한 술집에서 스트립쇼를 강요하고 매춘을 강요하는 포주였다.

그녀는 남서부 도시의 어느 스트립 바에서 일하게 되었다. 어둡고 음침한 골목 귀퉁이 지하에 자리잡고 있어서 단 하루도 밝은 태양을 보기가 힘들었다. 밤이 되면 그녀는 무대에 올라가 춤을 췄다. 그냥 올라가는 것이 아니라 마약을 복용하고 흥분제 주사를 맞아야 했다. 그녀만이 아니다. 그곳에 있는 많은 여성들은 하나같이 몽롱해진 상태에서 춤을 추고 옷을 벗어야 했다. 그러면 흥분한 남자들이 소리를 지르며 몸에 술을 붓기도 하고 코카인 가루를 뿌리기도 했다.

스트립쇼를 하지 않는 시간에는 한 시간에 평균 두세 명의 남자를 상대해야 했다. 대부분 오럴섹스였다. 남자들은 그녀의 입에 정액을 쏟아

부으며 괴성을 지르고 구둣발이나 총으로 음부를 찌르거나 걷어차기도 했다. 기절하여 병원으로 실려간 적도 한두 번이 아니었다.

틈날 때마다 클럽의 지배인은 포르노 영화를 보라고 강요했다. 테크닉을 배워 고객을 만들라는 뜻이다. 하지만 너무나 식상한 장면들이 눈앞에서 펼쳐질 때마다 굴욕적인 감정에 몸을 떨었다. 남자들은 모두 똑같았다. 섹스가 끝나는 순간까지 그들은 오직 동물적 본능으로만 일관했다. 그 때 비로소 그녀는 남자들의 환상이 무엇인지를 깨달았다. 하지만 알게 모르게 그녀 역시 남자들의 동물적 판타지에 조금씩 중독되어 갔다. 물론 단 한 번도 섹스가 즐겁다고 생각하거나 오르가슴을 느껴본 적은 없다.

몇 년이 지나자, 그녀의 정신은 완전히 닫히고 말았다. 세상과의 단절, 그리고 자신과의 단절 속에서 보낸 지옥과도 같은 시간이었다. 또 성행위를 너무 많이 했기 때문에 아름다운 환상과는 거리가 먼 시간이기도 했다. 아니, 어떤 상상도 할 수 없는 여건 속에서 그녀의 본성과 관능은 철저하게 파괴되어 갔다.

그녀가 어린 시절의 성학대와 충격으로부터 벗어나기 시작한 것은 그런 생활을 접고도 한참 뒤였다. 그녀는 오랜 기간 정신병원에서 요양하며 충격요법과 약물 투여로 치료를 받았다. 한때는 정신적 마비 상태라는 판정을 받기도 했다. 아무튼 그녀는 세상으로 나가기 위해 또 한 번 단절의 아픔을 겪어야만 했다.

몇 년 후, 정신과 의사의 도움으로 병원 근처의 작은 마을에 거처를 마련하고 조금씩 세상과 접촉하기 시작했다. 태어나서 처음으로 자신을 가두었던 단절의 벽을 허물어뜨렸다. 차츰 학대와 고통의 세월에서 해방되면서 그녀는 환상의 세계가 있다는 것을 알게 되었다. 그리고 그 판타지가 무한한 상상의 힘을 갖고 있다는 사실을 알고는 틈날 때마다 그 세계에 빠져 들었다. 이 때 환상 속에서 만난 사람은 대부분 같은 여성들이었다.

그녀는 부드럽고 낭만적인 여자들의 미소와 손끝에 취해 버렸고, 이내 레즈비언의 세계로 들어섰다. 실제로 여자들과 성적 접촉을 즐기면서 판타지는 점점 대담해지고 선정적으로 변해 갔다.

다시 몇 년의 세월이 흐르고 그녀는 새로운 삶을 찾았다. 자신의 과거처럼 힘들고 어두웠던 삶에서 빠져 나오려는 매춘부들에게 용기와 희망을 심어주는 상담 일이었다.

그녀는 우선 고통스러웠던 자신의 과거 문제부터 해결해야겠다고 생각했다. 그래서 동성애적 판타지가 아닌 다른 환상을 갖고자 애썼다. 결국 그녀는 마음속 깊은 곳에서 아직도 꿈틀거리고 있는 어린 시절의 성학대와 냉대, 그것이 바로 자신의 수수께끼이자 문제의 시발점이었다는 것을 찾아냈다. 그녀의 말을 잠시 인용해 보자.

"밤이 깊으면 의붓오빠는 하루도 빠지지 않고 내 방을 찾아왔어요. 그는 방안에 들어서기 무섭게 성기를 꺼내 내 얼굴에 문질렀습니다. 너무 두렵고 무서워서 아무 소리도 내지 못하면 그게 오히려 흥분되는지 성기를 내 입에 집어넣고는 빨라고 강요하는 거예요. 나는 분노했지만 그가 요구하는 대로 빨고 핥아줘야만 했어요. 그렇지 않으면 마구 주먹질을 했거든요. 총알처럼 튕겨져 나와 내 얼굴에 튀던 남자의 정액은 눈물과 함께 뒤섞인 소녀 시절의 모든 것이었습니다."

악몽과도 같았던 그녀의 유년 시절은 그렇게 출발했고 또 그렇게 마감했다. 레즈비언 판타지 이후 그녀는 자신의 의도와 부합하는 새로운 환상을 만들었다. 그것은 지극히 개인적이고 아름다운 여성의 이미지를 극대화시키는 것이었다.

"캘리포니아 해변의 어느 나무 밑에서 나는 햇빛을 즐기며 시간을 보내고 있다. 몸매가 잘 드러나는 비키니 수영복을 입고 자외선 차단 크림을 발랐다. 윤기 나는 몸과 어울리게 뜨거운 태양이 내리쬐는 시간이다. 그때 한 무리의 건장한 남자들이 내게 다가온다. 편안하게 누워 있는 나를 중심으로 그들은 아무런 말 없이 둘러앉는다. 긴장감에 휩싸여 조금씩 떨고 있는 나를 뚫어지게 쳐다볼 뿐 아무런 행동도 취하지 않는다. 이따금 카메라 셔터 누르는 소리만 들려온다.

이윽고 자리를 잡고 앉아 있는 남자들이 하나 둘 일어설 무렵, 나는 비치 타월에 배를 깔고 누워 작은 모래언덕에 몸을 비비면서 절정의 순간까지 자위행위를 시작한다. 누가 시키지도 않았고 강요된 일도 아니다. 그저 내가 좋아 할 따름이다.

한번씩 밀려왔다 쓸려가는 파도를 따라 몸의 율동을 시작한다. 남자들이 어떻게 생각하고 행동할 것인지는 관심 없다. 오로지 파도소리에 맞춰 전신을 움직이며 혼자서 쾌감을 맛보는 것 이외엔 어떤 정황도 존재하지 않는다. 나는 그렇게 끝없이 펼쳐진 캘리포니아 바다와 그 파도를 따라 내 삶을 떠나가고 있었다."

그녀는 요즘 하루에도 여러 차례, 남자들에게 무참하게 피해를 당하

쉴레의 〈노란색 타월을 들고 있는 여인〉 1917

고 있는 매춘 여성들의 눈물 어린 호소를 듣는다. 자신도 모르게 온몸이 부르르 떨리고 분노가 솟구칠 때가 한두 번이 아니다. 그때마다 그녀는 바로 이 바닷가 판타지를 떠올리며 마음을 안정시킨다.

누구에게도 지배당하지 않고 또 해치는 사람이 없는 곳에서 자신이 원하는 것들을 해 볼 수 있는 이 판타지야말로 그녀에게는 삶의 유일한 위안거리이며 새로운 삶의 지표이다. 그리고 가장 본능적이고 아름다운 자기 모습, 다시 말해서 잃어버린 시간의 진정한 얼굴이기도 했다.

최근 그녀는 물리적 자극 없이 다양한 판타지를 만들어 가고 있다. 잠시 그 판타지 세계로 함께 들어가 보자.

"아침 일찍 맑은 공기를 마시며 공원을 산책하는데, 어느 낯선 남자가 내게 접근한다. 인적이 드물고 숲이 우거진 곳이었다. 하지만 나는 어떤 두려움도 갖지 않는다. 왜냐 하면 내겐 그 남자를 물리칠 방법이 있기 때문이다.

세 가지 방식이 있다. 하나는 고함을 질러 도망치게 만든다. 그것은 내게 강한 힘을 느끼게 한다. 또 하나는 그를 상대로 상담자 역할을 하며 대화를 시작한다. 그에게 동정심을 쏟아 부으면서 나를 해치는 것은 자신의 인간성을 스스로 파멸시키는 것이라는 사실을 인식시키고, 두 사람 모두 상처받은 인생으로 살게 될 것이라고 강조한다. 마지막 방식은 나를 지키기 위한 공격이다. 나를 덮치려는 남자의 눈을 손톱으로 찌르고 흙을 집어 던진다. 때로는 오럴섹스를 가장하여 그의 성기를 물어버린 다음 경찰에 신고한다. 경찰은 나를 체포하기는커녕 기자들을 불러 취재하게 해준다. 그 자리에서 나는 단번에 영웅으로 변신한다."

이 판타지는 그녀만이 가질 수 있는 어떤 증오심의 표현이다. 사회가 자신에게 했던 것에 대한 복수이며 정의를 실현했다는 기분에 자기 자신을 감동하게 만들어준다. 물론 성적 기분까지 되살아나 자신의 삶을 생동감 있게 설계하게 해준다. 결론적으로 그녀는 환상을 통해 더 이상 피해자이기를 거부하며 오히려 다른 많은 여성들의 용맹스런 보호자이고 전사로 역할하게 된 것이다. 이처럼 판타지를 적절하게 이용하면 힘과 에너지를 발산하는 긍정적인 기능을 유도할 수 있다.

이제 결론을 내려보자. 여러분은 지금까지 살펴본 세 사람의 삶의 여정과 성적 환상을 듣고 무엇을 느꼈는가. 자신의 판타지 세계를 되돌아보는 작업은 자기 자신을 다시 한 번 성찰해 볼 수 있는 기회를 갖는다는 의미이며 자신의 삶에 어떤 메시지를 부여받는 기회이기도 하다. 마치 정원의 벤치에 앉아 우리의 무의식이 창조해낸 내면의 세계를 들여다보는 것과 같다.

자신의 성적 환상을 전혀 굴절되지 않은 시각으로 바라보라. 그러면 특정한 패턴과 연관성을 찾아낼 수 있다. 이때 다음의 다섯 가지 점에 유의하여 살펴보라.

첫째, 세월이 지나면서 어떤 식으로 발전해 왔는가.

둘째, 실제로 가졌던 성경험과 어떤 연관을 갖는가.

셋째, 파트너와의 관계에서 내 행동에 어떤 영향을 주었는가.

넷째, 규칙적으로 등장하는 성적 자극은 어떤 것인가.

다섯째, 현실에서 경험해 보고 싶었던 적은 있는가.

이러한 내용들은 비단 성적 환상에 국한된 것은 아니다. 자신의 일상적인 삶에도 활용할 수 있는 방안을 찾게 해준다. 어떤 여성은 판타지에서 어떤 감각 형태와 인물 역할이 가장 많이 등장하는지를 알아낸 다음 그들의 성적 취향을 나름대로 분석했다. 그런 다음, 성을 즐기는 새로운 방법으로 실험해 보는데, 이때 특정한 감각 스타일과 관계 역학에 초점을 맞춘다.

예를 들어 보자. 한 여성은 시각적으로 생생한 판타지가 자신을 절정의 언덕으로 데려간다는 사실을 발견했다. 그녀의 판타지는 선정적인 스트립쇼에서 출발하여 어둠 속에서 섹스를 하다가 나중에는 은은한 불빛이 침실을 감싸고 있는 곳에서 자신과 애인이 천천히 옷을 벗는 장면으로 이어진다. 낯선 남자를 유혹하는 야성적인 여자 역할의 판타지를 떠올린다는 여성은 남편과 섹스를 할 때 환상 속의 적극적인 개성을 살리자 한결 흥분지수가 높아졌다고 했다.

이런 식으로 성적 환상 속의 전체적인 그림을 조사해 나가다 보면 호기심을 느끼게 되는 것은 물론, 특정한 의미의 판타지들을 이해하고 올바르게 판단할 수 있는 능력을 키울 수 있다.

판타지는 자신이 만들어 내는 또 하나의 풍경이다. 그러한 풍경 속에서 무한한 자유를 동반하며 누릴 수 있는 것들은 너무도 많다. 하지만 모든 일이 그렇듯이 판타지에도 자신만의 책임과 몫이 따른다는 것은 반드시 명심해야 한다.

제 7 장

환상 탐험
그 베일을 벗기려면

여러분은 성적 환상을 탐험하면서 환상과 일상이 아주 밀접하게 연관되어 있다는 점을 발견하고는 '아하!' 라고 감탄사를 내뱉을 때가 있을 것이다. 이러한 직관은 자신을 다시 성찰하는 기회를 제공할 뿐더러 판타지를 의식적으로 이용할 수 있게 도와준다. 하지만 이런 일이 저절로 일어나기를 기다려서는 안 된다. 환상의 내용에 직접적이고 능동적으로 접근하지 않으면 환상은 그냥 환상으로 머물 뿐이다. 바로 이 점에서 많은 여성들이 유익하다고 여기는 판타지를 무대에 올려놓고 상상하는 탐험을 시도해 볼 필요가 있다.

탐구의 실마리

상상 속의 무대 위에서 자신의 판타지를 상상하면 자신만의 독특한 이미지와 잘 조화되는 무대를 마음속에 그려볼 수 있는 기회를 가질 수 있다. 우리는 오직 자신만을 위한 성적 환상을 쓰는 삶의 작가이기 때문이다. 구성과 주제, 인물 설정, 무대 설정까지 모든 것을 스스로 결정한다.

일반적으로 성적 환상은 정교하게 짜여진 연극과도 같이 클라이맥스를 향해 긴장이 고조되다가 결말을 이루게 된다. 따라서 연극무대 내부에서 펼쳐지는 판타지의 줄거리와 감각을 잘 탐구해 보면, 우리의 성적 기호와 자신에 대한 이해를 깊게 할 수 있다. 어떤 경우에는 감정적 치유까지 유도해 준다. 그러나 성적 환상을 자세하게 관찰하는 법을 배운다고 해도 환상의 세계를 신비한 미지의 상태로 둘 것인지, 아니면 특정한 판타지의 커튼을 열고 무대 위를 상세히 조사할 것인지는 본인 스스로 결정해야 한다.

안내자의 도움을 받는 탐험은 어떤 판타지의 특정한 양상만을 따로 떼어내도록 설계되어 있다. 그래야만 한 번에 하나씩 구성, 주제, 인물, 그리고 무대 설정의 구체적인 것들을 조사할 수 있다. 꿈과 마찬가지로 환상도 상징적으로 겹겹이 쌓여 있어서 그 의미가 숨겨져 있거나 혹은 명백하지 않을 때가 많기 때문이다.

이때 어느 특정한 환상만을 골라 여러 각도에서 관찰하면 숨겨져 있던 세부사항을 끌어내 보는 기회를 갖게 된다. 그리고 이런 접근 방식은 비밀을 풀어헤치는 것과 비슷한 점이 많아 선정적인 이미지의 활동을 설명해 주는 어떤 실마리부터 찾아 나서야 한다.

특정한 환상의 이미지, 장면, 감각, 또는 주제 속에 감추어져 있는 성적 열기의 근원을 찾아내기 위해 자신에게 여러 가지 질문을 해볼 수도 있다. 우리가 판타지의 내용을 풀어내는 것은 다른 사람이 해줄 수 없다. 지극히 개인적인 상징들을 해석해 줄 기존의 모형이나 모범 열쇠가 없기 때문이다.

한편 환상을 풀어낼 때 직감을 믿고 급하게 판단을 내리지 않는 것이 중요하다. 환상의 신비로움을 세부적으로 이해한 뒤 어떤 느낌에 빠지게 될지를 모르기 때문이다. 한 여성들은 굉장히 기뻐했고 또 다른 여성은 안도감을 느꼈으며 어쩔 줄 몰라했다는 여성도 있다.

확실히 판타지를 자세하게 분석하는 작업은 판타지가 갖는 선정적 자극에 대한 신비감을 잃어버리게 되는 위험이 크다. 그러나 보다 만족스러운 환상의 세계와 보다 나은 성생활을 창조해 내도록 인도해 주는 지식도 얻는다는 점을 잊지 마라. 만약 원치 않는 성적 환상을 갖고 있다면 치료와 회복을 위한 중요한 도구가 된다는 점을 기억하라.

구상 – 자신만의 비밀일기

30대 중반에 인생을 함께 할 동반자를 만난 어느 여성의 이야기이다. 그녀는 누구보다 자신을 아껴주는 남자를 만났기 때문에 자신의 판타지를 좀더 상세하게 탐험해 보고 싶었다. 이유는 간단하다. 그동안 교제해온 다른 사람과 마찬가지로 그와의 관계가 위기에 처했는데, 다름 아닌 판타지 때문이었다. 그 판타지 때문에 그녀는 남자가 온몸을 부드럽게 애무해주는 것을 즐기면서도 마지막 결정적인 순간에는 몸을 빼곤 했다.

그녀는 아주 특별한 남자를 만날 것으로 믿어 왔었다. 그리고 그 남자와의 섹스는 매번 절정에 이를 만큼 좋을 것이라고 상상했다. 자기가 좋아하는 남자와의 섹스는 환상과 상관없을 것으로 믿었던 것이다. 그러나 실제는 달랐다. 절정의 순간을 맞을 때마다 판타지가 떠올라 몸이 딱딱하게 굳어져 버렸다. 왜 그럴까.

그녀는 자신의 내면적 세계를 현실에 맞추어 끌어올리는 것이 중요하다는 것을 몰랐고 불안정하고 거짓된 환상의 양면성은 죄책감을 불러와 결국 파국으로 치닫게 되는 요인이 될 수도 있다는 점을 잊고 있었다. 아무튼 그녀는 사랑하는 사람을 놓치고 싶지 않았다. 더군다나 환상 때문에 헤어진다고 생각하니 억울하다는 생각마저 들었다. 결국 갈등을 거듭하던 그녀는 위기의 순간마다 자신을 괴롭혀 온 성적 환상에 대해 마음을 열어보기로 결정했다.

우선 그녀는 자신의 환상 세계를 일기 형식으로 적었다. 흔히 환상이라고 하면 사람들은 잠시 스쳐 지나가는 것이고 일시적인 것으로 느끼기 쉽다. 하지만 그 이미지나 장면을 글로 적거나 녹음하여 구체적으로 접해 보면 환상의 세계에 있던 의문점을 쉽게 찾을 수 있고 깊이 있는 탐험에 많은 도움을 받을 수 있다. 왜냐 하면, 환상의 구성과 줄거리를 보면 그것이 말하고자 하는 것을 어느 정도 이해할 수 있기 때문이다.

사실 환상을 깊이 경험해 보면 어떤 환각 상태에 빠지는 느낌이 든다. 때문에 구체적으로 표현할 방법이 없다. 바로 이 점 때문에 그 의미를 찾기가 힘든 것이다. 이제부터라도 자신의 판타지를 비밀 일기 형식으로 기록해 보는 것은 어떨까.

물론 처음에는 막연할 것이다. 그러나 환상의 순간들을 하나씩 들추면서 공간과 배경, 그리고 사람들의 모습을 떠올리다 보면 그들의 몸짓 하나하나와 냄새 같은 것들도 떠오를 것이다. 그 일기를 다 쓰고 난 뒤, 다시 한 번 펼쳐보면 아마도 소스라치게 놀랄 것이다. 환상의 구성보다 더 생생한 장면들이 현장감 있게 적혀 있기 때문이리라.

이제 어느 낯선 아파트에서 벌어지는 그룹섹스 장면이 담긴 그녀의 비밀 일기를 보자. 제목은 '잘못 찾은 아파트'이다.

"나는 방문치료를 위해 고객 한 사람을 찾아가는 중이다. 그러나 실수로 다른 집 아파트 문을 두드리게 됐다. 몸에 타월만 두른 한 남자가 문을 열어 주었다. 그는 나를 보더니 반가운 표정을 짓고 안으로 끌어당겼다. 엉겁결에 끌려들어간 실내에서는 무슨 파티가 벌어졌는지 이리저리 술병이 나뒹굴고 미심쩍은 주사기와 음식들이 뒤섞여 있다. 열려

작가 미상의 〈환희〉 1920

진 창문 너머로 긴 커튼이 펄럭일 때마다 이상한 냄새도 났다. 남자는 나를 2층으로 안내했다.

잘못 찾아온 집이 분명한데 어떤 호기심이 발동했는지 남자의 뒤를 따랐다. 방문을 여는 순간, 나는 내 눈을 의심할 정도로 놀라운 장면에 충격을 받고 말았다. 그곳에는 세 명의 여자와 네 명의 남자가 뒤엉켜 그룹섹스를 벌이고 있었다. 모두 실오라기 하나 걸치지 않은 채 오럴과 펠라치오를 해주면서 다양한 체위들을 연출하고 있다.

더욱 놀라운 것은 그들이 나를 보고 전혀 놀라지 않았고 나 역시 더 이상의 현기증은 일어나지 않았다는 것이다. 한 남자가 오늘의 파티를 위해 초대한 여자인 줄 알고 내게 지폐를 건넸다. 순간, 다른 한 남자가 빠르게 다가와서는 스웨터를 벗기더니 막무가내로 나의 젖가슴을 훑으며 만지기 시작했다. 나는 아무런 대책 없이, 아무런 반항도 없이 그들을 받아들였다. 세 명의 여자들은 말이 없다. 모두 애무에 열중할 따름이었다.

또 다른 남자가 다가와 드레시한 내 치마를 걷어올렸다. 검은색 란제리가 비치자 그는 탄성을 질렀다. 이내 벌겋게 달아오른 성기를 내 얼굴에 들이밀었다. 나는 아무런 생각없이 그것을 한 입에 물고는 이리저리 흔들어 주었다. 이상한 맛이 목구멍을 타고 넘어갔지만 아랑곳하지 않았다. 그것은 점점 딱딱해져 갔다. 나는 혀끝으로 톡톡 건드려보거나 목구멍 깊숙이 집어넣고는 리드미컬하게 빨아주었다. 내 입가에는 침전물이 점점 많아졌다.

이 모습을 지켜보던 다른 한 남자가 흥분을 참을 수 없다는 듯 뒤로 미끄러져 달려와 땀이 흥건하게 적셔진 나의 클리토리스를 빨기 시작했다. 나도 모르게 작은 신음소리가 흘러 나왔다. 다른 여자와 즐기던 남자는 그런 내 모습을 바라보면서 의자에 앉아 자위를 시작했다. 여자들도 내게 몰려와서는 엉덩이와 허벅지를 마구 핥았다.

마침내 한 남자의 분비물이 내 얼굴과 가슴으로 튕겨 나오자 기다렸다는 듯 다른 남자들도 분비물을 쏟아냈다. 이어 여자들의 신음소리와 탄성이 뒤따랐고 나 역시 클라이맥스에 긴 숨을 몰아쉬었다. 그러자 돌연 판타지는 멈춰 버렸다."

그녀는 일기장에 적힌 자신의 환상을 확인하면서 다시 한 번 놀랐다. 자신의 환상이 분명한데 그 느낌은 전혀 달랐다. 놀랍기도 하지만 그렇다고 해서 비판적이거나 창피하다는 생각은 들지 않았다.

그럼 판타지를 통해 그녀가 깨달은 점은 무엇일까. 우선 판타지 속에서 그녀는 여러 남자들로부터 받는 성적 자극이 엄청나다는 것을 깨달았다. 섹스 장면의 시각적인 생생함이 그녀를 성적으로 흥분시키는 역할을 한다는 점도 알았다. 특히 그녀 자신이 남자들의 뜨거운 관심과 열망의 대상이 될 때 섹스에 푹 빠진다는 사실을 알았다.

이 환상의 묘미는 자신은 전혀 모른 채 그 장면 속으로 들어왔다는 점이다. 자신이 성적으로 끼어들려고 의도하지 않았고, 그저 집을 잘못 찾아왔던 것뿐이다. 따라서 그녀는 판타지의 장면에 대해 어떤 책임감이나 죄책감 같은 것을 느낄 필요가 없었다. 결국 그녀는 자신의 환상을 제대로 이해했고 파트너와의 관계에서 자신의 성을 한층 즐겁게 만드는 도구로 십분 활용할 수 있었다.

그녀의 환상을 잘 살펴보면 아기자기한 이야기체이다. 대본이 없는 환상일지라도 이런 감각적인 경험에 대한 인상은 얼마든지 표현할 수 있다. 어떤 느낌인지, 무엇이 그토록 선정적인지, 유사한 경험들은 어떤 것인지, 또는 그런 감각이 늘 특정한 방식으로 펼쳐지는 것인지 자기 자신에게 자문해 볼 수 있다. 어느 여성은 확실하게 느낌을 잡기 힘든 감각적 환상의 정수를 이렇게 묘사하고 있다.

"애인의 키스는 무더운 여름날에 떨어지는 큰 빗방울처럼 시원스럽게 내 얼굴을 스쳐지나간다. 습기를 통해 전해져 오는 그의 숨소리와 열기에 나는 달아오른다. 내 몸은 그가 만들어준 에너지와 열정의 뜨거운 피로 고동친다. 성이란 정말 몸을 강렬하게 부딪치는 것일 때, 땀에 흥건히 젖는 것일 때가 가장 좋다."

이런 기록의 흔적을 만든다면 환상은 성적 흥분 상태에서 확인해 볼 수 있는 좋은 자료가 된다. 그저 스쳐지나가는 환상의 단점도 보완해 주고 아무렇게나 침범하는 환상을 탐구할 때 많은 도움을 얻을 수 있다. '잘못 찾은 아파트'란 그룹섹스의 비밀 일기를 적었던 여성의 경우에도 필요할 때마다 그 일기를 보면서 환상의 세계로 파장을 맞출 수 있다. 그렇게 되면 지극히 안정적인 생활을 유지할 수 있을 것이다.

주제 — 그 맛과 향기

환상은 시간이 흐르면서 달라질 수 있다. 때로는 전혀 다른 구성으로 변하기도 한다. 하지만 여성들은 자신의 판타지가 늘 독특한 맛과 향기를 갖고 있음을 안다. 따라서 그 내용이 갖고 있는 패턴과 유사성을 살펴보면 자신이 꿈꾸는 환상세계의 주제가 무엇인지를 알 수 있다. 특정한 판타지를 그토록 선정적으로 만들어 주는 주제나 짜임새를 파악할 수 있다.

등장 인물은 각기 다른 환상인데도 똑같은 행동을 하거나 비슷한 모습으로 보일 때가 있다. 왜 계속 되풀이되는지를 알기 위해서는 그 주제에 대한 느낌, 왜 선정적으로 느껴지는지, 인생의 다른 문제와 어떤 관련이 있는지를 자기 자신에게 던져볼 필요가 있다.

20대의 젊은 여성으로서 사업체를 운영하는 여성을 보자. 그녀의 환상 속에서는 늘 나이 많은 남자와 여고생 사이의 섹스 장면이 등장한다. 그런데 남자는 그 여고생을 가르치는 학교 교사이다. 그는 방과 후에 남아 있는 그녀에게 접근하거나 의도적으로 붙잡아 두기도 한다. 두 사람만 있는 시간이 되면 그는 교사로서의 품위나 자제력을 내팽개친 동물적인 남자로 돌변한다. 물론 여고생은 매력적이고 신선한 모습으로 묘사된다.

선생님과 제자와의 불륜. 사회에서 금기시되는 관계인지라 그 판타지는 그녀를 더욱 자극한다. 환상에 등장하는 소녀는 늘 순진하고 연약해 보이는데 바로 그런 점 때문에 남자의 욕망을 더욱 자극한다.

이 환상에서 자신의 역할을 살핀 그녀는 '아름다운 처녀'로 변장하고 있지만 사실은 자신을 '야성적인 여자'로 여기고 있다. 그녀는 남자를 성적으로 유도하는 것을 선호한다. 항상 모든 것이 그녀의 각본대로 진행되며 스스로 언제 무엇을 원해야 하는지를 잘 알고 있다. 때문에 자신의 판타지를 잘 통제하고 있다.

이번에는 주일학교 교사인 35세의 여성을 보자. 그녀는 자신이 갖고 있는 몇 개의 환상에서 공통점이 있으리라고는 생각하지 않았다. 그러나 여러 차례 살펴본 다음에는 공통된 하나의 주제가 있다는 사실을 발견했다. 그녀의 환상 역시 남자와 소녀 사이의 유혹이 개입되어 있다. 그러나 앞서 살펴본 여성과 달리 그녀의 판타지는 피해자가 되는 역할의 판타지이다. 때문에 그녀는 판타지를 떠올리면 오르가슴에 이르지만 그 때마다 자신의 역할에 불쾌감을 버릴 수 없었다. 그녀가 즐겨 떠올리는 판타지를 보자.

우선 그녀는 엄마가 세상을 떠난 지 얼마 되지 않은 한 소녀를 떠올린다. 소녀가 학교에서 돌아와 보니 집에는 한 남자가 있었다. 엄마 잃은 슬픔을 위로해 주고자 찾아왔다고 했다. 남자는 무릎 위에 소녀를 올려놓고 텔레비전을 함께 본다. 하지만 소녀가 좋아하는 만화영화가 아니라 포르노 영화이다.

또 다른 판타지에서는 어린 소녀와 남자가 캠핑을 떠난다. 두 사람은 맛있는 음식과 카드놀이로 즐거운 시간을 보내지만 남자가 소녀의 가슴을 만지면서 성적인 환상으로 변한다. 남자는 소녀의 귀에 용기를 북돋우는 말을 속삭이기도 한다.

이번에는 한 소녀가 남자와 함께 비누거품이 가득한 욕조에서 목욕하는 판타지이다. 남자는 소녀의 봉긋한 가슴을 문지르며 다른 한 손으로 가슴 끝을 손가락에 끼우고 돌려보기도 한다. 그리고 소녀의 가장 순수하고 은밀한 곳을 조금씩 더듬는다. 수줍은 소녀가 고개를 돌리면 그는 기다렸다는 듯 거친 맹수로 돌변한다.

아마 여러분도 그녀의 판타지에서 일정한 패턴이 있다는 점을 알아

챘을 것이다. 판타지에 등장하는 남자는 늘 상냥하고 친절한 것처럼 가장하지만 그 관심과 애정은 모두 거짓이다. 소녀를 희롱하고자 친절을 악용하는 것이다. 또 소녀는 순진하고 섹스가 아니라 따뜻한 친절을 원할 따름이다.

그녀는 자신의 판타지를 분석하면서 자신이 항상 선정적인 것으로 느꼈던 책이나 영화를 떠올렸다. 그러자 '배신'이란 주제가 자신의 판타지에 들어 있다는 것을 알았다. 소녀는 배반당하고 이용당하는 존재가 아니라 보호의 대상이다. 남자는 어떤 경우에도 소녀를 이용할 권리가 없다. 결국 그녀는 자신의 판타지가 소녀에게 너무 잔혹하다는 것을 깨달고 판타지를 바꿨다. 주제에 대한 정확한 분석과 이해만이 잘못된 판타지의 항로를 바꿔 줄 수 있는 것이다.

많은 여성들의 판타지에 등장하는 주제는 대부분 일반적인 것들이다. 사랑받고 열망의 대상이 되고 싶은 핵심적인 문제와 연관이 되어 있다. 어느 이혼녀의 경우, 전남편이 설거지를 하는 동안 자신은 싱크대 위에서 선정적인 춤을 추는 환상을 갖고 있었다. 그녀는 아직도 전남편과 섹스를 하고 싶다는 뜻인가 싶어서 마음이 괴로웠다. 그럴 마음은 전혀 없는데, 왜 그런 판타지를 떠올리는 것일까. 재혼한 남편에게도 미안하다는 생각이 들었다.

그녀는 일단 자신의 환상을 메모지에 적어 보기로 했다. 그러자 자신이 전남편과 살았을 때 취했던 행동들을 알게 되었다. 그녀는 철저하게 '지배하는 여자' 역할을 하고 있었다. 남편에게 집안일을 시킬 뿐만 아니라 욕조에 몸을 담근 채 남편에게 펠라치오를 하라고 강요했었다. 다음은 그녀의 메모지에 적힌 판타지이다.

작가 미상의 〈두 남녀〉 연도 미상

"전남편이 훌륭한 저녁식사를 준비해 놓았다. 나는 상반신이 거의 드러나는 섹시한 드레스를 입고 테이블에 앉는다. 섹시한 내 모습에 남편이 흥분하는 것 같다. 하지만 나는 설거지까지 깨끗하게 해놓지 않으면 아무 것도 보여줄 수 없다고 선언한다. 그가 설거지를 하는 동안 나는 계속해서 섹시한 포즈를 취하며 속옷을 벗어던진다. 흥분을 참을 수 없었던 그는 수도꼭지를 잠글 사이도 없이 내게 달려든다."

이 환상을 자세히 살펴보면 남자의 주의를 끌고 싶다는 점이 두드러지게 나타난다. 왜 그토록 남자의 관심을 갈구하는 것일까. 탐색해 본 결과, 너무나 뜻밖의 결론이 나왔다. 그녀는 아버지가 힘없는 존재로 취급되는 가정에서 성장했다. 집안의 모든 일을 결정하는 것은 어머니였다. 항상 어머니의 말대로 모든 일이 이루어졌고 아버지는 어머니의 말을 무조건 따랐다. 따라서 그녀는 집안의 가구 쯤으로 취급받는 아버지가 늘 못마땅했다. 왜 어머니한테 쥐어사는 것일까.

싱크대 위에서 춤추는 환상은 그녀가 전남편을 생각할 때 아버지를 떠올렸기 때문이다. 실제로 아버지와 전남편은 행동이나 처지에서 비슷한 부분이 많았다. 그녀의 관심을 끌지 못한 것도 똑같았다. 결국 그녀는 환상세계에서 자신의 성 에너지를 이용하여 남자에게 복수하고 그토록 갈망해 온 남자의 관심을 한몸에 받을 수 있었던 것이다.

등장인물 – 숨겨진 메시지와 의미

앞서 언급한 '잘못 찾은 아파트' 환상에 등장하는 인물을 자세히 살펴보면 어느 누구도 확실하게 정의된 모습을 띠고 있지 않다는 점을 알 수 있다. 때문에 판타지의 당사자는 자신을, 실수로 아파트에 들어간 여자와 직접 결부시키지 않는다. 그녀로서는 판타지의 여자가 그 현장에서 느끼는 기분을 대신하여 조금 맛본 것이라고 여겼다. 말하자면 그녀는 일종의 관음자적 형태이다. 느끼면 느끼는 대로 자신도 그렇게 따라가게 되는 것이다.

등장한 남자들은 모두 극도의 성적 흥분상태에서 쾌락을 위해서라면 어떤 행위든지 괜찮다는 태도를 보였다. 이것은 바로 그녀의 오빠가 포르노에 갖고 있던 흥미를 상기시켜 준 것이다. 그녀의 오빠는 어린 여동생을 지하실로 데리고 간 적이 많았는데, 오빠는 그 곳에 포르노 잡지를 숨겨두고 있었다. 결국 그것이 판타지 세계의 뿌리가 되었고, 소녀로서 최초로 경험한 남성의 성 에너지가 판타지 속의 인물을 설정한 셈이다. 그렇다면 그녀의 환상에서 익명의 남자들을 지우려면 어떻게 해야 할까. 약간의 작업이 필요하다. 우선 그들이 왜 등장하는지를 알 필요가 있다. 이를 위해서는 좀더 많은 숙고가 필요하다.

물론 자신이 좋아하는 환상에 누가 등장하는지 궁금해 할 필요도 없는 판타지도 있다. 등장 인물이 한두 명이거나 가까운 친구들일 경우이다. 하지만 이때도 왜 그들만이 늘 같은 형태의 환상에 등장하는지를 밝혀낼 필요는 있다.

"나는 노란 촛불이 아늑하게 분위기를 더해 주는 침대에 누워 있다. 촛불이 타오르고 있지만 방은 상당히 어두운 편이다. 다섯 명의 남자 친구들이 달려들어 각기 다른 방법으로 나를 즐겁게 해준다. 한 친구가 나의 젖가슴을 애무하자 다른 친구가 다가와 엉덩이를 마사지한다. 이어 세 명의 남자가 동시에 달려들어 내 귀에 뜨거운 입김을 불어넣거나 허벅지의 은밀한 곳을 더듬고 딱딱해진 성기를 내 몸에 문지른다."

이 판타지는 자위행위를 할 때마다 즐겨 떠올린다는 여성의 것이다. 그녀는 현재 장차 결혼할 남자 친구와 동거하면서 열정적인 섹스를 즐기는데, 그럴 때에는 거의 판타지를 떠올리지 않는다고 했다. 하지만 자위행위를 할 때에는 습관처럼 이 판타지를 떠올린다고 했다.

다섯 명의 남자들은 모두 그녀와 감정적으로 가까운 친구들이나 애인 관계였던 사람이다. 한 사람은 현재 동거하는 남자이고, 다른 한 사람은 몇 년 전에 사귀었던 옛 남자이다. 또 그녀가 '성의 화신'이라 부르는 여자의 남자 친구가 있고 철학적인 주제를 갖고 대화를 즐겨 나누는 섹시하고 잘생긴 시인, 그리고 고등학교 때 가장 친했던 여자의 남자 친구가 있다.

그럼 판타지에는 왜 이들 남자들이 등장하는 것일까. 그녀는 다섯 명의 특별한 사람들이 그녀에게 무엇을 말하려고 하는지를 알아내기 위해 의도적인 접근을 시도했다. 그 결과, 현재 동거하는 남자는 깊은 사랑과 동반자 의식을 나누어 주고 싶어 했고, 옛날 사귀던 남자는 야성적인 섹스를 즐기게 해주고 싶다고 했다. 성의 화신으로 간주되는 여자의 남자 친구는 감각적이고도 섹시한 여자로 남길 원한다고 했으며, 시인은 감미롭고 순수한 우정의 기쁨을 상기시켜 주기를, 마지막으로 고교 시절 친구는 여성의 풍성함과 부드러움을 가르쳐 주고 성에 대해 모험적인 태도를 가지라고 격려해 주고 싶다고 했다.

그녀는 이들의 말을 듣고 자신이 섹스를 좋아할 뿐더러 무척 탐욕스런 여자라는 결론을 내렸다. 사실 한 가지 차원에서 보면, 다섯 명이 모두 그녀에게 성적 즐거움을 주고 있어서 대담할 정도로 선정적인 판타지라고 할 수 있다. 그녀의 말을 들어 보자.

"다섯 개의 입과 성기가 내 주변에서 놀고 있습니다. 그들은 내가 무엇을 좋아하는지를 잘 알고 있어요. 그들은 모두 현실에서 나와 함께 뭔가를 경험한 사람들이에요. 어떤 식으로든지 오늘의 나를 만드는 데 기여한 사람들이죠. 때마침 내가 한 남자와 영원한 관계를 맺는 시점이므로 감정적으로나 성적으로 나와 연관된 모든 것들이 판타지에 나타나 상기시켜 주는 것이 아니겠어요."

그녀는 자신이 복합적으로 겹겹이 얽히고 설켜 있는 판타지의 의미를 잘 이해하고 있기 때문에 자신의 판타지를 계속하겠다고 말했다.

판타지에서는 무대 설정이나 구성 못지 않게 등장 인물과의 감정적 관계도 중요하다. 성적 차원에서 판타지를 즐기는 상상을 할 수도 있고, 자신에게 가장 중요한 감정적인 연관에 대해 계속해서 배울 수도 있는 것이다. 그런가 하면 판타지 속에 등장하는 남자의 신원이 명확하지 않은 경우도 있다. 결혼한 뒤에도 계속 자기 직업을 갖고 있는 40대의 한 여성은 성행위를 즐기면서도 젊고 키가 큰 남자에 관한 환상을 꿈꿨다.

"그 남자는 침대에 누워 내가 알몸으로 걸어오는 것을 바라본다. 눈에는 끓어오르는 성욕이 아니라 깊은 사랑과 따뜻한 열망이 묻어나 있다. 그것은 멋있고도 선정적인 환상이어서 경험하면서도 즐겁다. 침대

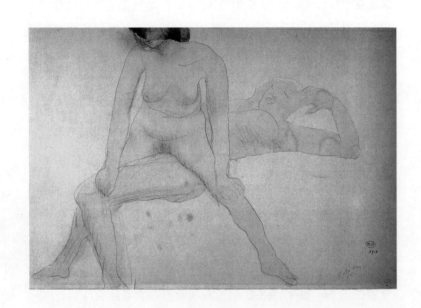

로댕의 〈사파이어 커플〉 1840～1917

시트 아래로 발기된 그의 성기를 훔쳐보는 것도 빼놓을 수 없는 재미다. 크고 빛나는 푸른색의 눈, 두툼한 입술, 그리고 짙은 갈색의 머리카락이 앞이마를 가린 그 모습이 젊은 시절의 남편을 꼭 빼닮았다."

물론 환상 속의 남자는 실제 남편이 아니다. 젊었을 때의 모습과 혈기만 닮았을 뿐 현실의 남편은 아닌 것이다. 그녀의 남편은 촉망받는 사업가로서 언제나 말쑥하게 차려입고 있다. 말하자면 그녀는 환상 속에서 남편을 마치 다른 사람처럼 가장시킨 셈이다. 그와 사랑에 빠지는 것은 정말 자극적인 느낌이지만 그렇다고 해서 그런 감정을 밖으로 꺼낸다는 것은 겁났다.

판타지에서 누구를 상상하고 있는지를 알고 난 후에는 더 이상 자신을 속일 수가 없다. 그녀 역시 가상의 인물과 남편을 분리해 온 죄책감에 시달려 남편에게 자신의 판타지를 털어놓았다. 하지만 남편은 뜻밖에도 언짢아하지 않았다. 오히려 그녀를 기쁘게 바라보았다. 믿음과 성에 대한 열정이 파닥이는 아내가 한층 사랑스러웠기 때문이다.

판타지에 등장하는 인물들의 신원과 그 이면을 들여다보면 참으로 다양한 것을 발견할 수 있다. 많은 여성들이 현실에서는 전혀 만난 적이 없는 유명한 사람들을 상상한다. 영화배우라면 영화 속의 역할, 가수라면 그들이 부른 노래, 또는 정치적, 종교적 무대에서 쏟아놓는 사회 저명인사들의 연설을 통해 그들을 잘 알고 있다고 생각하는 것이다. 바로 그들이 누구이고 자기 자신에게 무엇을 상기시켜 주는지, 그들의 어떤 점이 가장 선정적으로 느껴지는지를 알아보면 환상 속에 숨겨져 있는 미묘한 메시지와 의미를 풀어낼 수 있다.

한 여성의 경우, 이혼을 하고 남자와 잠자리를 전혀 갖지 않았던 시기에 이탈리아의 테너 가수 루치아노 파바로티를 흠모하기 시작했다. 혼자서 그의 음악을 듣고 있을 때면 아름다운 선율에 맞춰 성적 환상이 끝없는 비행을 시작했다.

그녀가 생각하는 파바로티는 너무나 남성미가 넘치는 남자였다. 언젠가 그의 공연을 보러 간 적이 있었다. 그녀는 가슴이 반쯤 드러나는 드레스를 입고 그의 시선이 가장 잘 머무는 무대 앞 가장자리에 앉았다. 공연이 끝나고 사람들이 일어나 앙코르를 연호하며 박수를 쳐댔다. 그때 그녀는 준비해 간 꽃다발과 손수건을 무대 위로 던지며 그의 시선을 끌었다. 다소 장난기 섞인 그녀의 행동에 파바로티는 따뜻한 미소로 화답했는데, 그 눈빛 하나로 그녀는 무한궤도를 벗어나는 짜릿한 환상을 서슴지 않고 떠올렸다. 세월이 흘러 중년의 나이가 되었지만 그녀는 아직도 끝없는 비행을 즐길 수 있는 열정과 에너지가 자신에게 남아 있음을 알고는 무척 기뻐했다.

줄거리 – 과거 기억의 단편

판타지를 창조할 때에는 줄거리를 어떻게 무대 위로 펼칠 것인가를 함께 고려해야 한다. 우리는 무의식적으로 구성, 의상, 무대 조명, 그리고 배경을 선택할 때가 많다. 이 요소들은 판타지를 이루는 결정적 요인들이다. 따라서 잘못 선택하게 되면 전체적인 이야기의 흐름마저 틀어질 우려가 있다.

앞서 말한 '잘못 찾은 아파트' 판타지의 경우, 무대 설정이 줄거리를 더 선정적으로 만들어 주는 중요한 계기가 됐음을 알 수 있다. 그녀는 96호의 고객을 방문할 계획이었지만 순간적인 착각을 일으켜 69호의 초인종을 눌렀다. 그 실수가 자신의 환상을 만들어 가는 계기가 되었고 또 실수라는 점에 초점을 맞추다 보니 죄책감마저 들지 않았다. 또 후반부에서 여러 명의 남자들과 그룹섹스를 즐기는 시각적 묘사를 포함시켜 절정감을 맛볼 수 있었다. 세부적인 것들이 줄거리를 흥미진진하게 발전시킨 좋은 사례라 할 수 있다.

한 여성은 자신의 성적 환상을 자세히 살펴보고 나서 무척 놀랐다고 했다. 그 판타지는 사람들이 많은 디스코텍에서 옛날에 사귀던 남자와 함께 있는 장면이었다.

"남자 친구와 춤을 추고 테이블에 앉았다. 내가 맥주 한 병을 마시는 동안 남자 친구는 나의 벨벳 드레스 지퍼를 내리고 브래지어 단추를 풀렀다. 나는 그가 하는 대로 내버려 두었다. 목으로 넘어간 몇 모금의 맥주가 가슴에서 파열을 일으킬 때쯤 나는 완전히 알몸이 되었다. 무대에 올라가 남자 친구와 함께 몸을 맞대고 춤췄다. 그 곳에 있던 모든 사람들이 환호소리를 질렀다. 그들의 뜨거운 열기가 내 몸에 파고드는 것 같았다. 이것이 오르가슴일까. 세상의 모든 것들이 내 몸 위에서 활활 타오르고 있었다. 순간 전기가 꺼져버렸다. 암흑천지가 되고 말았다."

그녀는 자신의 환상을 좀더 뚜렷하게 되살려 보기 위해 그림을 그렸다. 규모가 큰 악단과 옷을 잘 차려입은 사람들이 스윙 춤을 추는 고전적인 나이트클럽의 장면이었다. 이어 테이블에 앉아 있는 사람들이 누

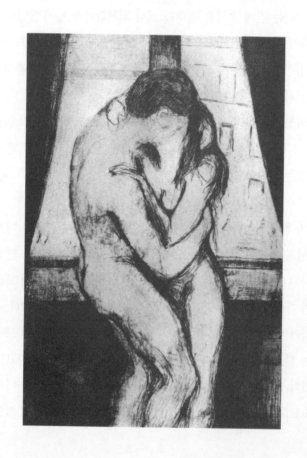

몽크의 〈키스〉 1902

구인지를 생각했다. 대부분 유쾌한 얼굴로 기분 좋게 놀고 있었는데 몇 몇 사람들은 좀 긴장한 듯하고 불만이 있어 보인다. 그런데 놀랍게도 청중들 속에는 언니와 형부, 교회 장로와 권사들, 그리고 부모님이 앉아 있었다.

생각해 보면 그녀는 성적으로 억압된 환경에서 자랐다. 따라서 그녀의 판타지 무대인 나이트클럽은 강한 성 에너지를 과감히 나타낼 수 있는 특별한 장소이다. 그리고 판타지는 그녀로 하여금 어린 시절의 수치심을 극복하고 성욕을 즐길 수 있도록 기능하고 있는 것이다.

하지만 가족들이 등장한다는 사실은 불편했다. 음악소리가 너무나 선명하게 들려 저절로 몸이 움직였지만 막상 자신을 쳐다보고 있는 사람들을 의식하게 되자, 환상이 갖고 있는 강력한 리듬이 사라져 버렸다. 결국 그녀는 판타지의 등장 인물을 낯선 사람들로 재구성했다.

성적 환상에 주파수를 맞추고 곰곰이 들여다 보면 꿈에서 보는 것과 같은 상징성을 찾아낼 수 있다. 그 상징이 어떤 의미인지를 알아내는 것은 대단히 중요하다. 우리들 각자가 살아가는 인생의 배경 안에서 해야만 하는 어떤 것이다. 올바르게 해석한다면 분명 '감각적 깨달음' 같은 것을 갖게 될 것이다. 예를 들어 보자.

한 여성은 자신이 기억해 낼 수 있는 판타지 무대의 모든 것을 그리고 나서 놀라운 성찰을 얻어 냈다. 의사가 찾아온 10대 소녀의 옷을 벗기고 소녀의 몸에 대해 외설적인 평을 한다는 판타지인데, 그녀가 그린 병원 진료실은 아버지의 병원을 그대로 복사해 놓은 것이었다.

곰곰이 생각해 보니, 그것은 어린 시절부터 들어 왔던 아버지의 무용담 때문이었다. 아버지는 곧잘 그녀에게 여자들을 성적으로 정복했던 자신의 무용담을 뻔뻔스럽게 늘어놓았고 여자의 몸에 대해서는 외설스런 평을 서슴지 않았던 것이다.

성적 환상을 대본에 관계없이 감각을 분출시키는 형태로 경험하는 여성이라면 일단 자신의 강한 성적 느낌, 즉 상징적인 의미가 좀더 확연해질 수 있다. 감각적 환상의 구성을 이런 식으로 조사하면 그것이 의미하는 바를 알아내는 데 큰 도움이 된다.

예를 더 들어 보자. 한 여성은 자신이 왜 그토록 망고에 대한 감각적인 판타지를 즐기는지가 궁금했다. 망고란 과일은 원산지가 중남미대륙이지만 북미대륙 남서부 지방에서도 많이 재배되는 열대성 과일이다. 그녀는 성적으로 흥분하기만 하면 이 열대 과일의 향기와 맛에 자신의 모든 감각이 휩쓸린다.

왜 판타지의 소재로 망고란 과일이 떠오르는 것일까. 먼저 망고란 과일이 상기시켜 주는 것이 무엇인지를 탐구해 봤다. 처음에는 망고의 물리적인 특징, 다시 말해서 색깔과 모양, 향기, 맛, 그리고 느낌을 생각했다. 이어 그 과일에 대한 기억을 좀더 깊이 파고 들자 옛날 망고 파티를 연 적이 있었던 기억이 났다.

"만난 지 한 달 되는 남자와 하와이로 여행을 간 적이 있었어요. 우리는 2주 동안 내내 붙어 다녔는데, 그 곳에서의 섹스는 정말 황홀했어요. 내가 처음으로 망고란 과일을 먹은 것도 바로 그때에요. 하루는 남자 친구가 나를 깨우더니 아침식사를 쟁반에 들고 왔어요. 달콤한 향기를 풍기는 망고를 서로에게 먹여 주기도 하고 과일즙을 온몸에 바르고 서로의 몸을 핥아주기도 했죠. 상상해 보세요. 과일즙이 묻은 엉덩이와 가슴, 허벅지를 핥아줄 때의 그 느낌…. 망고의 향기와 맛, 그리고 남자 친구의 사랑스런 애무에 묻혀 우리 두 사람은 순식간에 절정의 언덕을 함께 넘었답니다."

여행에서 돌아온 후, 그녀의 남자 친구는 더 이상 침대로 아침을 가져오지 않았다. 그녀도 그 망고 파티를 까맣게 잊고 지냈다. 하지만 그녀의 환상 속에서는 그때의 기억이 너무나 강렬해서 잊을 수 없는 느낌으로 되살아나 자신의 성적 환상을 지배하고 있었던 것이다.

이번에는 감각적 환상이 왜 자신을 화나게 하고 당황하게 만드는지 그 이유를 알아내려고 애쓰는 한 여성을 보자. 그녀는 오르가슴에 이르기 직전마다 몸 전체가 콜라병 속으로 빨려드는 느낌이 든다고 했다. 그러다가 오르가슴에 이르면 순식간에 사라진다. 때문에 그녀는 콜라병만 떠올리면 감정적 허탈감과 자포자기 심정에 휩싸이게 되어 혼란스럽다고 했다. 왜 그녀의 판타지에서는 콜라병이 등장하는 것일까. 먼저 그녀가 들려준 콜라병에 얽힌 사연이다.

언젠가 남자 친구가 일하고 있는 주유소로 그를 만나러 갔다가 우연히 주유소 창문 틀 위에 놓여 있는 오래된 콜라병을 봤다. 이유를 설명할 수는 없지만 콜라병을 보자 다리에 힘이 쭉 빠지는 것 같았다. 그 콜라병은 50년대에 생산된 것으로 모양새가 잘록한 허리를 가진 여자를 연상시킨다. 남자 친구가 그녀에게 콜라병을 건네주었고, 그것을 받는 순간 뭔지 모를 두려움이 밀려오면서 자신의 손이 떨리는 것을 봤다. 놀라지 않을 수 없었다. 왜 손이 떨린 것일까.

다시 한 번 곰곰히 생각해 보니, 어렸을 때의 기억이 났다. 아버지는 직업 군인이었고 그녀는 엄마와 함께 영내에 살고 있었다. 당시 영내에 살던 아이들이 가장 좋아한 것은 코카콜라였다.

그런데 아버지는 밤에 그녀를 거실로 부를 때가 많았다. 그때마다 아버지는 그녀를 무릎에 앉히고는 쓰다듬으면서 어린 딸의 재롱을 즐거워했다. 물론 성적 자극 같은 것은 없었다. 딸의 재롱이 끝나면 아버지는 콜라 한 병을 건네주곤 했다.

　결국 성인이 된 후에도 그녀는 환상 속에서 깊이 묻혀 있던 기억들을 꼭 붙잡고 싶어했던 것이다. 어린 나이였지만 그녀의 재롱은 성적인 부분과 연관이 있는 것처럼 보인다. 성을 팔고 받은 것이 콜라 한 병과 같은 기분인 탓에 그녀의 감각적 판타지는 오르가슴으로 치닫기만 하면 그 즉시 멈추었던 것이다. 이렇듯 신비의 환상적인 감각세계를 탐험해 보면 자신이 과거에 겪었던 성에 대한 잘못된 기억을 풀어내는 실마리를 찾아낼 수 있다.

　거듭 말하지만 판타지의 구성, 주제, 인물, 그리고 상징에 대해 일정한 시간을 두고 조사해 보면 확실하고 유용한 정보가 드러나기 마련이다. 그리고 일단 무의식의 생각들을 열린 곳으로 가져오면 자신의 성생활과 성관계, 그리고 삶의 긍정적 변화에 응용할 수 있고 새로운 정보를 얻을 수도 있다.

　앞서 살펴본 ‘잘못 찾은 아파트’의 주인공도 자신의 판타지를 분석함으로써 환상에 대한 구체적인 문제점을 찾아낼 수 있었다. 또 자신의 선정적인 스타일은 너무나 시각적이어서 남자의 성기를 보기만 해도 흥분된다는 사실도 알았다. 특히 그녀는 성행위에서 물리적인 자극과 감정적 관심을 원했으며 펠라치오를 좋아한다는 사실도 깨달았다.

　무엇보다도 그녀가 얻은 가장 큰 소득은 판타지에 등장한 얼굴 없는 남자들과 어렸을 때 은밀하게 포르노 세계로 끌어들였던 오빠와의 관계를 알아낸 점이다. 비밀스럽게 성에 노출되었던 어린 시절의 영향으로 그녀는 자연스런 성반응에 대해서도 죄책감을 느껴왔던 것이다.

결국 그녀는 사귀고 있는 남자에게 성에 대한 모든 것을 털어놓았다. 성적 환상을 없애기 위해 성행위까지도 피해 왔다는 사실, 그리고 자신의 판타지 탐구 결과와 가장 선정적이라고 생각하고 있는 테크닉에 대해서도 이야기했다.

남자의 반응은 기대 이상으로 긍정적이었다. 이때부터 그녀는 그 남자와의 섹스에서는 새로운 판타지를 만들어 더욱 멋진 시간을 보낼 수 있었다. 그녀의 마지막 판타지는 다음과 같다.

"어느 날 오후, 그와 나는 집 뒷마당에 있는 벤치에 앉아 있었다. 그는 부드럽고 나지막한 목소리로 재미 있는 이야기를 들려주면서 나의 머리카락을 쓰다듬었다. 그의 손길에 나는 차츰 흥분되어 갔다. 치마 위로 살며시 그의 손을 끌어당겼다. 그는 기다렸다는 듯 치마를 걷어 올렸다. 검은색 슬립이 드러났다. 순간 흥분을 감추지 못하는 기색이 역력했다.

나는 그의 다음 동작을 기다렸다. 바지를 내리자 그의 얼굴빛보다 더 상기된 성기가 드러났다. 그것은 하늘을 향해 불뚝 솟아 있었다. 나는 가만히 입술을 갖다 대고 혀끝으로 살짝 건드려봤다. 그러자 그것은 성내듯 더욱 커지는 것 같았다. 내 얼굴과 머리카락을 쓰다듬는 그의 손길에 조금은 힘이 들어갔다.

검은색 슬립이 땀방울에 젖어들 때쯤 그는 정점에 이른 듯 낮고 무거운 신음을 토해냈다. 나는 그의 성기를 감미롭게 빠는 것이 오르가슴의 어떤 과정이라고 생각되었다. 그의 모든 것을 가진 듯 황홀한 기분을 맛볼 수 있었다."

특정한 판타지에 대해 안내자의 인도를 받아 탐험하면 판타지 세계의 의미는 더욱 선명하게 다가온다. 그 탐험은 판타지를 좀더 편안하게 느끼도록 해주며 성행위가 보다 즐겁도록 이끌어준다. 물론 원치 않은 판타지 때문에 괴로움을 받는 여성에게는 판타지를 변화시켜 고통으로부터 벗어날 수 있도록 도와줄 것이다.

제 8 장

원치않는 성적 환상의 치료와 변화

먼저 생각과 행동을 바꿔라

대부분의 여성들은 특정한 성적 환상에 지나치게 의존하는 경향이 있다. 하지만 환상이 오르가슴에 이르는 데 믿을 만하고 확실한 방법이 긴 해도 반드시 만족스럽고 지속적인 즐거움을 제공하지는 않는다. 오히려 선정적 자극에 불편함이나 혐오감을 느낄 때도 많다. 환상의 함정에 빠져 자신감을 잃기도 하고 성에 대한 부정적 행동을 유발시키기도 한다.

만약 환상에 따른 고통이 즐거움보다 크거나 부정적 환상의 이미지 때문에 애정관계에서 친밀함을 방해받는다면 그 환상은 바꾸는 것이 좋다. 앞서 살펴본 여성들은 스스로 일기를 적어 보거나 좀더 일반적인 방법으로 환상을 치료했는데, 이를 통해 새로운 성찰과 자각의 기회는 되지만 문제의 뿌리까지 근본적으로 추적하기란 힘들다.

어떤 여성들은 원치 않는 환상에서 벗어나는 것이 아니라 그것을 정복해 보겠다면서 실제 행동으로 옮기기도 한다. 예를 들면, 폭력적이고 변태적인 성행위를 실연하는 소극장 무대의 '지하감방' 환상 장면에 직접 참여하기도 했다. 환상이 어린 시절 겪었던 성학대의 결과라는 것을 알고 있기에 성인으로서 스스로 해결할 수 있을 만큼 강하다는 것을 자기 자신에게 증명해 보이고 싶었던 것이다.

그러나 의도가 아무리 좋아도 폭력적이고 위험한 성적 환상을 실행하는 것은 올바른 치료방법이 아니다. 오히려 자기 자신에게 충격을 주고 영혼을 멍들게 할 위험이 있다.

그러면 싫어하는 환상을 어떻게 효율적으로 치료하고 바꿀 수 있을까. 이 책의 공동 저자인 웬디는 판타지와 관련된 세미나, 조사연구, 그리고 의학적 작업을 통해서 원치 않는 성적 환상을 치유하고 바꾸는 전략을 개발했다. 원치 않는 판타지 때문에 고통받던 여성들이 직접 문제에 접근하는 기술을 사용함으로써 치유하는 데 큰 효과를 거두었다. 그것은 변화가 가능하다는 재확인의 메시지를 듣는 것부터 시작된다. 물론 이러한 치유작업은 개개인마다 다르긴 하지만 대체로 성에 대한 생각과 성적 행동을 바꾸는 일도 포함된다.

앞에서 살펴본 바와 같이, 여성의 성적 환상은 성생활과 관련 있다. 그러므로 치료를 위해서는 원치 않는 성적 환상이 무엇을 의미하는지 그 수수께끼를 푸는 차원을 뛰어 넘어 그 환상의 기능을 다룰 수 있는 부가적 전략을 응용할 필요가 있다. 환상에 대해 보다 깊은 이해가 가능한 행동변화의 전략을 사용하면 원치 않는 성적 환상이 되살아나 괴롭히는 일은 줄어든다.

그러나 이러한 작업을 혼자 하기란 대단히 힘들다. 아주 극소수의 여성들만이 깊이 있는 심리작업과 겨루어서 성적 행동에 관한 새로운 해답을 얻어낼 뿐이다. 때문에 전문적인 훈련을 받은 치료사들의 지원을 받는 것이 좋다. 만약 어떤 여성이 잠재적으로 위험한 중독 증세 또는 고도의 위험을 내재한 성적 행동에 개입되어 있다면 전문가의 도움은 필수적이다. 이 장에서 언급되는 사례들은 바로 웬디의 워크숍에 참석했던 사람들 또는 그녀의 개인적인 고객의 것임을 밝힌다.

사람마다 치료 과정이 다르지만, 환상세계의 문제점을 밝혀내는 데에는 다음과 같은 네 가지의 광범위한 접근방식이 존재한다.

첫째, 숨겨진 의미를 찾아 깊숙이 들어가 본다.

둘째, 원치 않는 성적 환상의 필요를 감소시킨다.

셋째, 원치 않는 성적 환상의 기능을 방해한다.

넷째, 성적 환상을 좀더 긍정적인 경험으로 변형시킨다.

이 전략들이 치료를 위한 단계적 프로그램은 아니다. 필요에 따라 하나씩 또는 연결하여 적용되도록 설계된 것이다.

숨겨진 의미를 찾아라

먼저 숨겨진 의미를 찾아 깊숙이 들어가 보는 전략에 대해 살펴보자. 이 전략은 여러 각도에서 판타지의 내용을 자세하게 살펴보고 그것이 대표하는 핵심적인 혼란 또는 해결되지 않은 감정적 문제를 찾아낼 때까지 그 줄거리를 계속 상대해 보는 것이다. 의미를 찾아서 깊숙이 들어가 본다는 것은 여러 시도 중에서도 가장 중요하고 흥미로운 접근방식이다.

이 전략은 원치 않는 성적 환상 내에 숨어 있는 복잡한 문제들을 밝혀내려는 의도이기 때문에 치료를 위한 유용한 정보를 제공한다. 앞 장에서 살펴본 것처럼 많은 여성들이 자신의 환상 내용을 이해하기 위해 안내가 있는 탐험 테크닉으로 시작하는데, 그 환상에 내재되어 있는 기본 구성, 인물, 무대, 또는 느낌을 드러내기 때문에 괜찮은 단계이다. 그런 다음에 깊이 쌓여 있는 의미를 벗겨내는 다양한 기술을 함께 구사하면 보다 뚜렷한 효과를 얻을 수 있다.

깊숙이 들어가 본다는 것은 원치 않는 성적 환상을 의식적으로 조사해 보고 해부하는 작업이 개입된다는 의미이다. 따라서 성적 환경이 배제된 상황에서 작업을 하는 것이 도움이 된다. 환상의 성적 열기로부터 일정한 거리를 두어야만 흥분이나 두려움, 또는 판타지가 던지는 다른 감정들의 방해를 받지 않고 냉철하게 분석할 수 있다.

깊숙이 들어가 보려면 종이 위에 특정한 환상을 그림이나 도표로 그려보는 것이 좋다.이때 인물은 동그라미와 선으로만 그리는 것이 바람직하다. 그래야만 그림을 잘 그리지 못하는 사람도 어려움을 느끼지 않을 것이다. 더구나 그림이 도형적이어서 조사하기에도 편하다. 환상을 도표로 만들어 보면 서로 연결되어 있는 구성과 등장인물, 그리고 그들 움직임의 패턴을 볼 수 있게 해준다. 희미하게나마 성학대를 당한 기억을 갖고 있던 한 여성은 강간 당하는 판타지 장면을 그리다가 바로 할아버지 집에 있는 침실 창문, 옷장, 램프, 그리고 침대까지 정확하게 똑같다는 사실을 알아냈다. 그녀는 어린 시절 친인척으로부터 성학대를 받았음이 분명했다.

일반적으로 성적 환상 속에 깊숙이 들어가는 테크닉이 가장 잘 활용되기 위해서는 그 여성의 개인적 재능과 스타일을 존중하는 것이 필요하다. 예컨대, 시각적인 여성에게는 그림을 그린다거나 미술적인 방법이 유용하고, 언어적인 여성이라면 역할 해보기의 대화나 의미를 찾기 위한 단어를 분석함으로써 쉽게 배울 수 있다. 그리고 감각적인 여성이라면 인형 같은 대상물을 사용하는 것이 치료효과를 높여준다.

일단 성적 환상에 담겨 있는 세부사항을 보다 확실하게 볼 수 있다면 그 다음에는 내용이나 감각의 깊이를 드러내 주는 질문을 자신에게 던져 본다.

판타지에서 야구 방망이로 삽입당하는 환상 때문에 혼란스러웠던 여성이 있다. 그녀는 그 장면이 어린 시절의 뭔가를 상기시키는 것만 같아서 자신에게 계속 질문을 해보았다. 그러자 어린 시절 당했던 성학대의 고통스러운 기억 중 일부분이 살아 있다는 사실을 알았다.

대본 구성의 환상에서 부정적인 요소로 가득한 인물들의 의도와 핵심 문제를 알아내기 위해서는 그 인물을 생생하게 그려보거나 그들의 행동에 대항해서 취조해 볼 수 있다. 한 여성의 경우 피해자 환상 때문에 고민해 왔는데, 그녀는 가해자에게 왜 이런 짓을 하는지, 어디서 배웠는지, 본인 스스로 자기가 저지르는 일이 어떤 것인지를 알고 있는지, 그리고 정말 필요로 하는 게 무엇인지를 질문하여 그 반응을 가늠함으로써 많은 도움을 받았다.

때로는 줄거리의 시간 구조를 확대시켜 환상에 대한 느낌을 달라지게 하는 효과를 거두기도 한다. 환상을 비디오라고 가정하고 '되감기, 빨리 돌리기, 천천히 돌리기'를 해 보면 환상의 앞뒤로 어떤 일이 일어나는지 볼 수 있다. 인물들의 배경과 의도에 대해서도 확실하게 알아낼 수 있다.

이런 테크닉을 사용하다 보면 등장인물의 신비감이 현저하게 떨어진다. 늘 성적 피해를 당하는 환상 때문에 고민해 온 한 여성은 가해자가 경찰에 잡혀 감옥으로 끌려간다는 환상으로 바꾸자 그 판타지는 사라졌다.

환상 속에 새로운 인물을 등장시킴으로써 피해자 환상을 극복할 수도 있다. 복잡한 감정 대립에 의한 문제 해결에도 새로운 인물은 큰 도움이 된다. 왜냐 하면 여성들이 피해자 환상으로 간주하는 것은 대체로 성적 쾌락과는 무관하기 때문이다. 과거로부터 해결하지 못한 감정적 상처가 잘못된 성경험으로 이어진 결과일 뿐이다. 따라서 바람직하지 않은 환상의 가면을 벗기고 그 내용을 노출시켜 핵심적인 의미에 다가가는 과정은 참으로 중요하다.

필요성을 줄이도록 노력하라

원치 않는 성적 환상을 치료하기 위한 또 하나의 전략은 그 환상에 자신이 너무 민감하게 반응하지 않도록 해주는 어떤 것을 실행해 보는 방법이다.

일반적으로 스트레스에 시달리거나 섹스를 특정한 방법으로 해야 한다는 압박감을 받을 때, 또는 성적 자극을 충분히 받지 못하는 경우에는 원치 않는 환상이 발생한다. 이때 새로운 방법으로 성적 자극을 강화하는 훈련이 필요하다. 방법은 여러 가지가 있을 것이다.

먼저 성행위가 일어날 상황이나 환상의 무대를 바꾸는 방법을 보자. 캄캄한 방에서 자위를 즐기는 여성이 있다. 불을 꺼야만 마음이 편안했다. 하지만 언제부터인가 기분 나쁜 환상이 자꾸 떠올랐다. 그녀는 분위기를 바꿔보기로 했다. 부드러운 조명에 감미로운 음악을 들으면서 자위를 했다. 그러자 기분 나쁜 환상은 사라졌다.

섹스를 하는 시간을 바꾸는 것도 하나의 방법이다. 한 여성은 몹시 피곤한 날 밤에 성행위를 하면 원치 않는 환상에 빠져든다는 사실을 알았다. 원인을 찾아본 결과, 어렸을 때 의붓오빠로부터 늦은 밤에 성적으로 희롱 당한 경험이 몇 번 있었다. 그녀는 남편에게 도움을 청하여 낮에 섹스를 했다. 그 이후부터 원치 않는 환상은 사라졌다.

일반적으로 여성들은 심리적 압박을 받는 상황에서는 전혀 오르가슴을 느끼지 못한다. 시간에 쫓긴다거나 사람들의 눈에 띨 만한 장소일 경우에 흥분되기란 쉽지 않다. 물론 그런 스릴을 오히려 즐기는 여성들도 있긴 하다. 하지만 대체로 시간이나 장소에 대해 스트레스를 갖게 되면 몸이 긴장하여 딱딱해질 뿐이다. 만일 여자에게 진정한 성적 즐거움을 안겨줄 생각이라면 남자들은 먼저 밀폐된 공간, 그리고 많은 대화가 전제되어야 한다는 점을 기억하기 바란다. 여자들은 가장 편안한 느낌이 들었을 때 최상의 오르가슴을 경험한다.

또 섹스를 할 때마다 반드시 오르가슴에 도달해야 한다는 압박감을 벗어던져라. 그래야만 자신을 해방시키고 불필요한 환상을 줄일 수 있다. 오히려 두 사람이 나누는 즐거움의 감각, 자신이 받고 있는 관심, 파트너와의 감정적 연결이 핵심이다. 물론 성행위를 어떻게 해야 한다든가 어떻게 반응해야 한다는 근심에서도 벗어날 필요가 있다.

기존의 체위를 바꾸어 보는 것도 괜찮은 방법이다. 색다른 체위나 자극은 두 사람의 관계를 강화시켜 주고 원치 않는 환상을 없애준다. 어떤 여성은 우연히 여성 상위 체위로 하다가 자신을 괴롭혔던 피해자 역할의 환상이 사라진 것을 알았다. 그날 이후 그녀는 줄곧 상위 체위로 성적 즐거움을 더욱 만끽하고 있다고 했다.

한 여성은 그동안 자위행위를 할 때면 습관적으로 오른손을 사용해 왔었다. 그러다가 우연히 왼손으로 자극하니 느낌도 색달랐지만 원치 않던 환상도 사라졌다는 것이다. 이처럼 원치 않는 과거의 환상에서 벗어날 수 있는 전략은 정말 다양하다.

성행위 중에 자신의 호흡과 몸의 감각에 집중하면 특정한 환상을 피

로댕의 〈다네〉 1840~1917

하는 데 도움이 된다는 여성들도 많았다. 그들은 성행위 중에 대화를 나누거나 상대방의 눈을 쳐다보면서 모든 것을 상대방에게만 집중하는 방법을 썼다고 했다. 이와 반대로 성적 자극을 평소보다 훨씬 느린 템포로 진행하여 효과를 본 여성들도 있었다. 이 경우, 남자의 도움이 중요하다는 것은 말할 나위도 없다.

다양한 형태의 성적 자극은 원치 않는 환상을 사라지게 한다. 그리고 새로운 감정과 성적 흥분으로 생활의 활기를 불어넣어준다.

생각을 멈추고 감정에 치중하라

판타지의 기능을 방해하는 전략은 주로 성행위 중에 사용되는데, 가장 일반적인 방법은 생각을 멈추는 일이다. 떠오르는 환상이 원치 않는 것이라고 여겨질 때 곧바로 전혀 다른 생각을 떠올려라. 비디오를 보다가 정지 버튼을 누른다고 생각하면 쉽게 이해될 것이다.

이 전략은 원치 않는 환상에 대해 의식적인 통제를 가함으로써 그 영향력을 감퇴시키고 그것이 바람직하고 매력적인 것이 아니라는 점을 자각하게 한다. 이 전략을 사용하면 여러 가지 면에서 유용하다. 우선 긍정적인 생각과 느낌에 연결되어 있는 성반응, 즉 환상의 패턴을 발전시킬 시간을 갖게 해준다. 또 여성의 흥분을 고조시켜 주고 오르가슴을 마련해 준다.

생각을 멈추는 테크닉은 누구나 연습하면 쉽게 할 수 있다. 처음에는 좀 힘들고 성공보다 실패할 때가 많을 것이다. 그러나 자주 연습하다 보면 익숙해져서 원치 않는 환상의 번식을 억제할 수 있다. 성적 흥분이 느껴지면 공포의 물결처럼 밀려오는 감각적 환상에 사로잡히던 한 여성은 자신이 빗자루를 들고 자신의 마음에서부터 이 원치 않는 감각을 쓸어버렸다고 했다.

무엇보다도 현재의 감각, 즉 자신이나 상대방의 호흡 또는 두 사람이 나누는 감정적 연결에 집중할 필요가 있다. 만약 환상에 빠져드는 것이 환각적인 상태, 또는 일시적으로 육체를 벗어난 듯한 느낌이 든다면 주위에 있는 물리적인 현실에 주의를 기울여 보라. 방안의 가구나 시계 소리 또는 상대방의 향수 냄새 같은 것에 집중해 보라.

때로는 육체적 자극을 멈출 필요도 있다. 성적 흥분이 사라지더라도 개의치 마라. 만약 자위행위를 하는데 원치 않는 환상이 침범할 경우에도 똑같다. 잠시 자위행위를 멈춰라. 그러면 환상은 사라질 것이다.

환상이 유발시키는 수치심, 분노, 혐오감 등 부정적인 느낌을 지우고 원치 않는 환상을 멈추게 하는 데에는 파트너의 도움이 필요하다. 상대방이 세상에서 가장 편하고 안전한 사람이라는 것을 믿고 의지할 때 그 효과는 배가된다.

한 여성은 상대방의 얼굴에 초점을 맞추고 집중하는 것이 환상으로부터 현재의 시간으로 옮겨오는 데 도움이 된다는 점을 알았다. 그녀는 성적 흥분을 고조시키기 위해 가끔 환상을 떠올리지만 오르가슴에 도달하는 바로 그 순간, 상대방의 눈을 맞춤으로써 환상에서 빠져나온다. 그녀의 오르가슴은 단순히 판타지와 연결된 것이 아니고 파트너까지 포함하고 있었던 것이다. 그러자 끝까지 환상에만 머물렀던 때보다 감정적으로 훨씬 더 가까워진 것 같고 사실적인 느낌이 든다고 했다.

한 여성은 피해자 환상을 한꺼번에 떨쳐버릴 수 없어서 조금씩 빠져

나오는 전략을 택했다. 환상을 빠져 나오는 동안에는 파트너와 일부러 화젯거리를 만들어 대화했다. 그러자 훨씬 즐겁고 오랫동안 섹스를 즐길 수 있었다.

때로는 환상을 이리저리 바꾸는 것도 좋다. 또 의식적으로 오르가슴을 억제하고 참으면서 성적 쾌락에 이르는 다른 길을 찾아보는 것도 원치 않는 환상을 제거하는 데 도움이 된다.

환상의 내용을 바꿔라

마지막 전략은 환상을 좀더 긍정적인 경험으로 변형시키는 작업이다. 다시 말하면 창의성을 발휘하여 자신의 환상을 바꾸는 것이다. 환상을 일기장에 각기 다른 방식으로 써보거나 입체적 대상물을 가진 판타지 구성으로 무대를 변형시키는 것이다. 물론 성행위 중에 마음으로부터 모든 것을 변형시킬 수도 있다.

이때 환상에 몰입하는 순간을 뚜렷하게 의식하고 그것이 자신의 창조물이라는 점을 자신에게 상기시키는 것이 중요하다. 그리고 선정적인 요소는 유지 발전시키되 그 내용을 긍정적이고 건강한 이미지로 바꾸려고 노력한다. 사실 남을 학대하거나 해를 끼치는 환상, 또는 학대를 당하는 환상을 경험하면 마음이 편치 못하다.

판타지를 좀더 건강한 성적 동력으로 바꾸려면 환상을 편안하게 느끼고 거기에 등장하는 인물들이 평등, 존경, 신뢰, 안전, 그리고 상호 즐거움이라는 상황으로 연결시켜야 한다. 이것들을 건강한 성과 결합시키다 보면, 원치 않는 환상의 특질은 제거하고 그 환상이 마련해 준

구체적인 자극과 다른 선정적 에너지는 그대로 지킬 수 있다.

환상의 내용을 몽땅 한순간에 바꾸는 것이 아니라 조금씩 변화시키는 것도 좋다. 환상의 내용을 완전 개작하기보다는 자신을 혼란시키는 일부만을 수정하면 그것이 갖고 있는 선정적인 힘을 잃지 않는다.

예를 들어 보자. 나이 든 남자와 어린 소녀에 관한 환상을 계속적으로 경험한 어느 여성이 있다. 그녀는 환상을 떠올릴 때마다 등장 인물들의 나이를 조금씩 바꿔버렸다. 남자의 나이는 줄였고 소녀의 나이는 늘렸다. 그녀가 삼촌에게 성학대를 당했던 어린 시절과는 그 어떤 유사점도 없도록 만들었다. 시간이 지나자 남자는 젊어졌고 소녀는 나이가 들어 두 사람 모두 성인이 되었다. 종래와는 전혀 다른 형태의 환상이 만들어진 것이다. 이렇듯 그 내용이 바뀔 때마다 그녀는 새로운 흥분과 자극을 받았고 자연히 성적 즐거움이 높아졌다.

환상을 건전한 구성으로 바꾸되 자신을 흥분의 정점으로 몰아넣는 부분만은 그대로 남겨둬도 상관없다. 한 여성은 떠돌이 세일즈맨이 농장에 사는 어리고 순진한 소녀의 호기심을 이용하는 환상을 갖고 있었다. 그녀는 어린 소녀를 등장시킨 것이 마음에 걸려 소녀를 시골의 젊은 여자로 바꿔버렸다. 그리고 두 사람이 사랑하는 사이가 되고 섹스까지 하는 관계로 발전시켰다.

그녀는 환상 속에서 여름 햇살이 내려 쪼이는 초원을 등장시켰다. 그 초원의 어느 나무 아래에서 두 남녀가 사랑을 나누는 장면을 삽입한 것이다. 그러자 그녀는 실제로 섹스를 할 때 한결 편안했고 부드러워졌다. 긴장을 푸는 데 도움이 된 셈이다. 그녀는 또 환상 속에서 남자가 여자의 젖가슴과 은밀한 곳을 처음부터 끝까지 자극하는 방식으로 만

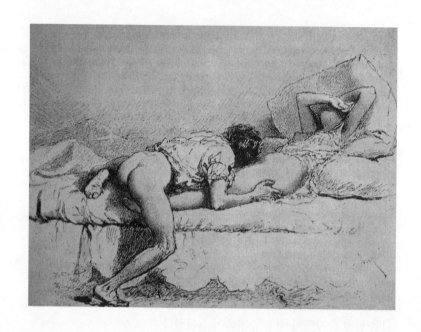

치키의 〈에로틱〉 연도 미상

들었다. 그러자 평소 여자의 몸에 관심을 쏟고 있던 파트너의 손길이 한결 유쾌하게 받아들여졌다. 이제 그녀의 환상은 속임수나 기교가 아니라 상호 동의 하에 성적 탐험을 즐긴다는 맥락에서 흥분과 자극이 펼쳐지는 판타지이다.

한 여성은 테이블에 묶인 채 낯선 남자들로부터 겁탈당하는 환상을 왠지 피해자가 된 것 같아 기분이 나빴다. 그녀는 자신의 손목을 묶은 물건을 환상 속에서 수갑 대신 가는 실크 끈으로 바꿨다. 그리고 주인공 여자가 그 끈을 풀 때쯤 기다렸던 애인이 찾아오고 낯선 남자들은 도망친다는 구도로 변경시켰다. 강간당하는 것이 아니라 자기를 구해준 애인이 부드럽게 오르가슴에 이르게 해준다는 이미지인 것이다. 그러자 실제의 섹스가 한결 만족스러웠다.

원치 않는 성적 환상을 치료하거나 바꾸려 할 때 전략과 상관없이 유념해야 할 점이 있다. 우선 어떤 정황이든지 본인이 선택의 폭을 갖고 있으며 치료가 가능하다는 사실을 믿어야 한다. 섹스 중이라도 자신을 오랫동안 괴롭혀 왔던 환상을 통제하거나 변형시키거나 제거할 수 있다는 점을 믿어야 한다. 그리고 그 과정이야말로 좀더 만족스런 성생활로 나아가기 위한 여정이라는 사실을 유념할 필요가 있다.

실제로 많은 여성들이 이 과정을 거치자 섹스 자체에 대한 생각이 달라졌다고 했다. 좀더 편안하게 접근할 수 있는 여유를 가졌으며 자연적인 성의 리듬에 따라 몸과 마음을 맡길 수 있었다고 했다.

무엇보다 중요한 것은 끊임없이 자신에게 애정을 쏟아야 한다는 사실이다. 원치 않는 성적 환상이 계속 떠오른다고 해서 또는 스트레스를 받는다고 해서 화를 내면 안 된다. 모든 치료가 그렇지만 환상에 대한 정신적 치료는 간단한 문제가 아니다.

위에서 살펴본 대부분의 여성들에게는 판타지의 치료가 변형과 힘을 부여하는 과정이었다. 그들은 자신이 원하지 않는 생각에서 언제나 자유롭게 빠져나올 수 있는 힘을 스스로 갖고 있다는 것을 알고는 놀랐다. 이제 그들은 새롭게 발견한 지식으로 보다 다양한 성생활을 즐기게 될 것이다. 성적 환상을 더 이상 함정으로 느낄 필요가 없으며, 자신이 늘 갖고 있는 놀랄 만한 자원으로 가치 부여를 할 것이다.

어느 독신녀의 임상 사례

30대 초반의 한 독신여성은 판타지를 늘 떠올리는 것은 아니지만, 일단 끌려 들어가면 도저히 빠져나올 수 없다고 했다. 물론 오르가슴을 느끼려면 반드시 판타지가 있어야 했다고 한다. 계산해 보니 대략 15년 정도 판타지에 빠져 성적 즐거움을 맛보았다고 했다.

환상과 성적 쾌감을 오랫동안 연관짓다 보면 환상이 마치 자신의 성 반응에 연결되어 있는 것처럼 느낄 때가 많다. 먼저 이 여성이 기록한 자신의 판타지 내용을 살펴 보자. 제목은 '쾌락과 고통'이다.

"나는 열다섯 살의 순진한 소녀다. 마사지 가게에서 일하기 위해 면접을 보러 갔다. 방 중앙에는 마사지 테이블과 의자가 놓여 있고 커튼이 쳐져 있었다. 주인은 30대의 남자였다. 그는 내게 옷을 벗어보라고 했다. 잠시 망설였지만 취직하기 위해서는 어쩔 수 없었다. 젖가슴을 손으로 가리며 수줍어했다. 그는 내 머리카락을 부드럽게 쓰다듬으며 달콤한 말과 뜨거운 입김을 귓가에 불어넣었다. 나는 마사지 가게에서 입는 복장 중 하나인 비키니를 입고 그의 무릎에 앉았다.

그의 손놀림이 빨라졌다. 뭔가 끈적거리는 로션이 묻어 있었는지 그 향기와 감촉이 나를 자극시켰다. 그는 젖가슴을 부드럽게 쓰다듬으면서 팬티를 벗겼다. 이상하게도 그 느낌과 촉감은 편안하게 다가와 그의 손길이 닿는 곳마다 촉촉하게 젖기 시작했다. 그의 젖은 손이 클리토리스에 닿자 몸이 떨렸다. 그는 내 몸을 바짝 끌어당겨 자기 몸에 밀착시켰다. 그리고는 문질러 달라는 표정을 지었다. 나는 두 다리를 벌려 그의 무릎 위를 조금 문질렀다. 흥분하는 기색이 역력했다.

그는 내 젖꼭지에 빨간 립스틱을 바르라고 했다. 나도 모르게 직접 하라는 말이 나왔다. 그는 립스틱을 입에 물고는 젖꼭지에 정성스럽게 칠해 주었다. 나는 젖가슴을 두 손으로 모아쥐고 그의 입속에 살짝 넣어 주었다. 모든 것은 그의 바람대로 진행되고 있었다.

불현듯, 그는 엉덩이 맞는 것을 좋아 하냐고 물었다. 나는 그렇다고 했다. 그러자 그는 책상 위에 쿠션을 올려놓고는 나를 그 위에 올렸다. 나는 그가 때릴 수 있도록 엉덩이를 치켜들었다. 그때 그는 버튼을 눌러 커튼을 걷었다. 창문 뒤에서 여러 명의 남자들이 나를 지켜보고 있었다. 강한 수치심이 솟구쳤지만 멈출 수는 없었다. 그의 커다란 손이 내 엉덩이를 때리자 살갗이 빨갛게 변했다. 나는 마치 관음자가 되어 이 광경을 보고 있는 것 같았다.

그는 내가 원하면 언제든지 엉덩이를 때려 주겠다고 했다. 소리를 많이 질러야 창문 뒤의 사람들도 다 들을 수 있다고 했다. 그러면서 다시 한 번 그의 손이 엉덩이를 찰싹 때렸다. 수치심과 통증이 교차하면서 나는 당황했다. 하지만 그의 손길이 엉덩이에 닿을 때마다 내 몸은 반대로 리드미컬한 오르가슴을 시작했고 마침내 내 입에서 낮은 신음소리가 나왔다. 창문 뒤에 남자들이 토해내는 신음소리와 함께 판타지는 끝났다.

그녀는 자신의 성적 환상을 글로 적어본 뒤에야 비로소 그것이 자신에게 다양한 측면에서 기능하고 있음을 알았다. 누군가 쏟아주는 성적 관심, 그리고 젖가슴과 성기에 대한 물리적 자극 때문에 그녀는 실제의 섹스보다 더 강렬하게 흥분했던 것이다.

그녀가 이 판타지를 경험할 때는 마치 자신이 무대 밖에 나와서 섹스 장면을 바라보고 있는 느낌이 든다고 했다. 말하자면 관음증적 시각이 그녀의 빨간 젖꼭지, 비키니 옷차림, 그리고 엉덩이를 맞았을 때 빨갛게 부어오른 살결 등과 같이 시각적으로 흥분되는 세부 사항을 바라보도록 만들었던 것이다. 그녀는 또 남자와의 대화나 오르가슴에 오를 때 질렀던 소리에서 청각적 자극을 받는다는 사실도 알았다.

이 판타지를 분석하면, 그녀는 성애를 즐기고 싶을 때 누군가로부터 허락을 받아야만 한다는 구도이다. 환상에 등장하는 소녀는 성에 대해 수줍어하고 당황스러워했다. 과감하게 성 에너지를 즐기기 위해 남자의 허락을 필요로 하는 성격의 인물이다. 실제로 남자는 소녀가 클라이맥스에 오르면 다른 남자들이 그걸 보면서 좋아할 것이라고 부추겼다. 말하자면 그녀가 그곳에서 할 일은 남자를 위해 선정적인 공연을 펼치는 것이었다.

평소 오르가슴을 느낄 때마다 이 판타지를 떠올린 그녀는 이제 오르가슴의 속도를 늦추고 싶었다. 성적 분위기를 즐기기 위해 상대방의 확인과 허락을 필요로 하는 소녀로서의 자신을 더 이상 보고 싶지 않았다. 환상에 대한 탐험을 시작한 그녀는 그 판타지가 어릴 적 성에 대해 느꼈던 혼란에 뿌리를 두고 있다는 것을 알았다. 그녀는 환상 속에 등장하는 소녀가 진정 원하고 필요로 하는 것이 무엇인지를 이해하기 위해 그 인물 속으로 깊숙이 들어가 보는 역할을 실행했다.

해답이 나왔다. 그 소녀는 성에 관심은 많지만 당황스럽게 생각하는 여성이다. 섹시한 여성이 되고 싶지만 그 방법을 모르고 있다. 남자는 소녀에게 성욕을 마음껏 채워도 좋다고 허락하지만 그녀를 성적 대상물로 취급하고 있다. 사실은 그가 모든 게임을 주도하면서 소녀가 먼저 요구하는 것처럼 꾸민 것이다. 물론 여기에서는 사랑이나 감정 같은 것은 없다. 그는 점잖게 행동하는 것처럼 보이지만 자신이 원하는 걸 갖지 못할 때에는 폭력을 쓸 가능성이 높은 인물이다.

그녀가 첫 섹스를 시도한 것은 열다섯 살 무렵이었다. 환상 속의 소녀와 같은 또래이다. 그 무렵, 그녀는 또래의 남자들이 자신에게 성행위를 원하며 기대한다고 생각했다. 그러면서 자신의 성 에너지를 통제할 힘이 없었고 한계선을 그을 만큼 자신감도 없었다.

그녀는 너무 어렸을 때 섹스를 시작했기 때문에 성적으로 얽히지 않은 인간관계를 탐험할 기회가 없었다. 그냥 친구로서 즐겁게 놀아주는 남자 친구를 사귀지 못했다. 연애를 시작하면서도 안정적인 사랑의 달콤함과는 거리가 멀었다. 데이트를 하더라도 주로 섹스를 원하는 남자들이었다. 그녀는 성숙한 여인이 되었지만 성에 관한 한 어린 시절의 혼란이 여전히 지속되고 있다는 사실을 깨달았다. 스스로 만든 판타지

속에서도 그녀는 자신을 순진하고 경험이 없으며 성에 대해 확신이 없는 소녀로 철저히 포장해 왔던 것이다. 물론 그 이미지는 현실과는 더 이상 맞지 않았다.

그러나 그녀는 꽤나 오랜 세월이 지난 뒤에야 자신의 환상이 현실감이 전혀 없는 환상을 위한 환상이었음을 알게 되었다. 고등학교 때 입던 옷을 버린 지 10년이 훨씬 넘었는데도 환상만은 아직 고등학교 때의 것을 그대로 본뜨고 있는 셈이었다. 그녀의 환상세계는 성에 대해 가장 혼란스러웠던 바로 그 나이에 머물러 있었던 것이다.

그녀는 사춘기 때의 성욕을 좀더 천천히 펼쳐갈 수 있는 방법을 찾았다. 춤을 춘다거나 손을 잡는 것, 가볍게 애무를 주고받는 것, 키스하는 것 등이 있었다. 그리고 환상에만 의존하여 성적 흥분과 오르가슴을 얻지 않기로 했다. 그녀가 얻은 가장 큰 소득은 성행위란 여자가 남자를 위해 펼치는 공연이 아니라 자신의 성 에너지를 즐기는 것이라고 생각을 바꾼 점이다.

이번에는 8년간 동거한 남자에게 자신의 환상세계를 말하지 않았던 어느 여성을 보자. 그녀는 최근 환상이 이상스럽게 변해서 당황하고 있다. 너무나 당황스런 변화인지라 섹스까지 기피할 정도이다. 그 판타지는 여러 명의 남자에게 강간을 당하는 어느 소녀의 이야기이다. 그녀가 '두려워하지 말자, 너도 이걸 좋아하게 될 거야'란 제목을 단 판타지의 내용을 보자.

"한 남자가 아름답고 순진해 보이는 소녀를 영업이 끝난 어느 레스토랑으로 데리고 들어온다. 나는 몇 명의 남자들과 함께 소녀를 기다리고

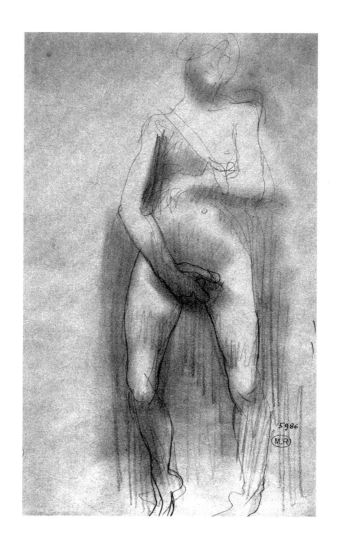

로댕의 〈누드〉 1840~1917

있었다. 그 남자와 나는 소녀에게 다가가 성에 대해 가르쳐 줄 것이라고 말한다. 소녀는 두려움과 공포에 떨고 있었다. 우리는 소녀의 머리를 쓰다듬으면서 곧 기분이 좋아질 것이고 세상에서 가장 편하고 짜릿한 기분을 맛보게 될 것이라고 속삭여준다.

잠시 후 남자가 소녀를 테이블 위에 눕힌다. 겁에 질린 소녀는 안돼요라고 소리친다. 나는 소녀의 머리맡에 서서 손을 잡아준다. 내가 남자에게 눈짓을 하자, 그 남자는 소녀의 치마를 걷어올린다. 이어 팬티를 내리고는 은밀한 곳에 입을 맞춘다. 치모가 웃자란 그곳은 소녀의 젖가슴처럼 해맑다. 남자는 두툼한 입술로 그곳을 끊임없이 자극한다. 풋사과처럼 상큼한 소녀의 성이 남자의 입술과 혀에 자극받을 때마다 나의 흥분지수도 점점 높아진다.

참을 수 없다는 듯 남자는 손가락을 삽입한다. 원을 그리기도 하고 톡톡 건드리기도 한다. 통증을 못 느끼는지 소녀는 낮은 신음소리만 간간히 내뱉을 뿐 저항하지 않는다. 그때 남자가 지퍼를 내리고 성기를 꺼낸다. 순간적으로 소녀가 몸을 떨었고, 남자는 소녀의 은밀한 곳에다 문지르기 시작한다.

잠시 후 영글지 못한 풋사과처럼 단단하고 정갈하게 닫혀 있던 소녀의 성이 조금씩 열리면서 축축한 느낌이 들었다. 남자의 숨소리가 거칠어지는가 싶더니 그는 소녀의 가슴과 얼굴을 향해 성기를 움직이기 시작한다. 그때 주위에 서 있던 남자들이 몰려든다. 소녀는 수치스러움과 긴장감을 더하며 계속 몸을 떨었다. 하지만 얼굴 표정은 성적 자극에 흥분되는 기색이 역력하다.

소녀의 오르가슴이 시작되면서 나도 오르가슴을 느끼기 시작한다. 시뻘겋게 달아오른 성기를 보자 삼키고 싶다는 욕구가 치밀었다. 어느 새 내 손길은 가슴과 클리토리스를 문지르고 있었다. 누군가 침을 삼키는 소리가 들린다. 그때 남자는 소녀의 입에 강하고 짜릿한 사정을 한다. 넘치는 진액이 소녀의 입을 타고 내릴 때 소녀는 본능적으로 그 진액을 핥아 먹는다."

환상을 좀더 자세하게 탐구하기 위해 그녀는 종이 위에 동그라미와 선으로 판타지에 등장하는 인물들을 그렸다. 그러자 환상과 현실의 놀라운 대조가 드러났다. 피해자 소녀는 바로 그녀 자신이었던 것이다.

그 소녀는 그녀를 대신하여 성적 즐거움을 느껴주는 대리인이었다. 소녀는 광고모델로 활동해도 좋을 만큼 아름답다. 그래서 남자들은 그녀를 갖고 싶어 한다. 소녀가 흥분하면 그녀도 흥분하고 클라이맥스에 이르면 그녀도 그렇게 된다. 그러나 현실의 성행위에서는 그렇지 못하다. 그녀는 소녀가 등장하지 않는 상태에서는 어떤 성적 흥분도 오르가슴도 느낄 수 없다.

환상 속의 남자는 그녀가 사귀는 남자와 비슷하다. 판타지 속에서는 강간범으로 등장하지만 실제로는 무척 친절하다. 또 환상 속의 남자는 소녀에게 곧바로 삽입하지 않고 부드러운 마찰부터 시도하지만 현실에서의 남자는 성에 대해 지배적이다. 늘 자기가 원하는 방식으로, 그리고 원하는 때에만 섹스를 해야 한다. 혹 그녀가 은밀한 신호를 보내더라도 무시해 버리기 일쑤다. 그러나 환상 속에서는 남자의 목표가 소녀를 즐겁게 해주는 것으로 만들어 오르가슴에 이르는 법을 가르쳐 주게 했다.

그녀는 또 판타지에 등장하는 여러 명의 남자를 생각했다. 그들도 역시 소녀를 자극하고 있었다. 그녀가 그린 그림을 보면, 소녀의 입술은 나뉘어져 있다. 한 줄로 그려진 위의 입술은 침묵을 나타낸다. 판타지에서 소녀는 말을 하지 않았는데, 그것은 현실에서의 그녀의 침묵을 흉내 내고 있는 것이다. 또 아래쪽 입술은 크게 열려 있는 것으로 그려졌는데, 마치 소리를 지르거나 크게 말하는 것만 같았다.

그녀는 소녀가 생각하고 있는 것을 상상하면서 강간하는 자에게 소리치는 자신을 그렸다. 그리고는 '날 좀 내버려 두세요. 가게 해 줘요. 당신이 너무 싫어요' 라는 분노에 가득 찬 글을 덧붙이고 소녀의 큰 눈에서 눈물이 흘러나오는 것을 그렸다.

모든 작업이 끝나고 그녀는 자신의 느낌을 피력했다. 우선 가해자 역할로 남자 친구를 끌어들인 데 미안한 마음이 든다고 했다. 그가 성에 대해 지배적이긴 하지만 강간범이라고까지 간주하고 싶지는 않았던 것이다.

이 판타지에는 그녀의 과거 기억이 어떻게 반영되었을까. 그녀는 여덟 살 때 엄마의 남자 친구로부터 오럴섹스를 강요당하곤 했었다. 그녀로서는 자신의 환상과 현실의 연결고리를 찾다가 엄마에 대해 배신감을 느끼고 있다는 사실을 알아낸 것이다. 곰곰히 생각해 보면, 그녀는 엄마가 자신을 보호해 주지 못했다는 점, 특히 오럴섹스를 당할 정도로 성적 학대를 받도록 내버려 둔 점에 대해 극도의 배신감을 갖고 있었다. 말하자면 그녀의 판타지에 등장하는 소녀는 자신과 엄마 사이의 관계 역학을 환상으로 재창조한 셈이다.

이번에는 불행했던 어린 시절의 기억을 치유하고 극복하기 위해 많은 노력을 기울이고 있는 40대의 한 여성을 예로 들어보자. 그녀 역시 성장과정이 순탄치 못했다. 평소 사이가 좋지 못했던 부모는 일찍 세상을 떠나 버려 어린 그녀는 어느 가정에 입양되어 자랐다. 그런데 새엄마는 어린 그녀에게 성적 희롱을 서슴지 않았다.

그녀는 남자보다 여자가 좋았다. 말하자면 동성애자였다. 그러나 잠자리를 같이 할 때마다 떠오르는 성적 환상은 왠지 기분이 나빴다. 그녀가 아무리 아껴주고 친절하게 해주어도 불쾌한 성적 환상은 지워지지 않았다. 성심리치료를 통해 손상된 자부심을 되찾고 과거의 성학대로부터 자신을 회복해 나가는 데 많은 진전이 있었지만 그녀의 불쾌한 성적 환상은 완전히 떨쳐버릴 수 없었다. 먼저 판타지부터 보자.

"집을 수리하기 위해 일하는 사람을 불렀다. 멜빵이 달린 작업복을 입고 온 그는 때마침 목욕 가운을 입은 내 모습을 보더니 금새 아래가 부풀어올랐다. 엄청나게 큰 것 같았다. 나는 장난 삼아 외설적인 말을 몇 마디 던졌다. '주문 받은 일 말고도 다른 일도 할 준비가 된 것 같군요'라고 했고 '그 장대는 뭐 좀 재고 싶은 것 같은데요'라고 했다.

순간, 그의 태도가 돌변했다. 두 손으로 나를 번쩍 감싸안으며 들어올리자 물기가 채 마르지 않은 속살이 그대로 드러났다. 나는 그의 가슴을 쓰다듬었다. 젖꼭지를 찾아 손가락으로 꼬집어보기도 했다. 험한 일을 많이 하는 남자라 그런지 그의 행동은 다소 과격했다. 나의 작은 애무에도 흥분을 가라앉히지 못했다.

그는 잔디밭 가장자리에 나를 뉘였다. 옷을 벗어 던지는 그의 몸에서 땀 냄새가 났다. 하지만 가슴에 난 많은 털은 내 성욕을 자극시키기에 충분했다. 가운이 벗겨지고 풍만한 젖가슴이 그대로 드러났다. 침을 꿀꺽 삼키는 소리가 들렸다. 그의 시선이 따갑게 느껴졌는지, 젖꼭지가 단단하게 솟아났다.

그는 참을 수 없다는 듯 내 가슴에 얼굴을 묻고는 마구 비벼댔다. 얼마나 세게 젖꼭지를 빨아대는지 조금은 쓰라리고 아팠다. 그의 손은 어느새 허벅지 사이로 들어와 가장 깊은 곳을 문지르고 있었다. 몸이 떨리면서 신음소리가 새어 나왔다. 나도 모르게 그의 성기를 움켜잡았다. 작업도구처럼 크고 단단했다. 잠시 후 쇳덩이같은 것이 내 몸을 파고드는 느낌이 들었다. 순간 허리가 크게 휘어지더니 입에서는 깊은 신음소리가 터져나왔다. 극도의 절정감이 밀려오고 온 몸이 나른해지자 판타지는 사라져 버렸다."

여성과 사랑을 나누는 동성연애자인데 왜 거친 남자와의 섹스가 떠오르는 것일까. 혼란스러웠다. 그러나 그 환상에 대한 혐오가 단순히 자신의 성적 취향이라는 문제를 뛰어넘는 것 같은 느낌이 들었다.

이 판타지의 주제를 살펴보면 그녀의 현실과 환상 속에서의 애정관계는 역학관계에 있다. 환상에서는 낯설고 거친 남자와 섹스를 하지만 현실에서는 동등한 개체로서의 사랑을 표현하는 섹스를 즐기고 있던 것이다. 그러나 그 환상은 오르가슴을 얻는 데는 필수적이었다.

그녀는 환상 속에 등장하는 두 사람의 마음속으로 자신이 들어가 보도록 설계된 훈련지침을 사용했다. 처음에 환상을 경험했을 때는 자신이 수리공 남자와 접촉하는 것을 바라보고 있는 관음자처럼 느껴졌다. 그러나 이제 두 사람의 마음을 읽는 상상을 하면서 그들이 말하고 있지 않은 마음속의 동기를 단어로 표현해 봤다.

　결과는 놀라웠다. 그녀는 남자 위에 군림하는 여자에 관한 환상이라고 생각해 왔는데, 반대로 수리공이 자신 위에 군림하고 있다고 생각하고 있었다는 것이다. 아니, 두 사람이 서로를 이용한 것이다. 서로 상대방을 성적 대상물로 여겼던 것이다. 두 사람 모두 자기가 이겼다고 상상했지만 그 승리는 허망한 것이었다.

　자신이 적어놓은 판타지 줄거리를 살피고 난 그녀는 숨겨져 있던 감정과 관계 역학을 확인하기 시작했다. 그리고 나서 다음과 같은 논평을 기록했다. 친밀함의 결핍, 분리, 착취, 분노, 외로움, 자신과 다른 사람에 대한 존경심 부족 등이었다.

　이번에는 그 특징이 주변 사람들과 어떤 관계를 맺고 있는지를 살펴보았다. 여기서 그녀는 다시 한 번 놀랐다. 판타지는 사이가 좋지 못했던 부모님의 관계가 여러 가지로 얽혀 있었던 것이다. 물론 부모님은 오래 전에 돌아가셨다.

　생전에 그녀의 부모님은 상대방을 지긋지긋한 존재로 여기고 있었다. 한 쪽이 다른 한 쪽을 지배하기만을 원했다. 하지만 결과적으로 볼 때 그것은 잘못된 힘이었고 전혀 통제되지 않는 것이었다. 결국 좋지 않은 부모님 관계가 무의식 차원에서 살아 돌아와 그녀의 판타지 세계에 침투한 것이다.

　대부분 결손가정에서 자란 아이들이 그러하듯이 그녀도 부모님이 화목하게 지내기를 바라는 바람으로 자랐다. 그러나 현실은 늘 그녀의 바람과 거리가 멀었다. 결국 그녀는 자신이 학대적인 가정에서 살아남았다는 사실, 다치지 않고 무사히 빠져나왔다는 점을 자위하면서 부모님의 문제는 그녀와 전혀 관련없다고 생각해 왔던 것이다.

마침내 그녀는 수치심을 이겨내고 자신의 환상을 상대방에게 털어놓을 수 있었다. 함께 동거하던 여자는 그녀가 환상에 의존하지 않고 섹스를 즐길 수 있도록 도와주었다. 결국 그녀는 안내자의 지침을 받은 시각적인 연습으로 환상의 부작용을 폐쇄시킬 수 있었다.

그녀가 환상에 담긴 의미를 파악한 뒤로는 섹스 중에 더 이상 환상이 재현되는 일은 없었다. 그렇다고 해서 환상에 대한 가치를 평가절하하거나 외면한 것은 아니었다. 그녀는 오랫동안 오르가슴에 이르는 믿을 만한 수단으로 환상을 이용해 왔었다. 따라서 이제는 마음에서 현재의 시간을 즐겁게 보낼 수 있는 선정적인 환상을 갖는 데 보다 자유로워진 것뿐이다. 만약 그녀가 성적 환상을 이해하고 치료하지 않았다면, 그녀는 오랫동안 비정상적인 사람으로 살아갔을 것이다.

제 9 장

사랑하는 사람에게 고백할까

빌리 크리스탈과 맥 라이언이 주연했던 영화 '해리가 샐리를 만났을 때'를 보면 해리와 샐리가 공원을 거닐면서 그들의 성적인 꿈과 환상에 대해 잡담하는 장면이 있다.

먼저 해리가 시작한다. 올림픽경기의 심판관들 앞에서 섹스를 하는 자신을 웃기게 묘사한다. 처음의 두 심판관은 그의 연기를 아주 높게 평가하는데, 동독 심판관으로 변장한 그의 어머니는 가장 낮은 점수를 준다. 그러자 샐리가 자신의 성적 환상을 털어놓는다. 청소년 시절부터 해오던 그 판타지는 얼굴을 알 수 없는 남자들이 그녀의 옷을 찢으면서 시작된다.

환상을 고백하는 두 가지 방식

영화에서 해리와 샐리는 서로를 더 잘 알기 위해 성적 환상을 숨김없이 털어놓는다. 톡톡 튀는 대사로 이루어진 부담 없고 귀여운 장면이기도 하다. 그러나 현실에서는 그렇지 못한 경우가 많다. 성문제에 대해 편안하게 느끼는지, 개인적이고 사적인 생각들을 얼마나 드러낼 수 있는지에 따라 전혀 다르다. 어떤 파트너는 그들의 관계를 보호하기 위해 성적 환상을 애써 외면하고, 어떤 파트너는 커플로서의 관계를 보다 밀착시키기 위해 적극적인 탐험을 꾀하기도 한다.

일반적으로 성적 환상을 털어놓는 것은 상당한 위험이 따른다. 앞서 이루어진 수많은 조사연구 결과가 그것을 보여주는데, 1995년에 실시한 조사 역시 극히 일부만이 환상을 털어놓는 것으로 결론짓고 있다. 또 여자가 남자에게 털어놓는 경향이 많고 그것을 들은 남자들은 대체로 질투 어린 반응을 보이는 것으로 나타났다. 성적 환상을 갖는다는 사실 자체에 대해 죄책감을 느끼는 사람들은 남자든 여자든 판타지가 두 사람의 관계, 그리고 상대방에게 상처를 준다고 믿고 있다.

필자가 만난 여성들 역시 성에 대한 은밀한 생각을 파트너에게 털어 놓았을 때 파트너가 보인 반응이 다양했다고 했다. 환상을 털어놓자 더욱 친밀해졌고 성생활에 발전을 가져왔다고 말하는 여성도 있고, 그와 반대로 감정적 불신감이 싹터서 오히려 사이가 멀어졌다고 하소연하는 여성도 있다.

분명히 성적 환상을 공유한다는 것은 두 사람의 관계에 지대한 영향을 끼칠 수 있다. 때문에 상대방의 심리 상태와 분위기를 잘 파악하여 판타지를 공유할 것인지 아닌지를 결정해야 한다. 물론 그것은 전적으로 자신의 몫이다.

판타지를 공유하는 형식에도 두 가지가 있다.

하나는 자신의 판타지를 일방적으로 파트너에게 이야기하거나 상대방의 것을 들어 주는 경우이다. 대체로 성적인 환경이나 성적 열망이 고조되었을 때 이루어지는 경우가 많은데, 판타지에 대해 이야기를 나누는 것은 일종의 전희로서 성적 흥분과 기쁨을 고조시킬 수 있다.

다른 하나는 좀더 적극적으로 무대를 마련해서 성행위 중에 상대방과 함께 그 판타지를 실연해 보는 경우이다. 정교한 복장과 줄거리까지 준비하는 커플들도 있다. 어떤 커플은 상대가 좋아하는 판타지를 실행해 보이기도 하고 파트너의 상상력과 열망을 증가시키는 새로운 환상을 만들어 내기도 한다.

어쨌든 환상이 서로에게 어떤 영향을 주고 있는지에 대해 이야기를 나눌 수 있다면 정서적 친밀감이 깊어지고 특별한 교감을 창조할 수 있는 것만은 분명하다. 환상을 상대방에게 털어놓자 인간적인 성숙과 성적인 치유, 그리고 관계가 좋아졌다고 말하는 여성들도 많았다. 물론 괜히 말했다고 후회하는 여성들도 적지 않다. 유쾌한 놀라움일지 예측을 불허하는 실망일지, 신중하게 판단하기 바란다.

여성이 환상을 비밀로 하는 이유

필자가 인터뷰를 했던 여성들 가운데 상당수가 자신의 성적 환상을 어느 누구에게도 털어놓은 적이 없다고 했다. 털어놓았다는 여성일지라도 그 내용을 말할 때 누구와 언제 어떻게 어떤 행위를 했는지에 대해서는 무척 조심스럽게 말했다고 밝혔다.

환상을 공유한다는 점에서 가장 큰 어려움은 일단 털어놓으면 절대로 되돌릴 수 없다는 사실이다. 개개인의 프라이버시에 결정적 영향을 끼친다. 무엇보다도 비밀을 노출시킨 결과가 좋으리라는 보장이 없다. 때문에 많은 여성들은 애써 이야기할 필요가 없다고 생각한다. 자칫 잘못했다가는 자신이나 상대방을 좋지 못한 상황으로 몰고 갈 가능성이 높다고 지레 짐작해 버리는 것이다. 이처럼 사생활의 문제 또는 파트너의 반응에 대한 두려움이 판타지 세계를 비밀로 지키는 가장 큰 이유로 보여진다.

원래 성적 환상은 지극히 사적이고 동시에 성적인 것이므로 여성들이 당황하거나 부끄럽게 여기는 것은 지극히 당연하다. 하지만 이것은 환상을 충분히 이해하지 못한 결과이다. 잘 모르기 때문에 환상에 대해 파트너와 이야기를 나눈다는 것이 어떤 의미인지를 깨닫지 못하는 것이다. 본인조차 성적 환상을 이상하게 여기고 왜 그런 상상이 떠오르는지, 그 뜻하는 의미가 무엇인지를 모르겠는데, 어떻게 다른 사람에게 털어놓을 수 있는가.

실제로 환상 속에서 전달되는 대담한 성적 묘사에 당혹감을 감추지 못하는 여성들이 많다. 그들은 자신의 성적 정열과 다양한 성행위, 또는 관습을 뛰어넘는 배경과 이미지, 그리고 등장 인물에 대해 고민한다.

자신은 결코 변태성 섹스나 그룹섹스, 동성애 등을 꿈꾼 적도 없고 생각해 본 적도 없는데, 환상 속에서는 그런 장면들이 거침없이 연출된다. 또 은밀한 성을 즐기는데 환상 속에서는 대담한 성을 즐기고 있다. 때문에 자신의 성적 취향이 진짜 어떤 모습일까 하고 고민하는 사람들이 많다.

생각해 보면, 동성애적 환상을 갖고 있는 여성이 남자에게 자신의 환상을 말하고 남자의 몸이나 성기에 대한 환상을 여성 파트너에게 털어놓는 것은 상당한 용기가 필요하다. 그러나 거듭 말하지만 성적 환상이 자신의 성적 취향을 반영하는 것은 아니다.

성적인 생각조차 비난받는 종교적 가르침에 집착하는 여성들, 또는 성적으로 억압된 환경에서 자란 여성들로서는 성적 환상을 털어놓는 것이 일종의 고해성사나 다름없다. 그들은 자신의 환상을 다른 사람에게 이야기했다가 혹 불건전하고 성도착적인 여자, 탐욕스러우며 행실이 단정치 못한 여자라는 평을 들을까 두려워한다.

그러나 판타지를 묘사할 만한 적당한, 그리고 보편적인 어휘조차 없이 또 판타지가 자신을 위해 어떤 기능을 해주고 있는지, 그 출발점이 어디인지에 대한 이해없이 무조건 두려워한다는 것은 올바른 접근 태도가 아니다. 예를 들어 보자.

여성의 젖가슴에 관한 감각적 판타지를 애용하는 한 여성은 남편에게 판타지를 말하지 않은 이유를 다음과 같이 설명하고 있다.

"결혼한 지 17년이 되었지만 남편이 채워주지 못하는 어떤 것이 있어요. 물론 우리 부부의 성생활에 대해서는 불만이 없어요. 하지만 내가 경험하는 온갖 생각과 감정을 남편이 알고 싶어해야 한다거나 알 필요가 있다고는 생각하지 않아요. 그곳은 나 혼자만의 공간입니다. 나만의 공간을 갖는다는 것은 부부관계에서도 나의 독자성을 지키고 싶다는 의미입니다."

한 여성은 환상세계로 몰입했다가 다시 남편에게 되돌아오는 즐거움을 다음과 같이 말한다.

"오르가슴에 이르고 판타지 세계에서 빠져 나올 때, 나를 기다려 주는 남편이 있다는 것이 마음 든든해요. 어떤 환상의 세계를 경험하더라도 집으로 돌아와 환영을 받는 기분이 들어요."

어떤 환상에 특별히 끌리거나 영혼마저 깊이 빠진 여성이라면 그 환상을 남에게 털어놓음으로써 환상의 선정적인 매력을 잃게 될까봐 두려워할 수도 있다. 앞서 살펴본 것처럼 성적 환상을 언어로 표현하는 것이 곧 판타지에 대한 느낌을 바꾸어 버릴 수 있기 때문이다.

그런가 하면 파트너와 함께 오르가슴의 순간을 기다리기 위해 환상의 노출을 극도로 숨긴다는 여성들도 있다. 그들은 환상이 갖고 있는 아름다움과 가치를 이해하고 감상하면서 보석을 만지고 간직하듯 조심스럽게 다룬다.

'사랑받는 여자' 환상을 갖고 있는 한 여성은 환상을 떠올리기만 하면 반드시 최고의 오르가슴을 느끼지만 환상을 남용하지 않는다고 했다. 환상을 함께 공유할 남자를 아직 만나지 못했기 때문이라는 것이다. 그녀는 자신을 통해서 남자가 기쁨과 즐거움을 얻고 또 판타지를 통하여 자신의 인생이 행복해질 수 있다면 그 환상은 당연히 아끼고 보존되어야 한다고 했다. 아무리 맛있는 음식도 자꾸 먹게 되면 식상해진다는 것이 그녀의 논리이다.

물론 여성이 환상을 비밀로 하면 그 환상이 파트너의 부정적 비판이나 잘못된 해석으로 오염되는 것을 걱정할 필요는 없을 것이다. 다른 사람에게 판타지를 털어놓지 않고 혼자 간직하는 것이 오히려 개인적이고 창의적인 배출구로 기능한다면 그렇게 하라. 아무리 친근한 사이라도 부작용이나 후유증이 염려된다면 밝힐 필요는 없다.

대부분의 여성들이 다른 사람에게 환상을 털어놓기를 꺼리는 또 하나의 이유는 상대방이 어떤 반응을 보일지 염려스럽기 때문이다. 필자가 만난 여성들의 경우, 상대방의 반응은 무척 다양한 것으로 나타났다. 환상을 갖고 있다는 것 자체가 불쾌하다는 사람도 있고 부럽다거나 질투심이 난다는 반응을 보인 사람도 있다. 또 환상과 똑같은 행위를 해 보자고 덤비는 파트너도 있었다. 이렇게 본다면 환상 공유에 대한 여성의 두려움은 당연한 것처럼 생각된다.

여러 명의 남자와 섹스를 즐기는 '야성적인 여자' 환상을 갖고 있는 한 여성은 남편에게 이야기하는 것만은 절대로 피해야 한다고 말했다. 변태, 또는 그룹섹스를 원하는 성도착자라는 말을 들을 게 뻔하다는 이야기다. 물론 그녀는 판타지와 똑같이 해 볼 생각은 전혀 없다. 단지 매일 반복되는 똑같은 체위와 행위에 식상해서 한번쯤 떠올리는 일상의 일탈 수준에 불과하다.

잘 생긴 옛 애인에 대한 환상을 갖고 있는 한 여성은 부부관계에 문제를 일으키고 싶지 않아서 털어놓지 않는다고 했다. 남편 역시 자신의 과거를 말하지 않을 뿐더러 아내의 옛사랑에 대해 듣고 싶어 하지 않는다는 것을 알기 때문이다.

때로는 남편이나 파트너의 환상을 먼저 듣게 되는 경우도 있다. 이때 불안한 감정이 느껴지면 당연히 자신의 환상은 털어놓지 않을 것이다. 또 환상을 털어놓은 뒤 상대방으로부터 불쾌하고 어색한 경험을 한 여성들은 두 번 다시 그 주제를 거론하지 않는다.

원치 않는 환상에 고통을 당하고 있는 여성들은 상대방의 심리 상태를 파악하지 못해 끝없는 속앓이를 하는 경우도 많다. 너무 혼란스럽고 수치스러운 환상에 조바심이 나기 때문이다. 실제로 성학대를 견뎌낸 몇몇 여성들은 환상을 노출시키는 바람에 제2의 피해를 당하는 경우도 적지 않다. 그들은 상대방에게 털어놓아도 감정적으로 안전하다는 것이 확인될 때까지는 결코 털어놓지 말아야 한다고 했다.

그러나 상대방과 판타지 이야기를 나눌 필요가 있는 상황도 있다. 가령 성생활에 풍부함과 짜릿함을 더하기 위해서는 성적 환상을 공유하는 것이 바람직하다. 부부생활이 권태롭다면 새로운 활력을 불어넣기 위한 방법으로 환상 공유는 매우 효과적이다.

오랫동안 함께 살아온 부부일수록 상대방의 심리상태나 모든 분위기를 파악하고 있기 때문에 후유증이나 부작용이 적다. 물론 치료할 목적으로 털어놓고 싶을 때도 있다. 피해자 환상 때문에 고통받는 여성이라면 환상을 털어놓는 것이 지극히 당연하고 또 그렇게 해야만 한다.

여성이 환상을 털어놓는 이유

성적 환상은 지극히 개인적이다. 동시에 오랜 성적 경험에서 나온 것이므로 자신의 성적 흥미, 스타일, 욕망, 두려움, 그리고 즐거움에 대한 모든 것을 담고 있다.

형식적이고 똑같이 반복되는 성생활에 싫증을 느낀 한 여성의 경우를 보자. 그녀는 만족스럽지 못한 성생활에 뭔가 변화가 있어야겠다는 결심을 하고는 남편에게 판타지를 서로 털어놓자고 제안했다. 남편은 판타지라는 주제를 이야기한다는 사실에 조금은 당황했지만 흥미가 느껴진다면서 동의해 주었다.

그녀가 먼저 자신의 판타지를 이야기했다. 무서운 야수가 그녀를 동굴에 가두고 섹스를 즐긴다는 스릴러식 구성이다. 그녀는 야수가 펠라치오를 얼마나 기교 있게 잘하는지, 그리고 얼마나 다양한 체위를 구사하는지를 구체적으로 생생하게 들려주었다. 그것은 그녀가 원하는 것이기도 했다.

남편의 판타지는 단조로운 것이었다. 다만 여자가 상위체위를 즐기고 오럴섹스를 해준다는 것이 독특했다. 결국 두 사람은 서로의 성적 취향에 공통점이 있다는 것을 깨닫고 처음 만났을 때처럼 신선한 충격의 부부관계를 유지시켜 나갔다.

40세의 한 독신녀는 최근 한 남자를 만났지만 그가 어떤 성적 취향인지가 궁금했다. 이왕이면 그의 취향에 맞는 스타일로 섹스를 즐겼으면

하는 바람이 있었던 것이다. 두 사람은 서로 환상을 털어놓기로 했다. 그녀는 자신의 판타지에 '진행 중'이란 제목을 붙였다.

"나는 나체의 자유로움을 즐긴다. 그렇다고 해서 나체주의자는 아니다. 그냥 내 몸을 관능적으로 바라보는 파트너의 눈길이 좋을 뿐이다.

또 란제리를 즐겨 입는다. 옷장에 들어 있는 란제리만 해도 수십 벌이다. 살갗에 닿는 하늘하늘한 감촉과 보일 듯 말 듯한 레이스들이 나를 극도로 흥분시킨다. 어쩌면 나를 가장 관능적으로 만들어주는 것은 란제리일지 모르겠다.

나는 평소 굽이 낮은 구두를 즐겨 신는다. 그런데 남자는 하이힐을 신으라고 한다. 다리 모양을 아름답게 만들어 준다는 것이다. 그날로 나는 강렬한 와인 빛의 하이힐 한 켤레를 샀다. 그리고 그가 잘 볼 수 있는 곳에 놓았다. 신발을 보는 그의 눈빛이 예사롭지 않다.

나는 또 먹기를 좋아한다. 초콜릿, 특히 맛있는 케이크와 조화를 이루듯 알맞게 굳어진 초콜릿을 좋아한다. 얼마 전엔 꽃가게에서 몸에 바르는 초콜릿 페인트를 작은 붓과 함께 사기도 했다. 남자가 나를 애무하는 동안, 초콜릿 페인트는 내 몸에서 조금씩 녹아 미끄러지듯 빠져나간다.

나는 음악도 무척 사랑한다. 특히 색소폰 음악을 좋아하는데, 좋아하는 음악가의 연주가 절정에 오르면 나도 클라이맥스에 오르고 싶다. 그 음악과 황홀함에 취해 바닥을 딩굴고 싶을 정도다.

섹스를 할 때면 밝은 것이 좋다. 그의 얼굴, 몸매, 그리고 내 몸매를 동시에 바라보면서 즐기고 싶다. 또 그냥 형식적인 신음소리만이 지배하

코치의 〈남과 여〉 1920

는 분위기를 싫어한다. 온몸을 떨면서 진짜로 내뱉는 절정의 기쁨이 표현되어야 한다. 그래야만 깊은 오르가슴이 심장에까지 전달된다."

그녀의 판타지를 들은 남자는 흥분한 표정을 감추지 못하면서 지금 당장 해보자고 했다. 하지만 그녀는 동의하지 않았다. 그녀의 판타지에서 가장 중요한 것은 분위기인데, 그러한 분위기를 연출하려면 시간이 필요하기 때문이다. 더군다나 그녀가 판타지 이야기를 꺼낸 것은 남자의 환상을 들어보고 두 사람 모두 만족시킬 새로운 판타지를 만들어내기 위한 목적이었다. 결코 그녀의 판타지를 일방적으로 고집할 생각은 없었다.

물론 그녀의 판타지만을 실행에 옮기더라도 해로운 것은 없다. 있다면 초콜릿의 과도한 칼로리 섭취가 아닐까.

이번에는 처녀 시절 성폭행을 당하여 '피해자 환상'을 갖고 있는 한 여성의 경우를 보자. 그녀는 남편과 섹스를 할 때마다 이상하게 강간 당하는 피해자 판타지가 떠올라 괴로워했다. 그렇다고 남편에게 털어놓을 용기도 없었다. 왜 그런 환상이 떠오르는지 본인도 잘 파악이 안 되는 터에 남편이 들으면 당황할 것은 불을 보듯 뻔하기 때문이다.

그러나 혼자 간직하고 있다는 것이 너무 고통스러워 마침내 그녀는 남편에게 털어놓기로 했다. 결혼생활 16년째 되는 해의 어느 날이었다. 비가 내리는 주말 오후, 그녀는 커피 한 잔을 나누는 자리에서 조심스럽게 이야기했다. 구체적인 장면이나 소재는 언급하지 않았지만 강간 장면이 있다는 정도는 말해 주었다. 물론 남편은 그녀가 현실에서 강간을 당한 적이 있다는 사실은 모르고 있었다.

조용히 이야기를 듣던 남편은 그녀의 말이 끝나기가 무섭게 자리에서 일어나 아무 말 없이 그녀를 꼭 껴안아 주었다. 순간, 그녀의 고통은 눈 녹듯이 사라지고 마음이 가벼워졌다. 그녀는 남편이 판타지를 듣더라도 결코 언짢아하지 않을 것이라고 생각했는데, 역시 남편은 그녀의 기대에 어긋나지 않은 애정을 보여준 것이다.

환상에 대한 고민이나 걱정이 부부관계 또는 파트너와의 친밀함을 위협할 정도의 상황이라면 그 환상을 털어놓는 것이 오히려 문제 해결에 도움이 된다. 특히 원하지 않거나 혼란스런 판타지를 없애거나 바꾸려고 한다면 판타지를 상대방에게 이야기하는 것이 좋다.

실제로 남편이나 파트너에게 원치 않는 환상을 털어놓았더니 그 환상의 원인과 역학을 이해한 남편이나 파트너로부터 도움을 받았다는 여성들이 많았다. 파트너가 긍정적인 자세로 환상을 이해해 줄 수만 있다면 피해자 환상에 갇혀 있는 여성의 심리적 치료는 쉽게 해결될 수 있다. 두 사람의 관계 역시 좋아질 것이다.

상대방에게 환상의 보따리를 풀어놓는 순간에 이미 치료가 진행되고 있음을 알아차리는 경우도 많았다. '아름다운 처녀' 환상을 피하기 위해 일부러 잠자리를 기피해 온 한 여성을 보자. 그녀는 환상을 떠올릴 때마다 어렸을 때 당했던 나쁜 성경험이 떠올라 괴로웠다.

그녀가 의도적으로 섹스를 기피하자 남자와의 관계도 서먹서먹해졌다. 더 이상 선택의 여지가 없다고 여긴 그녀는 마침내 모든 것을 털어놓기로 결심했다. 그녀의 말을 직접 인용해 본다.

"판타지의 장면들은 입에 담기조차 민망할 정도로 치욕적이고 부끄러운 내용이에요. 하지만 환상을 숨기면 숨길수록 독버섯처럼 번져 내 영혼을 갉아먹는 듯했어요. 하루하루가 너무 견디기 힘들었답니다. 그에게 환상을 털어놓는 것은 참으로 위험한 선택이었어요. 그가 변심하여 나를 버릴 수도 있겠지만 내 안에서 벌어지는 잠재적 고통을 참을 수 없었거든요. 그런데 놀랍게도 이야기를 들은 그는 두 팔을 벌려 안아주더군요."

그녀는 진정한 사랑이 무엇인지를 알게 해준 그의 팔에 안겨 많은 눈물을 흘렸다고 했다. 환상을 털어놓는 순간은 힘들고 고통스럽다. 하지만 치료의 한 과정이라고 생각하면, 그리고 파트너를 믿는 마음이 있다면 얼마든지 시도해 볼 만한 일이다. 이때 가장 중요한 것은 파트너의 마음을 제대로 읽는 일이다. 그 후에는 자신의 용기에 달려 있다.

성적 환상은 지극히 개인적인 생각이다. 어느 누구도 강요한다거나 강제적인 느낌을 받아서는 결코 안 된다. 환상에 대해 이야기를 나눌 때에는 언제, 어디서, 어떻게, 그리고 어디까지 털어놓을지에 대해 신중하게 결정하라. 또 환상을 털어놓더라도 도중에 불편한 마음이 들면 언제든지 그만두겠다는 양해를 미리 받아놓을 필요도 있다.

여성들은 파트너와 판타지를 나눌 때, 파트너가 비판적이지 않기를 바란다. 환상을 귀담아 들어주면서 창의력을 감상할 줄 알고 두 사람의 일상생활 또는 성적 분위기에 보탬이 되는 아이디어로 활용되기를 기대한다. 때문에 성적 환상에 대한 대화는 상대방에 대한 이해와 신뢰, 그리고 열린 사고를 가졌을 때가 가장 효과적이다. 환상에 대해 개방적이고 적극적인 시각을 똑같이 갖고 있다면, 상대방의 반응을 걱정할 필요는 없을 것이다.

결혼생활 10년째를 맞은 한 여성이 어느 날 남편에게 판타지를 털어놓으면서 10년을 기다려 왔다고 했다. 신혼 때부터 말하고 싶었지만 남편의 이해가 부족할 것 같아서 미루어 왔었는데, 10년 쯤 함께 살다 보니 판타지를 털어놓아도 좋을 만큼 신뢰와 애정이 쌓였다는 것이다. 그녀의 예상대로 남편은 전보다 더욱 그녀를 사랑해 주었고, 두 사람은 상대방을 더 깊이 이해한다는 느낌이 들어 판타지 이상의 은밀한 생각까지도 서슴없이 털어놓을 정도가 되었던 것이다.

그녀로서는 판타지를 남편에게 이야기한 것이 결과적으로 잘한 일이었다. 누구나 자신만의 비밀이나 은밀한 생각을 드러내 놓으면 그 사람과의 친밀감이 높아지는 것은 당연하다. 현재 그녀는 남편과의 결혼을 그 어느 때보다도 자랑스럽게 생각하고 성생활에서도 호흡이 잘 맞는다고 했다.

어느 선까지 밝혀야 할까

여성이 환상을 털어놓겠다고 결심했을 때 유의해야 할 점의 하나는 어느 선까지 말할 것인가 하는 점이다. 전체적인 윤곽에서는 흥미를 가지면서도 몇몇 구체적인 장면 때문에 오해하는 경우가 많다. 그에 따라 본의 아니게 여성으로서는 상처를 받거나 위협당하는 듯한 느낌을 가질 수 있다.

환상이 여성의 순수한 욕망을 반드시 반영해 주는 것은 아니지만 그 내용을 말할 때는 조심스럽게 그리고 분명하게 하는 것이 좋다. 그래야만 자신의 성적 스타일, 관심, 취향을 제대로 알릴 수 있다.

예를 들어 보자. '사랑받는 여자' 환상으로 고민해 온 여성이 있다. 그녀는 환상에서 어느 부분까지 남편에게 이야기할 것인가를 놓고 또 다시 많은 고민을 했다. 그녀의 판타지는 다음과 같이 시작된다.

"현실에서는 한번도 만난 적이 없는 낯선 남자. 그는 카우보이이며 동물 애호가이다. 자신감이 넘치고 강하면서도 부드러운 남자다. 하루를 함께 보내면서 우리는 많은 공통점을 갖고 있다는 것을 발견했다. 음식을 먹고 술을 마시고 음악을 듣고 함께 춤을 췄다.
그는 한순간도 내게서 눈을 떼지 않는다. 나는 그의 눈빛에서 불타는 열정을 발견하고 차츰 흥분되어 갔다. 그가 귓속말로 속삭이다가 강렬하게 퍼붓는 첫키스는 정말 감미로웠다. 등뒤에서 나를 껴안은 그의 억센 두 손이 내 젖가슴을 마구 뒤흔든다. 내 목덜미를 살짝 깨물고 나서 가쁜 숨을 몰아쉬는 그를 향해 나는 온몸을 내던진다. 그의 두터운 입술이 또다시 내 입술을 포개는 순간, 온몸이 떨리며 감전이라도 된 듯 짜릿한 느낌이 솟구쳤다."

그러나 그녀는 이 부분을 생략했다. 주로 섹스 장면을 이야기하면서 환상 속의 남자가 젖가슴을 집중적으로 애무했고 펠라치오를 즐긴다고 했다. 그것은 남편이 좋아하는 것이기도 했다. 그녀가 장면을 실감나게 묘사할 때마다 남편은 흥분하는 기색이 역력했다. 하지만 그녀는 육체적인 면에 관심을 쏟는 남편과 달리 감정적이고 정서적인 분위기에 관심이 많았다.
일반적으로 환상을 공유한다는 것이 긍정적 경험이라는 보장은 없다. 하지만 상당수의 여성들은 자기 자신에 대해 보다 잘 알고 친밀감을 쌓는 하나의 단계로 보고 있다. 성적으로 새로운 것을 경험하고 싶을 때, 좀더 친밀해지고 싶을 때 환상 공유를 결심한다. 적어도 필자가 만난 여성들은 부부관계가 편안해질수록, 상호 이해가 성숙될수록 환상에 대해 남편과 이야기를 주고받는 것이 쉽다고 했다.

판타지를 실천하고 싶은 여성들에게

여성들은 성적 환상을 현실에서 실현하는 경우가 많다. 즐기고 싶은 행동의 폭을 넓히거나 성적 욕망을 자극하는 방법으로 사용할 때가 많다. 그러나 환상을 실천에 옮기는 것은 상당히 위험한 일이다. 환상의 본질은 현실이 아니라 허구이기 때문이다. 물론 환상도 현실에서 얼마든지 진보할 수 있다. 환상이 펼쳐지는 상황 하나하나를 통제하면 가능하다. 그 배경이 마음에 들지 않으면 기분 좋은 것으로 바꿀 수도 있다. 인물 역시 자신이 원하는 대로 말하게 할 수 있다.

환상 속에서는 황홀한 섹스가 전화 벨 소리나 초인종 소리에 방해받지 않는다. 그러나 현실 생활에서는 그렇지 않다. 섹스를 즐기고 있을 때 전화가 오면 성적 흥분은 극도로 가라앉고 만다. 말하자면 현실에서는 통제할 수 없는 경우가 많다. 때문에 여성들이 환상을 실천에 옮기면 성행위 중에 다른 일이 발생할 확률이 높다. 환상을 사용한 다음의 일도 예측을 불허한다.

환상을 실제로 현실에서 재현한 여성들의 반응도 다양했다. 정말 즐거운 경험이었다고 말하는 사람도 있고, 부작용 때문에 오히려 성적 만족의 유쾌한 항로를 잃었다는 여성도 있다. 그래서 대부분의 성심리치료사들은 환상 실천을 반대한다. 윌리엄 매스터스 박사와 버지니아 존슨 박사는 "환상을 실천하는 순간 그 환상의 선정적 가치는 사라진다. 결과적으로 실망스럽고 전혀 자극적이지 못하며 불쾌한 것으로 남는 경우가 많다"고 말한다.

환상이 자신에게 어떤 기능을 하는지, 문제는 없는지를 판단하기 위해서는 먼저 스스로 개인적인 평가를 해볼 필요가 있다 . 환상을 실천하는 문제 역시 자신에게 어떤 영향을 끼치는가를 신중히 고려해야 한다. 만약 환상을 실천했을 때 위험하고 범죄적인 행동을 유도하거나 통제를 잃은 상태로 발전되는 경우, 또 그에 중독되거나 자신감을 손상시킨다고 생각되면 결코 하지 마라.

환상을 재현하여 긍정적인 성경험을 갖게 되었다고 말하는 여성들도 파트너와 사전에 어떤 확실한 지침을 정하고 상호 동의한 상태에서 유쾌한 마음으로 접근했다고 했다. 스스로 자신의 한계와 직감을 존중했으며 파트너의 필요와 열망, 그리고 편안함에도 마음을 열었기 때문인 것이다.

여성들은 판타지를 파트너에게 털어놓더라도 노골적으로 모든 것을 밝히기보다는 교묘하고 가볍게 접근하는 것이 좋다. 아무리 상대방이 모든 것을 수용하겠다는 자세를 보이더라도 여성 스스로 자제하는 듯한 태도로 접근하는 것이 효과적이다. 그래야만 상대방의 호기심을 더욱 자극시킬 수 있다.

판타지를 실현하는 것도 마찬가지이다. 먼저 상대방이 판타지 실현에 동조할 의사가 있는지를 알아보기 위해 조심스럽게 힌트를 주면서 좋아하는 환상을 사용하는 쪽으로 기대하는 것이 바람직하다.

처음에는 환상의 작은 부분만을 제안하라. 그러다가 상대방의 반응이 괜찮다고 생각되면 환상의 여러 요소를 점차 엮어갈 수 있도록 유도하라. 하지만 상대방이 거절할 경우, 자신이 상처받지 않을 열린 마음을 갖고 있어야 한다. 많은 여성들이 파트너에게 환상을 실현해 보자고 말했다가 거절당하자 무시당했다는 기분이 들었다고 했다. 그러나 결코 그렇지 않다. 파트너가 거절하더라도 그것은 당신 자신을 거부한 것이 아니다.

판타지를 어떻게 실현하는 것이 좋은 방법인가를 보자.

필자가 만난 많은 부부들은 섹스를 할 때마다 환상으로부터 가져온 특별한 대화나 행동을 응용하는 방법으로 환상을 살려냈다고 했다. 한 여성은 좋아하는 로맨스 소설의 한 장면을 마음에 담아두었다가 남편과 섹스할 때 그 장면을 속삭였더니 한결 성적 열기가 뜨거워졌다고 했다. 다른 한 여성은 남편이 그녀의 감각적 환상을 받아들여 침실에다가 은은한 향기가 배어 나는 촛불을 켜줬다고 했다.

30대의 한 독신 여성은 눈을 가리고 침대에 묶인채 입술로 애무를 받는 '아름다운 처녀' 환상을 실연하도록 파트너를 유혹하고 싶었다. 그녀는 환상 속에서 몸의 어느 부분이 자극받을지 모른다는 기대감을 즐기고 있었는데, 현실에서도 똑같은 성적 유혹을 경험해 보고 싶었던 것이다. 파트너는 그녀의 청을 기꺼이 들어주었다.

40대의 한 여성은 환상에 대해 남편과 이야기를 나눈 결과, 성적 즐거움을 높여줄 새로운 테크닉을 발견했다. 남편은 그녀의 '사랑받는 여자' 환상의 주인공이 다름아닌 자신임을 알고는 무척 기뻐했다. 아내의 전형적인 판타지 대본을 그대로 실행한 그날 밤, 부부는 이제껏 맛보지 못했던 새로운 성적 즐거움을 만끽할 수 있었다. 그러나 그녀를 다욱 기쁘게 한 것은 오르가슴이 아니라 판타지가 현실에서 그대로 이루어졌다는 즐거움이었다.

이처럼 환상의 실현은 유쾌하고 가볍게 접근할 때 두 사람의 자발적인 성적 모험을 창조해 내는 데 도움이 된다. 하지만 그 방법이 너무나 우회적이고 미묘하기 때문에 상대방이 정말 마음을 열고 그 경험을 수용할 수 있을지 장담하기란 힘들다. 성적 취향은 사람에 따라 다르기 때문에 남편이나 파트너의 성적 취향이 자신과 같을지도 의문이다. 그러므로 직접적인 묘사를 할 수 없다면 상대방의 마음을 열기 위한 육체적 언어를 자신 있게 동원하는 것도 한 방법이다.

다음으로 중요한 것은 기본 원칙을 명백하게 설정해야 한다는 점이다. 성적 열기가 고조되거나 흥분하면 판단력이 흐려지기 쉽다. 때문에 환상의 세부사항에 대해서는 성적 열기가 고조되기 전에 미리 정해놓는 것이 중요하다. 특히 환상 속에 현실에서 하기 힘든 것들, 예컨대 변태적인 요소가 있을 경우에는 미리 원칙을 명백하게 정해야만 환상을 성공적으로 경험할 수 있다.

몸을 묶는 것처럼 가학성 섹스를 즐기는 여성이라면 파트너와 충분한 대화를 나누고 각본을 잘 짜야 한다. 판타지 실연을 멈추고 싶을 때 보내는 몸짓이나 신호를 미리 정해놓아야만 위험한 상황을 사전에 막을 수 있다.

더군다나 지배자와 복종자 역할의 환상을 즐기는 여성이라면 완전히 믿을 수 있고 안전하다고 느끼는 파트너에 한해 실행할 필요가 있다.

쉴레의 〈녹색 수건을 쓴 여인〉 1914

상대방이 한계상황을 존중할 줄 아는 사람이어야 한다.

아무리 가벼운 내용일지라도 가학성, 피학성 변태 장면을 실연하는 것은 위험이 뒤따른다. 무엇보다도 성에 대해 자유롭게 대화할 수 있는 사람, 무엇을 원하는지, 또 무엇을 원치 않는지를 표현할 수 있는 상대여야 한다.

또 상대가 성적 환상을 꿈꾸기 시작하더라도 불편하거나 위협적이라고 느껴지면 언제든지 멈추거나 바꿔야만 한다. 어느 한쪽 파트너가 다른 편의 한계를 존중하지 않으면 환상 경험은 부작용을 낳고 잠재적으로 두 사람의 관계를 해칠 수가 있다.

예를 들어 보자. '야성적인 여자' 역할의 환상을 즐겨온 한 여성은 비행기 화장실에서 섹스를 즐기는 독특한 판타지를 갖고 있었다. 그녀는 파트너와 처음으로 비행기를 타고 여행을 했다. 그때 농담 삼아 자신의 판타지를 이야기하자, 그는 피곤하다면서 거절하여 당황스러웠다. 못내 아쉬운 마음에 다시 한 번 제안하자 그는 크게 화를 내며 강하게 거절했다. 목적지에 도착할 무렵, 나는 그의 무심함에 화가 나 있었고, 그는 나의 성적 취향에 대한 의구심에 짜증을 냈다. 결국 우리의 여행은 그곳에서 끝나고 말았다.

예상 못한 결과가 나타날 때

의도가 아무리 좋더라도, 또 사전 준비가 아무리 철저하더라도 환상의 실천은 예측할 수 없거나 기대하지 않았던 결과를 가져오는 경우가 많다. 물론 그것은 유쾌한 것일 수도 있고 괴로운 것일 수도 있다.

필자가 많은 여성들을 조사하면서 얻은 환상 실천의 성공 비결은 개개인의 성격과 주변 환경, 그리고 적절한 시기와 밀접하게 관련되어 있다는 점이다. 예를 들어 보자.

옛날 애인이 등장하는 판타지를 갖고 있던 한 여성은 현실에서 우연히 그 남자를 만나고는 깜짝 놀랐다. 두 사람은 서로 달려가 격정적인 포옹을 나누었다. 정말 영화의 한 장면 같았다. 두 사람은 그날 함께 밤을 보냈다. 섹스는 평소 그녀가 상상했던 판타지처럼 열정적이었고 사랑이 넘쳤다. 그러나 다음날 아침, 헤어지는 그의 태도는 전혀 달랐다. 그저 가볍게 눈인사만을 보낼 뿐 키스조차 해주지 않았다. 그녀는 자신이 이용당한 것 같아 실망했고 속상했다.

환상을 현실화하는 데 있어서 어느 한 쪽이 정직하지 못하거나 상대를 교묘하게 속이려고 하면 긍정적인 경험이 되지 못한다. 예를 더 들어 보자.

30대 후반의 어느 이혼녀는 직장에서 컴퓨터 통신을 하다가 우연히 한 남자를 알게 되었다. 그녀는 컴퓨터로 조사활동을 하고 있었는데, 그 남자가 게시판에 '당신은 지금 어떤 옷을 입고 있습니까' 라는 질문을 던진 것이 계기가 되었다. 두 사람의 대화는 점점 사적인 방향으로 흘렀고, 결국 사이버 섹스로까지 발전했다. 그 남자는 자신이 미혼이라고 했다. 또 섹스에 관심이 많다면서 자신의 판타지를 컴퓨터에 올렸는데, 그 장면이 너무나 생생하여 그녀가 컴퓨터 앞에서 절정감을 맛본 것도 한두 번이 아니었다.

마침내 그녀는 남자를 직접 만나보고 싶다는 생각이 들었다. 남자가 알려준 번호로 다이얼을 돌렸다. 그러자 어느 여자가 전화를 받았고,

남편을 바꿔주겠다는 말을 했다. 결국 사이버 섹스는 기혼 남자와 불륜을 저지른 셈이었다.

환상이 상상의 한계 내에 있을 때 우리가 유지할 수 있었던 지배력은 그 환상이 현실화될 때 잃어버릴 가능성이 높다. 때문에 사람들은 때때로 예상치 못했던 괴로움과 불편함에 부딪히는 경우가 많다.

좋아하는 음식과 섹스가 결합된 판타지를 실천했다가 크게 후회한 어느 여성의 경우를 보자. 그녀의 판타지에서는 남자가 진한 초콜릿을 그녀의 몸에 바르고 핥으면서 섹스가 이루어진다.

"우리 부부는 둘째아이를 갖기를 원했다. 특히 임신하는 그날은 특별하고도 근사한 밤으로 만들고 싶었다. 이것 저것 궁리를 하다가 평소가고 싶었던 바닷가로 여행하기로 한다. 멋있는 레스토랑에서 꽃과 와인, 그리고 촛불에 둘러싸여 식사를 즐긴 다음, 누구도 방해할 수 없는 호텔 방으로 간다. 서로 옷을 벗기며 초콜릿 퍼지를 바른 다음 아이스크림을 덧칠한다. 그런 다음 서로 몸에 묻은 아이스크림을 핥아먹으며 황홀한 섹스를 시작한다."

그러나 판타지를 막상 실연한 그녀는 크게 실망하지 않을 수 없었다. 우선 너무 몸이 끈적거려 샤워를 해야만 했고, 초콜릿을 갑자기 많이 먹다 보니 배가 아파서 서로 화장실을 드나들기 바빴다.

한 여성은 판타지를 실연하자 오히려 흥분이 식어버렸다고 했다. 그녀의 판타지는 남편의 사무실에서 섹스를 한다는 내용이었다. 남편은 사무실 책상 앞에서 아내의 알몸을 떠올리며 자위행위를 즐기고 있었는데, 아내가 갑자기 나타나자 흥분하여 옷을 찢고 서둘러 삽입한다는 줄거리다.

어느 날 밤, 그녀는 남편의 빈 사무실에서 남편과 함께 판타지를 실연해 보았다. 물론 남편도 흔쾌히 동의한 뒤였다. 하지만 막상 자위행위를 하는 남편을 보자 왠지 서글픈 감정이 들었다. 흥분되기는 커녕 오히려 온몸이 싸늘하게 식고 딱딱하게 굳어져 버렸다. 결국 그날 밤 이후 그녀의 환상은 더 이상 아무런 만족을 주지 못했다.

파트너가 자신의 판타지에 너무 집착하여 마음에 상처를 입은 여성도 있다. 그녀의 판타지는 대학생과 교수가 대화를 나누면서 섹스를 즐긴다는 스토리인데, 몇번 실현하다 보니 그녀 자신이 섹스 도구가 된 것 같아 화가 났다고 했다. 파트너는 섹스를 할 때마다 플레이보이 같은 포르노 잡지를 펼쳐 놓았고 그녀에게 매력을 느끼기보다는 잡지에 나오는 젊은 여자의 섹시함에 더 흥분하는 것 같았기 때문이다.

환상을 실천에 옮겼을 때, 예상치 못했던 결과가 곧바로 나타나는 것만은 아니다. 현실화하는 시간이 길어지면 길어질수록 늦게 나타난다. 미시건 주의 어느 시골에 살고 있는 한 여성의 경우를 보자. 그 마을에는 일 년에 몇 차례씩 남미 출신의 어느 음악가가 찾아와 연주를 한다. 그녀는 그 연주가가 찾아올 때마다 그와 섹스를 즐기는 판타지를 갖고 있었다.

어느 날 음악가가 마을을 찾아와 연주를 했다. 우연히 두 사람은 이야기를 주고받았고 이내 친해졌다. 그날 밤, 두 사람은 하루를 같이 보내면서 많은 이야기를 주고받았다. 음악가는 그녀가 좋아하는 음악을 연주해 주기도 했다. 마침내 그녀는 그 음악가와의 판타지를 실천에 옮겨보기로 결심했다.

그와의 섹스는 상상했던 것보다 훨씬 더 감미로웠다. 그러나 그것뿐이었다. 마을을 떠나 다른 곳으로 연주 여행을 떠난 음악가는 한번도 그녀의 안부를 묻는 편지를 보내지 않았다. 결국 그녀는 자신의 성적 환상을 채우는 것에만 초점을 맞췄지, 그도 자신만의 환상 혹은 생활이 있다는 점을 미처 생각하지 못한 것이다.

도발적 상황들 – 그룹섹스와 동성애

필자가 만난 여성들 가운데 상당수가 그룹섹스 판타지를 실험해 보았다고 털어놓았다. 파트너 외에 한 사람이 참가한 경우가 대부분이지만 세 명 이상이 그룹섹스를 벌인 판타지도 적지 않았다.

성행위에서 여러 사람이 참여하면 동의, 신뢰, 안전감, 상황을 통제하고 유지하는 힘이 사라지기 쉽다. 그런데도 판타지에서 여러 명의 파트너를 갈망하는 것은 더 많은 자극과 관심을 바란다는 증거이다. 하지만 현실에서는 각자 자기 나름대로 의도를 갖고 참여하기 때문에 전혀 예상치 못한 상황이 초래될 위험이 많다.

어려서부터 동성애를 즐기는 환상을 갖고 있던 35세의 여성을 보자. 그녀의 직업은 누드모델이다. 그녀는 일곱 살 때 텔레비전 드라마 '길리건의 섬'에 나오는 여주인공 매리 앤과 진저가 진흙탕에서 함께 목욕하는 장면을 본 다음부터 자신의 판타지를 만들기 시작했다고 했다. 발가벗고 자신과 또 다른 여자가 서로 애무하는 판타지였다.

성인이 된 후에도 그녀의 판타지는 조금도 달라지지 않았다. 사귀는 남자에게 어쩌다가 말해주면 그 반응은 하나같이 역겹다거나 웃기는 이야기쯤으로 치부했다. 그러나 최근 사귄 남자는 달랐다. 사진작가로 활동하는 그는 그녀의 판타지가 현실에서 실현될 수 있도록 돕겠다고 했다. 또다른 모델을 찾아 같이 누드사진을 찍는 것으로 꾸미겠다는 것이다.

그 모델도 그녀처럼 가슴과 허리 곡선이 유연했다. 두 사람은 카메라의 지시대로 포즈를 취했다. 남자는 "천천히 돌아요. 서로 허리를 붙잡고 눈을 맞추세요. 손을 파트너의 머리 속으로 집어넣어요. 키스를 하고 바닥에 누워서 파트너가 무릎에 눕도록 해봐요" 하면서 다양한 포즈를 요구했다. 그러나 시간이 흐르자 그의 말을 들을 필요가 없었다. 어느새 우리 두 사람은 탐닉하기 시작한 것이다.

그녀가 같은 여자의 젖가슴을 만져 본 것은 그때가 처음이었다. 물론 그 이상의 행동은 없었다. 그냥 서로의 살결을 쓰다듬고 몸을 만져준 것 뿐이었다. 그런데도 그녀는 기분이 좋았고 보람이 있었다. 다른 여자의 몸을 본다는 것의 두려움을 없애 주었고 여체를 감상할 수 있다는 특별한 느낌을 갖게 했다.

하지만 사진을 현상하던 남자의 반응을 보자 마음이 달라졌다. 그는 모델이 엉덩이를 카메라 쪽으로 치켜든 한 장의 사진을 쳐다보면서 무척 감탄하고 있었다. 그 때 여성의 몸을 보고 싶어한 자신의 열망만큼 그 남자도 다른 여자들의 몸을 보고 싶어한다는 사실을 몰랐던 자신이 민망스러웠다. 결국 그녀는 자신의 기억 속에서 환상 현장의 경험을 지워 버리고 말았다.

이번에는 한 명의 남자와 두 명의 여자가 어울리는 성적 환상을 실제로 해보자는 남편의 제안을 받아들였던 어느 여성의 경험을 보자. 물론 그녀는 처음에는 남편의 제안을 단호히 거절했다.

그런데 어느 해 송년의 밤, 그녀의 절친한 친구 한 사람이 찾아와 하룻밤을 함께 보내게 되었다. 남편은 마침 좋은 기회라면서 그녀와 그녀의 친구에게 함께 섹스를 즐기자고 했다. 물론 그녀나 그녀의 친구는 거절했다. 남자보다는 여자들끼리만 성적으로 접촉하고 싶어했기 때문이다. 그러나 끈질기게 요구하는 남편의 강압적인 태도에 어쩔 수 없이 세 사람은 한데 어울려 그룹섹스를 벌였다. 결국 두 여자는 남자의 인형이 되고 말았다. 그리고 그녀와 친구의 우정도 끝났다. 성적으로 흥미를 느끼지 않았더라면 좋았을 텐데 라고 생각했지만 이미 때는 늦었다. 마침내 그녀도 남편과 헤어지고 말았다.

42세의 동성연애자인 한 여성은 젊고 모험을 즐겼던 시절에 우연히 세 사람의 섹스 현장에 참여한 경험이 있다.

어느 토요일 밤이었다. 우연히 찾아간 레즈비언 바에서 남부 텍사스 사투리를 쓰는 한 여자를 만났다. 자신을 '캔디'라고 소개한 그 여자는 그녀에게 이름도 물어보지 않고 그냥 '슈가'라고 부르면서 술을 한잔 사겠다고 했다. 그러면서 자신은 플레이보이 잡지의 바니걸이었다고 하면서 맞은편에 앉아 있는 남편을 소개해 주었다.

세 사람은 즐겁게 이야기를 나눴다. 함께 당구도 치고 술도 마셨다. 술집의 영업 시간이 끝나갈 무렵, 캔디라는 여자는 그녀에게 자기 집으로 가서 오붓하게 즐기자고 했다. 그녀는 자신이 동성연애자임을 밝혔다. 남자는 좋아하지 않는다고 했다. 그러자 캔디라는 여자는 집주소를 가르쳐주면서 마음이 변하거든 연락하라고 했다.

다음날, 그녀는 어제 만났던 캔디의 집으로 찾아갔다. 만일의 사태에 대비하여 친구들에게는 혹 저녁 때까지 돌아오지 않으면 찾아오라고 했다. 캔디는 그녀를 반갑게 맞아 주었다. 자기 사진이 담긴 플레이보이 잡지를 보여 주기도 했다. 사진 속의 그녀는 참으로 매혹적이고 인상적이었다. 두 사람은 많은 대화를 나눴다. 당구대도 있어서 게임을 벌이기도 했다.

어느 덧 밤이 되었다. 그녀는 외투를 걸쳐 입고는 작별인사를 했다. 그때 캔디가 달려들어 키스를 퍼부었다. 순간 놀랐지만 싫지는 않았다. 두 사람은 누가 먼저랄 것도 없이 옷을 벗기고 속살을 탐닉하기 시작했다. 장소 또한 어느 새 침실에 있었다.

얼마쯤 지났을까. 낯선 손길이 느껴졌다. 캔디의 남편이었다. 언제 벗었는지 발가벗은 상태였다. 당황스러웠다. 하지만 캔디라는 여자는 아무렇지도 않은 듯 오히려 세 사람을 한데 엉키게 만들었다. 거친 남자의 숨소리, 질퍽한 신음소리, 그 속에서 몸은 점점 뜨거워지기만 했다. 마침내 온몸을 땀으로 목욕할 즈음, 그녀는 절정감을 맛보았고 캔디의 남편 역시 뜨거운 진액을 침대 위에 쏟아냈다. 집으로 돌아와 현관 열쇠를 꺼내려고 호주머니에 손을 넣은 순간 그녀는 다시 한 번 놀랐다. 손에 집힌 것은 50달러짜리 지폐 한 장이었다. 그날 밤, 그녀는 자신도 모르는 사이에 캔디 부부를 위한 포르노 배우가 된 것이다.

이젠 남편에게 이야기하자

많은 여성들이 판타지를 현실에서 실연해 봤다고 밝혔지만 가장 만족스러운 경험은 주로 파트너와의 관계가 절친한 여성들에게 한정되어 있었다. 정서적으로나 감정적으로 가까운 사이일수록 판타지를 실험하는 데 있어서 성공할 가능성이 높다는 것을 알 수 있다. 따라서 아무리 부부라고 할지라도 상대방의 환상세계로 발을 들여놓을 만큼 개방적이 되려면 시간이 필요하다.

남녀관계에서 환상을 의도적으로 이용하려면 우선 두 사람 모두 유연해져야 한다. 그래야만 두 사람 관계에 부정적인 흔적을 남기지 않는다. 만족스러웠다고 밝힌 대부분의 여성들은 환상을 의무가 아니라 창조적인 배출구로 인식하고 있었다.

그렇다면 두 사람의 친밀감을 높이기 위해 판타지를 어떻게 이용할 것인가를 살펴 보자. 남녀관계는 시간에 따라 달라지는 게 보통이다. 판타지 역시 시간에 따라 변하고 그것을 사용하는 방법도 달라진다. 일반적으로 부부들은 오랜 시간이 흘러 안정적인 관계에 접어들었을 때 비로소 환상 모험을 시작하고 싶어 한다. 환상이 섹스를 신선하고 자극적인 것으로 만들어 주기 때문이다. 물론 두 사람의 애정을 보다 깊이 그리고 성숙시키는 여정이 되기도 한다.

어느 부부는 처음 만난 것처럼 가장하여 사랑에 빠지는 전율을 재현해 보기도 한다. 필라델피아 남부지역에 살고 있는 40대 부부를 보자. 이들이 판타지를 이용한 것은 개인적인 성숙 또는 결혼생활의 보조 역할이 아니었다. 20년의 결혼생활을 되돌아보면 그들의 인생에서 성적 환상이 얼마나 중요한 역할을 했는지를 알 수 있다.

성적 환상은 고비 때마다 자극과 두려움, 근심, 감정적 고통, 성적 긴장, 그리고 강렬한 즐거움의 근원이었다. 때로는 섹스를 하는 시기를 변화시키는 촉매제 역할을 하기도 했다. 세월이 지나면서 인간적, 감정적으로 성숙해지자 성적 환상을 터놓고 말할 만큼 편안함을 느끼게 되었다.

결혼 초기에 두 사람의 성적 환상은 서로에게 터놓지 못하는 걱정거리였다. 물론 섹스는 자극적이었고 자발적이었다. 아내에게 매혹당한 남편은 젊은 남자로서 온갖 것을 경험해 보고 싶었다. 다양한 방법으로 섹스를 즐긴다는 내용의 판타지를 아내에게 털어놓지는 못했지만 마음속으로는 현실에서 재현해 보고 싶었다. 아내 또한 성욕이 강했고 성적 모험을 즐겼다.

두 사람은 안전하고 괜찮다고 느껴지면 야외에서, 영화관에서, 심지어는 어두운 골목길에서 서로의 몸을 탐했다. 부엌에서 밥을 먹다가도 성욕이 솟구치면 그 자리에서 섹스를 했다. 언젠가는 출근 시간에 탐내다가 그만 지각하기도 했다.

그러나 각자 자기가 꿈꾸는 성적 환상에 대해서는 한 마디도 하지 않았다. 아니, 애써 그런 대화가 오고가는 것을 피했다. 그저 섹스를 즐겼고 오르가슴에 만족할 따름이었다. 물론 상대방을 속이고 있다는 생각이 들 때도 있었다. 하지만 판타지를 털어놓은 결과가 어떨지 자신이 없었다.

몇 년이 지나자 두 사람의 성적 관계에 변화가 있었다. 우선 아이가 태어나자 성생활이 무뎌지고 권태로웠다. 어떤 신비감도 없이 그저 서둘러 해치우는 일상이 되고 말았다. 엄마가 된 아내는 아이 때문에 피곤했고 성적으로도 옛날과 달리 둔해졌다. 오히려 그녀는 자신만의 성적 흥미를 돋우는 일에 열중하기 시작했다. 에로틱한 책을 보기 시작한 것이다. 남편과 잠자리를 함께 할 때마다 그녀는 책에서 본 대담한 이미지와 짜릿한 이야기를 떠올렸다. 그러면서도 그러한 행위가 자기 자신에게 나쁜 영향을 미치는 것 같아 불안하기도 했다.

다시 10여 년의 세월이 흐르자 두 사람의 관계는 또 다시 달라졌다. 전보다 한결 성숙해졌고 자신감을 갖게 되면서 자신의 감정과 느낌을 표현하는 데에도 익숙해졌다. 그때 비로소 두 사람은 서로의 성적 환상에 대해 많은 이야기를 주고받았다. 성적 환상 그 자체, 그리고 그 내용이나 그동안의 성생활의 굴곡과 변화가 두 사람의 애정에 금이 가게 하지 않을 것이라는 확신이 들었던 것이다. 그러자 두 사람의 감정적 연결이 갑자기 한 단계 뛰어오르는 느낌이 들었다.

제10장

나도 멋진 판타지를
창조할수 있다

지금까지 우리는 독창적이고 정열적이며 특이할 뿐더러 재미있고 리얼리티가 살아 있는 성적 환상에 대해 살펴 보았다. 그렇다고 해서 모든 판타지가 아름답고 선정적인 것만은 아니다. 때로는 원치 않거나 좋아하지 않는 내용 때문에 고통을 안겨주기도 한다.

물론 성적 환상에 대해 한번도 생각해 보지 않았다고 말하는 여성들도 있을 것이다. 그러나 생각해 보자. 사람이면 누구나 어렸을 때부터 이야기를 꾸미고 마음으로 상상을 떠올린다. 아니, 판타지를 그리는 법을 알고 있다. 만약 당신에게 지금 판타지가 없다면 그것은 판타지를 상상하는 것의 가치를 과소평가하거나 어린애들의 유치한 놀음으로 치부했거나, 아니면 스스로 깨닫지 못한 채 그냥 내버려두었기 때문일 것이다.

지금까지 살펴본 것처럼 여성들은 성적 환상에 관한 한 그동안 배웠던 모든 것을 가지고 얼마든지 유익하게 사용할 수 있다. 좋아하지 않는 판타지는 바꿀 수 있으며 아끼고 즐기는 판타지는 더욱 확대할 수 있다. 또 자기 자신이 더 경험하고 싶은 구체적인 판타지를 엮어내기 위한 새로운 근거를 찾을 수도 있다. 여기서는 좋아하는 판타지를 창조하는 방법에 대해 살펴보기로 한다.

먼저 자기 자신에게 허락하라

성적 환상을 꿈꾸는 것은 상상조차 할 수 없었다는 23세의 기혼 여성을 보자. 조용한 성품의 그녀는 학교 교사로 일하고 있다. 어려서부터 욕망을 억제하는 것이 훌륭한 삶이라는 가르침을 받아왔기에 결혼을 한 뒤에도 남편과의 섹스는 하나의 의무로만 여기고 있었다. 때문에 성적 즐거움을 거의 모르고 살았다. 남편은 관능적 감각이 뛰어난 남자였다. 그는 긴장을 풀고 자신의 몸과 아내의 몸을 즐긴다는 것이 너무나 쉬운 일이었지만, 그녀로서는 성욕과 섹스에 관련된 모든 것이 어렵고 힘들게만 느껴졌다.

부모님은 그녀에게 강한 의지를 갖고 자신을 신뢰하는 사람이 되라고 가르쳐 주었다. 그러나 성과 관련된 것이면 어떤 것도 의심하라고 했다. 그래서 그녀는 사춘기 때부터 자신이 정말 성욕에 빠지게 되면 어쩌나 두려워하면서 자랐다. 성욕이 강하면 자기 자신을 잃게 될 것 같았던 것이다.

그러나 우연한 기회에 친구들과 함께 판타지 워크숍에 참가한 다음부터는 달라졌다. 성적 환상 그 자체, 그리고 그 장점에 대해 알게 되자, 그녀의 잠자고 있던 선정적 상상력이 불을 지폈다.

그녀는 현실에서 자신이 가장 좋아하는 것, 그리고 그 연장선상에 있는 것으로 성적 환상을 만들었다. 환상 속의 인물은 현실과 똑같다. 환상 속의 여자는 그녀 자신의 모습 그대로이며 남자 역시 남편 그대로의 모습이었다. 달라진 것이 있다면 현실과 달리 환상 속의 남편은 손톱이 깨끗하고 부드럽게 손질되어 있다는 점이다. 그녀의 판타지는 '사랑받는 여자' 환상이었다.

"나는 조용하고 한적한 곳에서 부드러운 침대에 누워 자고 있었다. 온화하고 잘생겼으며 관능적인 남편이 살그머니 들어와 자고 있는 내 모습을 보면서 미소를 짓는다. 이어 사랑이 가득 넘치는 손길로 한참동안 내 얼굴을 어루만진다. 나는 헐렁한 파자마를 입고 있다. 침대 위로 올라온 남편은 파자마 속으로 손을 집어넣는다. 젖가슴을 부드럽게 쓰다듬는 그의 손길이 따뜻하다. 나는 여전히 눈을 감고 있다. 깬 상태일까, 잠든 상태일까. 의식은 두 갈래이다. 한편으로는 계속 잠자도록 만들고 다른 한편으로는 깨어나게 만든다.

이윽고 남편은 내 옷을 벗기고 가슴에 얼굴을 파묻는다. 두 손은 허리와 허벅지를 끊임없이 오르내린다. 순간, 젖꼭지가 빳빳하게 서는 것이 느껴진다. 손길 하나에 남자를 느끼고 몸이 꿈틀거리는 나 자신이 자랑스럽다. 남편 역시 자기의 손길에 내 몸이 열린다는 사실에 흥분되는 것 같다. 잠시 후, 나는 그의 것을 받아들이면서 서서히 오르가슴을 준비한다. 그의 허리 놀림이 점점 빨라지고 내 입에서는 작은 신음소리가 끊이지 않는다. 마침내 절정의 언덕에 올라선 우리는 긴 한숨을 내쉬고 이내 편안한 잠에 빠져든다."

새로운 환상을 만들어 내고 싶어 하는 여성에게는 환상세계가 편안하고 여유 있게 즐기는 섹스의 정점이라고 봐도 좋다.

기회의 순간을 포착하라

성적 환상을 선정적이라는 범주에서 바라본다면 그 소재는 무척 다양하다. 어떠한 경험이나 이미지, 감각에 의해서도 고무될 수 있다. 그냥 스쳐지나가는 만남이나 작은 에피소드도 충분히 감상할 만큼 자각한다면, 그리고 자신의 반응을 인정하기만 한다면 얼마든지 환상을 열정으로 불타오르게 할 수 있다. 다시 말해서 기회의 순간을 잘 포착하는 것이 중요하다.

만약 당신이 새로운 판타지를 창조하고 싶다면 사소한 일에도 주의를 기울여라. 오렌지 껍질을 까다가 손가락에서 흘러내리는 즙을 빨다든가, 목욕을 끝내고 나오면서 살갗에 맺혀 있는 물방울을 보는 것도 좋은 소재거리이다. 잠시 엘리베이터를 같이 탔던 낯선 사람과 마주친 눈빛으로 시작할 수도 있다.

남편과 헬스클럽을 함께 다닌 한 여성은 어느 날 단단해진 남편의 팔근육을 보고 관능적인 자신의 환상이 숨어 있음을 알았다고 했다. 여류작가 샐리 티스대일은 선정적인 기회 포착에 대해 자신의 저서 『나에게 야하게 말해 주세요』에서 다음과 같이 묘사하고 있다.

"맑은 하늘이 봄을 알리는 상쾌한 아침이다. 오전 8시 30분 잠이 덜 깬 상태로 아파트 사이로 난 골목길을 걷고 있다. 아침 신문과 커피 한잔이 그립다. 그런데 갑자기 반쯤 열린 창문을 통해 커튼 사이로 어떤 여자의 신음소리가 아침의 정적을 깨고 들려 왔다. 그 여자의 음색은 가늘고 높았으며 음량은 컸다. 나는 못이 박힌 듯 그 자리에 서서 가벼운 산들바람에 커튼이 나부끼는 창문을 한참이나 바라봤다. 그녀의 신음소리가 전염된 바이러스처럼 나를 욕망의 바다 속으로 밀어 버렸다. 나는 간신히 발걸음을 옮겼다."

환상을 고무시키고 싶다면 자신의 열망에 주의를 기울여라. 그것이 음악이든 시든 상관없다. 자연이나 누드사진이라도 괜찮다. 그 어떤 생각과 이미지라도 섹스를 즐길 때 얼마든지 불러올 수 있다. 특히 성기 자극과 같은 감각에 선정적인 상상을 연결시키면 새로운 환상으로서의 성적 에너지와 효과를 강화시키는 데 도움이 된다. 마음 속에서 일어나는 일과 몸을 의도적으로 연결시키려면 자신이 좋아하는 판타지를 떠올리면서 몸을 만지는 것이 효과적이기 때문이다.

일반적으로 여성들은 남성과 달리 전혀 성적으로 보이지 않는 이미지와 출처로부터 선정적인 즐거움을 끄집어내는 경우가 많다. 수채화가인 한 여성은 자주색 꽃이 꽃잎을 열고 향기를 내뿜는 감각적 판타지를 즐기며, 요가를 가르치는 한 여성은 성행위를 할 때마다 붉은색과 자주색이 소용돌이치는 이미지를 그려낸다고 했다. 특히 요가를 가르치는 여성은 자신의 감각적 환상을 파트너에게 이야기해주면서 섹스를 할 때 두 사람의 몸이 찬란한 성 에너지를 교환하는 상상을 한다고 했다.

소설과 영화에서 소재를 찾아라

자신만의 독특한 환상을 창조한다고 해서 반드시 화가나 시인, 포르노 사진작가일 필요는 없다. 좀더 색다른 성적 창의성의 아이디어를 얻고 싶다면 선정적인 영화나 로맨스 소설을 읽어라. 그 속에 이미 만들어져 있는 환상을 시도해 봐도 좋을 것이다. 그런 다음, 그 장면에 자신을 집어넣으면 된다.

아시아 여성 작가들이 쓴 춘화 명시선집 『논두렁에서』를 편집한 신세대 여성작가 제랄딘 쿠다카는 이렇게 표현했다.

"여성이 성애물의 책을 읽는 것은 자신의 성욕을 표현하고 반응할 수 있도록 스스로를 허락한다는 의미이다. 섹스를 하고 싶다는 것은 자연스러운 일이며, 성에 대한 생각을 하는 것도 괜찮다는 말을 듣기 위한 재확인 같은 것이다. 성애물은 여성들에게 '성적으로 달아올라서 여기 앉아 있다고 해서 나는 변태가 아니다. 성적으로 달아오르는 것은 괜찮은 일이다' 라는 메시지를 전달한다. 성애물은 마음을 즐겁게 해주고 감각을 열어 준다. 성욕을 강렬하게 부채질하여 자신의 욕망에 새로운 불꽃을 일으킨다."

무엇이, 왜 나의 욕망에 불을 붙이는 것일까. 이 점을 이해하는 여성이라면 그녀는 이미 자신의 환상을 위한 영감의 새로운 근원을 가진 셈이다. 타니스 타일러는 작품 『성례』에서 미국에 사는 일본인 부부가 최초로 성관계를 맺는 장면을 다음과 같이 묘사하고 있다.

"이것은 신성하고 태고적부터 지켜져 온 의식이다. 내 몸은 그가 넘치는 기쁨으로 숭배하는 성스럽기 그지없는 성소이다. 젖가슴과 배꼽, 허벅지를 따라 뱀처럼 빠르게 움직이는 그의 혀를 감상한다. 잠시 멈칫거리다가 뜨겁게 원하면서 여성의 상징인 질 속에 그는 얼굴을 파묻고 계속되는 오르가슴으로 나를 숭배해 준다.
환희의 파도가 덮치자 소리를 질렀다. 나는 그를 꼭 끌어안고 서로를 누르면서 밀려오는 리듬을 타며 움직이기 시작한다. 우리는 앞으로 거세게 밀려왔다가 뒤로 물러나면서 마지막 포옹을 준비한다. 나는 부드럽게 신음을 내뱉는다.

종마, 목양신, 태양의 황금 남근인 그의 성기가 전에 한 번도 본 적이 없었던 것처럼 나를 가득 채워 준다. 나는 그의 팽팽한 근육질 몸을 꽉 붙잡고 놓지 않는다.

우리는 함께 뛰어들어 튕겨 올랐다 비트는, 고대로부터 내려온 춤으로 얽힌 신성한 황소와 황소 등에 탄 사람이다. 그는 광채에 휩싸인 태양처럼 떠오른다. 내 몸은 보름달이 되어서 하늘에 떠있는 그를 가리기 위해 움직여 간다. 우리가 함께 만나자 지구는 어둡게 가려진다. 다시 또 다시 어떻게 할 수 없는 환희로 입은 크게 벌어지고 등이 활처럼 휘어질 때까지…. 내가 절정의 파도를 타기 시작하자, 그가 높고 거칠게 신음했다. 나는 마음속으로 철창의 벽을 넘어 자유롭게 날아가는 두 마리의 새를 본다."

로맨스 작가들은 성에 대한 이야기를 다르게 표현한다. 스텔라 카메론처럼 대담한 섹스 장면을 주저없이 표현하는 작가들은 의도적으로 몸의 오감에 호소한다. 소설의 주인공이 경험하는 모든 것을 독자들도 느끼기를 바라기 때문일까. 카메론은 소설 『순수한 환희』에서 성경험이 없는 여주인공 피닉스와 그녀의 남자친구 로만 와일드가 첫 섹스를 나누는 장면을 다음과 같이 묘사했다.

"피닉스의 몸은 그를 위해 흐느꼈다. 그가 그녀의 몸속으로 손가락을 집어넣을 때마다 신음을 토했다. 그는 잠시 손을 떼고 바스락거리면서 무언가를 찾았다. 콘돔이었다. 그가 이런 순간을 위해 늘 준비하고 있었을 것이라는 것쯤은 알고 있어야 했다. 젖꼭지를 가볍게 조이는 그의 이빨이 피닉스의 생각을 잠시 막았다. 그녀의 등이 활처럼 휘었고 로만은 젖가슴을 빠는 것으로 반응했다.

그의 엄지손가락이 들어와서 이미 아픔을 넘어선 그곳을 만지작거렸다. 그는 한 팔로 피닉스의 허리를 안고 그녀가 손톱으로 그의 등을 할퀴면서 의미 없는 소리를 질러댈 때까지 그 살갗의 봉우리를 헤치고 들어왔다. 지옥이 드디어 폭발했다. 피닉스는 그에게 달라붙어 흐느적거리기 시작했다.

그가 그녀의 엉덩이를 들어올려 몸 위로 얹어놓은 채 그녀의 몸속으로 질주해 들어가자, 그녀는 그의 이름을 부르고 또 불렀다. 그것은 타는 듯한, 그리고 감미로운 아픔과 고문이었다. 그녀는 그를 받아들이고 몸 깊숙이 환영했다. 그는 잠시 멈추고 숨을 헐떡거렸는데, 그의 살갗은 젖어 있었다.

'당신은 이번이 처음이 아니라고 했었잖아요.'

'멈추지 마세요.'

'오, 맙소사.'

그는 그녀의 입술에다 대고 중얼거렸다.

'당신은 믿을 수 없을 정도로 훌륭해요.'

그는 정말 놀라웠다. 정말 믿기 힘들 정도였다. 그의 큰 손이 그녀의 엉덩이를 껴안고 아래위로 흔들었다. 그의 골반도 그녀의 몸 움직임에 맞춰 아래위로 흔들렸다.

'지금인가요?'

그건 그녀의 자궁 속으로 젖가슴으로 무릎으로 아름답고 뜨겁고 불타오르는 화염이 사정된다는 것을 의미했다."

책을 읽는 것이 선정적 상상의 행동 묘사를 보여주는 것처럼, 영화도 새로운 환상을 창조하는 데 필요한 아이디어를 줄 수 있다. 환상 속에서 폭력적이거나 학대적인 섹스 장면을 줄이고 싶은 여성이라면 사랑이 넘치는 유쾌한 섹스를 표현하는 영화를 보기 바란다.

자신만의 판타지를 만들어라

28세 때 교통사고로 다리가 마비된 한 여성이 있다. 사고는 그녀에게 모든 것을 달라지게 만들었다. 성에 대해서도 마찬가지였다. 사고가 있기 전에는 여느 여성들처럼 성적 탐험을 즐겼지만 사고를 당한 뒤부터는 자신과 성이 더 이상 관련 없다고 결론을 내렸다. 성욕을 돋울 만한 장면이 눈에 띄면 애써 고개를 돌렸고 어쩌다가 성적 환상이 떠오르면 지우려고 애썼다.

2년 여가 지난 어느 날 아침, 그녀는 뜨거운 온천에서 마사지용으로 내뿜는 강한 물줄기에 몸을 내맡기고 있었다. 그러다가 문득 은밀한 부위에 얼얼한 반응이 일어나는 것을 보고는 깜짝 놀랐다. 전혀 상상도 하지 않았던 일이었다. 허리 아랫부분에 감각이 살아있다니…. 그동안 성욕이라는 내면의 방을 완전히 닫았다고 생각해 오지 않았던가. 그런데 성적 잠재성과 희망이 있다는 신호가 온 것이다.

그 날 이후, 그녀는 단절되어 왔던 자신의 성욕을 되살리기 위해 판타지를 상상해 보도록 자신을 격려했다. 그녀는 인공 선탠을 즐기는 장소에 누워서 판타지 세계를 표류하기 시작했다. 처음에는 긴장을 풀고 편안하게 쉴 수 있게끔 해주는 가벼운 감각들이었다. 따뜻한 태양 아래

누워 있다고 생각하니 맨살에 느껴지던 풀잎사귀의 서늘한 느낌이 떠올랐다. 그러면서 점차적으로 흥분되는 몸을 느낄 수 있었다. 온몸이 젖고 은밀한 곳도 축축해진다. 파트너와 함께 한다는 느낌이 들었다.

그녀는 침실을 환상의 무대로 다시 꾸몄다. 커다란 거울을 천정에 붙이고 촛불과 향을 피웠다. 침대에 누워 다시 한 번 판타지 세계로 들어갔다. 거울을 보면 분명히 휠체어를 타고 있지만, 그녀는 자신을 애써 성적 매력이 넘치는 여성이라고 생각했다. 그러자 온몸이 뜨거워지고 입에서는 절로 신음소리가 나왔다.

환상의 세계를 받아들이는 것이 얼마나 성적이고 감각적인 에너지를 제공하는지, 그리고 얼마나 많은 즐거움을 누리게 하는지를 보여주는 단적인 예이다.

이제 여러분은 성적 환상의 참된 가치를 깨닫게 해주는 두 여성의 경험을 듣게 된다. 필자가 보건대, 이 두 여성은 명확하게 독창적인 환상을 창조해 내기 위해 다양한 근원으로부터 자극을 받았음을 보여준다. 사소하고 일상적인 것을 소재로 멋진 판타지 세계를 창조해 낸 것이다. 물론 그것은 강요된 것이 아니다. 자신의 진정한 즐거움을 위해 스스로 창조한 것이다. 여성들이라면 누구나 자기의 독특한 인생 경험에 따라 적합한 판타지를 얼마든지 지혜롭게 창조할 수 있다.

사례 1 - 여변호사의 법정 드라마

보수적 풍토인 법조계에서 법정 변호사로 활동하는 30대의 어느 독신 여성을 보자. 그녀는 개인적으로 성적 환상에 남다른 관심을 갖고 있다. 성욕 또한 정상적이다.

어느 날 직장에서 동료 남자 변호사로부터 흥미로운 꿈 이야기를 들었다. 그는 자신이 다루는 사건에 너무 열중한 탓인지 법정에 알몸으로 나타나는 꿈까지 꿨다고 했다. 그 말을 듣는 순간, 그녀는 지난주 체육관에서 운동을 하던 그의 모습을 떠올렸다. 온몸이 단단한 근육질로 뭉친 몸매를 얼마나 흘깃흘깃 쳐다봤던가. 그녀는 근육질의 남자, 특히 가슴에 털이 많은 남자를 좋아했다. 그러면서 순간적으로 법정에 알몸으로 나타난 그의 은밀한 부위를 상상해 봤다.

그날, 그녀는 법정을 무대로 '야성적인 여자' 환상을 만들기로 했다. 환상 속에는 그녀가 좋아하는 성적 자극, 그리고 재판 절차와 성적 풍자를 곁들여 재미를 보태기로 했다. 그 판타지는 이러했다.

"그와 나는 함께 법정에 있다. 벌거벗은 그는 핸드폰으로 사무실에 연락하여 옷을 가져오라고 지시하고는 내게 이의신청서를 읽으라고 했다. 나는 자리에서 일어났다. 그때 나의 옷차림이 여느 때와 다르다는 것을 발견하고는 놀랐다. 평소 정장을 했지만 그날은 자주색의 섹시한 란제리와 가죽 팬티, 스타킹, 그리고 하이힐을 신고 있었다. 나는 그에게 핸드폰을 빌려달라고 했다. 사무실에 연락하여 옷을 가져오라고 할 참이었다. 하지만 그는 거절했다.

가터 벨트를 너무 세게 조였는지 곧바로 서 있기가 불편했다. 그러자 그는 클립을 풀어 느슨하게 해주겠다면서 내게 다가왔다. 하지만 클립은 쉽게 풀리지 않았다. 한 손으로는 내 젖가슴을 더듬고 다른 한 손으로 클립을 풀었지만 쉽지 않았다.

그는 나더러 배심원석의 손잡이를 잡고 엎드리라고 했다. 그가 정말 해낼 수 있을지 의심스러웠지만 나는 그가 시키는대로 했다. 물론 이의신청서 낭독은 계속했다.

그는 내 엉덩이에 슬며시 손을 올려 놓고는 따뜻하고 축축해진 그곳을 가볍게 건드렸다. 순간, 나는 서류를 떨어뜨리고 말았다. 마침내 그가 두 개의 클립을 풀자, 나는 몸을 돌려 핸드폰을 빌려달라고 다시 한 번 청했다. 그는 아직 일이 끝나지 않았다고 했다. 그의 얼굴에는 흥분한 기색이 역력했다. 나는 반사적으로 무릎을 꿇고 앉아 그의 딱딱해진 성기를 빨기 시작했다. 잠시 후 그는 나를 번쩍 들어올리더니 배심원석의 손잡이 위에 앉혔다.

그가 내 몸 속으로 들어오자 나는 두 다리로 그의 허리를 휘감았다. 격렬한 움직임에 내 허리는 더욱 휘어졌다. 그가 얼마나 세게 밀어넣는지 뒤로 넘어질 뻔한 때가 한두 번이 아니었다. 그 때마다 그는 나를 꼭 껴안아 주었다. 핥고 빨고 밀고, 그리고 젖가슴에 퍼붓는 그의 입술이 따갑다고 느껴질 때까지 우리는 달콤한 신음소리를 계속 토해냈다."

그 후, 그녀는 사무실에서 그를 쳐다볼 때마다 이 판타지를 떠올린다고 했다. 그러면 강한 흥분이 밑바닥에서부터 솟구친다고 했다. 상대방이 전혀 모르고 있다는 점이 더욱 묘미를 더해 준다고 했다.

사례2 – 여류시인의 너무나 시적인 즐거움

마지막으로 어느 여류시인의 아름다운 환상에 대해 살펴 보자. 그녀가 사춘기 때 떠올린 성적 환상은 자신이 '아름다운 처녀' 역할을 맡는 것이었다. 비참한 처지에 내몰린 그녀를 존 웨인, 클라크 게이블, 험프리 보가트 같은 할리우드 영웅들이 구조해 준다는 스토리다. 하지만 20대에 애네이스 닌의 시를 접한 이후로는 여자에 관한 환상을 갖기 시작했다. 로맨스 소설을 읽을 때도 여자가 카우보이, 병사, 혹은 다른 영웅의 역할을 맡는 것으로 사랑의 장면을 상상했다.

현실에서는 어떠할까. 그녀는 남자와의 섹스도 즐겼고 같은 여성의 몸을 탐닉할 때도 성적 흥분을 느끼는 양성애자였다.

세월이 흘러 40대가 된 그녀는 당시 사회문제로 대두된 에이즈의 공포로부터 벗어나는 데 초점을 맞추었다. 이때 안전하면서도 선정적인 것으로 선택한 것이 물의 이미지였다. 누군가를 상상하면서 수면 아래로 뿜어지는 물줄기의 분사를 곁들이면 어김없이 강렬한 오르가슴에 온몸이 나른해졌다. 이른바 복합 오르가슴을 경험한 것이다.

'즐거움'이라는 제목의 산문시에서 그녀가 감각과 자연, 그리고 언어를 아울러서 얼마나 선정적인 이미지를 만들어 내는지를 보자.

"밤에 당신의 몸을 바다에 눕히니
당신 몸의 기슭에 즐거움의 파도가 철썩거린다.
긴 꿈을 꾸는 동안 당신의 무의식은 몸에서 나와
자유롭게 낯선 시간으로 떠다닌다.
손가락과 혀로 마사지 받은 파도와 모래사장은
이 즐거움의 바다에서 따뜻하게 사랑받는다.
밀물 사이로 부딪쳐 하얗게 부서지며 들려오는 노래 소리는

과거와 미래의 두려움을 기억 속에 지워 버리고
자연의 순간에 헤엄치고 있을 뿐.
밝은 달 아래 부서지는 파도는
보석처럼 반짝거리는 별 아래 다이아몬드."

성적 환상은 우리의 마음속에서 특별한 장소를 차지하고 있다. 몸속에서는 황홀한 기쁨을 창조해 내지만 마음을 집중해서 들어가기 전에는 아무리 지혜와 창조성이 뛰어나더라도 그것은 자신의 본모습을 드러내지 않는다. 만약 그것을 발견하지 못했거나 잘못 이해하고 있는 여성이라면 이 책이 많은 도움이 되었을 것으로 믿는다.

다시 한 번 강조하지만 성적 환상은 환상 그 이상도 그 이하도 아니다. 세상의 모든 일이 그러하듯이 성적 환상 또한 얼마나 잘 이해하고 제대로 활용하는가에 따라 자신의 인생에 보탬이 될 수도 있고 해를 끼칠 수도 있다. 가장 중요한 것은 그것을 감상하고 이해하는 데 시간을 가지고 의도적인 노력을 기울인다면 인생의 훌륭한 자원을 발견한다는 점이다.

성적 환상을 포용하고 마음으로 받아들이는 일은 자신을 존중하는 하나의 방법이다. 자신을 더 잘 알게 되면 될수록 맥박을 고동치게 하고 가슴을 기쁨에 뛰게 한다. 그리고 자연스러운 선정적 리듬을 자유롭게 받아들이고 즐길 수 있게 해 줄 것이다.

여자의 성적 환상, 그 은밀함에 대하여

웬디 말츠, 수지 보스 지음 | 편집부 옮김

제1쇄 인쇄 | 2002년 8월 20일
제1쇄 발행 | 2002년 9월 1일

펴낸곳 | 도서출판 사람과 사람
펴낸이 | 김성호

등록번호 | 제1-1224호
등록일자 | 1991년 5월 29일
주소 | 서울 마포구 연남동 228-20 3F(우 121-865)
대표전화 | (02)335-3905~6 팩스 | (02)335-3919

값은 표지 뒷면에 있습니다